마당이 있는 집

김진영 지음

마당이 있은 집

차례

주란

창 너머로 화단을 보고 있었다.

체리 묘목 두 그루와 해당화 묘목 한 그루가 심어져 있을 뿐인 엉성한 화단이다. 화단 앞으로는 어서 옮겨 심어지기만을 기다리는 튤립, 제라늄, 데이지 화분들이 즐비하게 놓여 있었다. 창을 통해 주방으로 환하게 들어오는 햇살의 기운에 이제 정말 봄이구나 하는 생각이 절로 들었다. 나는 침착하고 온화한 상태를 유지하고 싶었다. 빛이 사방에서 들어오는 신도시의 단아한 목조 주택에는 따뜻한 주인이 필요한 법이니까.

하지만 평정심을 한순간에 깨버리는 울음소리가 침실에서

들려왔다. 친구 고은의 아기가 울기 시작한 것이다. 주방 식탁에 앉아 커피를 마시며 사월의 고요를 즐기던 고은은 사색이 된 얼굴로 침실을 향해 유난스럽게 뛰어갔다. 고은이 아기를 달래러 침실에 들어간 이후로도 사나운 울음소리는 계속 이어졌다. 식탁에 앉아 커피를 마시던 나와 다른 친구들은 옅은 미소를 주고받으며 눈을 마주쳤다. 아기가 운다고 짜증을 내거나 화를 낼 순 없는 노릇이니까.

울음소리는 멈추지 않았다. 고은이 내 침대에서 아기의 기저귀를 아무렇게나 갈고 있는 건 아닐까 하는 걱정이 들기 시작했다.

아기는 침대 위에서 온 힘을 쥐어짜며 금방이라도 터질 듯이 얼굴을 새빨갛게 물들인 채로 울고 있었다. 저렇게 자제할 줄 모르고 울다 죽어버리면 어쩌지 하는 생각이 들 정도였다. 고은은 아기를 침대에 그대로 방치한 채 창문을 향해 코를 킁킁대며 냄새를 맡고 있었다. 우는 아기를 옆에 두고 할 행동은 아니다.

'엄마의 자격이 없어.'

고은을 보면서 든 생각이었다. 자격이 없는 엄마들은 아기가 자지러지듯이 울 때 그 원인을 찾는 것이 아니라 저렇게 망연자실해서 쓸데없는 데 신경을 곤두세우곤 한다.

"이게 무슨 냄새야, 주란아?"

고은이 창문을 살짝 열고 냄새를 맡더니 뒤돌아 나를 쳐다 봤다.

"냄새라니?"

내가 되묻자 고은이 대답 대신 창문을 활짝 열었다. 아기는 내 침대 위에서, 더 세차게 울기 시작했다. 어느새 상황을 살 피러 침실에 들어온 친구 윤정과 민영도 코를 틀어막고 서 있 었다.

사실 오늘, 친구들을 초대하고 싶지 않았다. 아직 실내 인 테리어를 완벽하게 마무리하지 못한데다, 이사 온 이후로 아 이 전학 문제를 비롯해 처리해야 할 일이 산더미처럼 쌓여 있 었기 때문이다. 하지만 친구들은 한 달 전부터 집을 구경시켜 달라고 성화였다. 게다가 정원이 있는 이층집에서는 향긋한 커피 향이 풍기고 항상 달콤한 케이크가 디저트로 준비되어 있을 거라고 생각했다. 이런 주택에 사는 주인은 언제나 찾아 오는 손님을 기쁘게 환대한다는 환상이 있는 모양이다.

"냄새가 너무 불쾌한데?" 윤정이 다가오더니 창문을 닫았다.

"이 냄새 때문이야. 이 냄새 때문에 우리 꼬물이가 놀라 서……."

고은이 이제야 아기를 안으며 나를 쳐다본다. 아기가 우는 것도, 자신들이 불쾌한 것도 모두 이 집 때문이라는 표정이다.

나 역시 이 냄새 때문에 며칠 전부터 신경이 곤두서 있었다. 하지만 문제는 냄새가 아니라 예민한 '나'라고 생각했다. 마당이 있는 주택으로 이사를 한 이후로 신경써야 할 영역이 집 내부뿐 아니라, 마당 그리고 집 앞 도로까지 확장된 탓에 나는 더욱 예민해져 있었다. 사람들은 아무렇지 않게 부동산에 이 집의 가격을 물어보고, 누가 이 집에 사는지 궁금해하며 내 신상에 관한 이야기를 나누었다. 가끔은 우리집을 배경으로 사진을 찍어대는 사람도 있었다. 똑같은 외관과 입구를 가진 아파트에 살 때가 오히려 더 보호받고 있었다는 생각이 들 정도였다.

"동물 사체가 있을지도 몰라. 저번에 아파트 화단에서 기분 나쁜 냄새가 나는 거야. 무슨 냄샌가 싶어 봤더니…… 고양이가 있더라고. 귀여워 보여서 자세히 볼까 하고 가까이 다가갔는데…… 불쾌한 냄새가……. 살면서 처음 맡아보는 냄새였어. 고양이 사체가 썩는 냄새였어. 정말 잊히지도 않아. 그 냄새가 이 냄새랑 비슷한 것 같기도 하고……."

윤정이 고양이 사체라도 찾으려는 듯이 화단을 유심히 쳐다보았다. 친구들은 일렬로 서서 우리 화단을 심각한 눈빛으로 바라봤다.

"거름 냄새야." 내가 대수롭지 않게 친구들에게 대꾸했다.

며칠 전 남편이 마당 한쪽에 상추를 심어볼까 하고 비료와 거름을 사다 놓은 게 기억났다. 서울에서 태어나고 자란 친구들은 거름 냄새란 걸 제대로 맡아본 적이 없을 것이다.

"집 지을 때 조경업체 같은 데서 싸구려 흙으로 채운 거 아냐? 흙에도 썩은 흙이 있대······. 요즘은 아파트도 그렇고 어떤 자재를 쓰는지 믿을 수가 없잖아."

민영도 우리집을 흠집 내는 데 동참했다. 이 집은 설계부터 마무리 청소까지 나와 남편이 모든 것을 선택하고 결정해 완성한 집이다. 민영의 말은 자재를 속이는 업체를 선정한 나에 대한 비난처럼 들렸다.

"시간이 지나면 사라지겠지. 그냥 나는 냄새잖아."

내 말에 친구들이 일제히 나를 쳐다봤다.

"이사 올 때부터 계속 이런 냄새가 난 거야?"

민영이 불쾌한 표정을 지으며 화단에서 한 발짝 뒤로 물러서며 물었다.

"글쎄······. 한 일주일? 더 오래됐을 수도 있고······."

실은 이 냄새 때문에 창문을 열지 않은 지도 일주일이 넘었다.

"주란아, 화단을 한번 파보지그래? 정말 동물 사체가 있을 수도 있잖아."

"동물 사체? 야······. 생각만 해도 끔찍하다. 누가 동물 사체를 여기다 묻겠어? 여긴 개인 땅이고 개인 집인데."

"동물 사체가 있어도 그걸 어떻게 해. 경비가 있는 아파트도 아니고. 그냥 썩게 두는 게 낫지 않아?"

"남편한테 말해서 어떻게 해봐."

나는 친구들의 말을 그저 무기력하게 듣고 있었다. 친구들이 하는 말들은 이미 한 번씩 생각해봤던 것들이다. 남편에게 냄새에 대해 말했지만 거름 냄새라고 대수롭지 않게 대꾸할 뿐이었다.

"파보면 되잖아. 그게 뭐 어렵다고."

아기를 안고 있는 고은이 아무렇지 않게 한마디 툭 던졌다. 조금 전, 우는 아기를 어쩌지 못해 당황해하던 고은을 한심하게 바라보던 내 표정을, 이번엔 고은이 똑같이 짓고 있었다. 간단하고 쉬운 해법이 있는데 무기력하게 구는 나를 비난하는 표정이었다.

다들 돌아간 뒤 나는 집안에 있는 커튼을 전부 치고 침대에 쓰러지듯 누워 친구들이 나를 대하던 태도들을 곱씹듯 떠올렸다. 친구들은 왜 나를 존중하지 않을까? 그들이 경제적으로 어려울 때 도움을 줄 수 있는 사람은 내가 유일하다. 하지만 오히려 자신들이 나에게 대단한 걸 베푸는 듯 행동한다. 오늘도 존중받고 있다는 느낌을 받지 못했다. 그들은 항상

나의 약점을 파고들어 그걸 기어코 밖으로 끄집어내고 싶어
했다.

　—파보면 되잖아. 그게 뭐 어렵다고.

　고은의 말이 계속 맴돌았다. 무능하다고 질책하는 말이나
다름없었다.

　나는 친구들과 달리 한 번도 직장 생활을 해본 적이 없다.
스물네 살에 대학을 졸업하자마자 결혼을 하고 가정주부로
여태껏 살아왔다. 물론 지난 십육 년간의 결혼 생활을 후회
한 적은 없다. 서른아홉이 된 지금 민영은 아직도 미혼이며
윤정은 최근 이혼을 하고 친정 부모와 다시 살림을 합친 상태
였다. 그리고 고은은 얼마 전에야 시험관 수정으로 힘들게 첫
아이를 출산했다. 나는 친구들보다 조금 더 빠르고 온전하게
살고 있다고 자부했다.

　—네가 생각하는 것만큼 사회생활이 간단하지가 않아.

　하지만 무슨 논쟁이 생길 때마다 친구들은 쉽게 이 말을 꺼
냈다. 그리고 이 말은 나를 논쟁에서 소외시키고 무능하게 만
들었다.

　—파보면 되잖아. 그게 뭐 어렵다고.

　맞아. 그냥 파보면 된다. 정말 어려운 일이란 이런 종류의
일이 아니다. 퇴근한 남편의 피곤한 눈을 보며 무리한 부탁을
하는 일이 내겐 더 어렵다.

이곳 판교 신도시로 우리 가족은 2월 28일에 이사했다. 강남과 이십 분 거리면서 강남에서 누릴 수 있는 기반 시설이 모두 갖춰진 판교에, 원하는 설계대로 주택을 짓고 정원까지 있는 마당을 가질 수 있다는 점이 우리 가족을 이곳으로 이끌었다. 아이를 위해 좋은 학군을 고려했고, 집의 가치를 고려해 판교IC가 근접한 곳에 대지를 구입한 뒤에도 오 개월 동안 설계를 고민하고 칠 개월 동안 집을 건축하여, 장장 이곳으로 오기까지 우리 가족은 일 년여의 시간을 기다려야 했다. 하지만 이사를 했다고 다 끝난 것은 아니었다. 이사한 이후로도 일주일 정도 기본적인 조경 공사를 해야 했다.

집에 혼자 있어야 하는 나는, 공사를 하는 동안에는 소음과 인부들을 피해 근처 카페로 피난을 가곤 했다. 내가 그렇게 집을 비웠던 시간에 작업중인 크레인에 길고양이가 짓눌려 죽었을지도 모르는 일이다. 그 고양이 사체를 인부들이 아무 생각 없이 화단에 묻었을지도 모른다. 어린시절 키우던 강아지가 죽으면 마당 한쪽에 묻는 일은 흔한 일이었으니까…….

나는 마당에 깔아둔 디딤돌 위에 가만히 섰다. 팔각형의 디딤돌은 잔디 위에 총 스물네 개가 놓여 있었다. 나는 그 디딤돌 위를 걸으며 괜히 숫자를 세었다. 열다섯, 열여섯…… 뒷마당 쪽으로 발을 옮길수록 냄새가 점점 더 심해졌다.

대문을 열었을 때 뒷마당은 보이지 않는다. 주방의 큰 창을 통해 감상할 수 있도록 뒷마당에 만든, 오로지 나를 위한 화단이다. 그러니까 이 화단은 꽃과 나무를 좋아하는 나를 위해 설계한 남편의 선물이었다.

나는 창고에서 야전삽을 꺼내 들고 화단 위에 올라섰다. 바지를 걷고 비닐장갑을 꼈다. 야전삽으로 흙을 긁어내듯이 쓸어내자 구더기처럼 보이는 하얀 벌레가 움직이는 모습이 보였다.

"악!"

나도 모르게 비명을 지르며 들고 있던 삽을 던졌다.

"왜 그래요? 무슨 일 있어요?"

어디선가 조선족 어투가 섞인 여자 목소리가 들렸다. 고개를 들어보니 왼편의 옆집 2층 베란다로 젊은 여자가 보였다. 여자는 빨래를 널면서 우리집 마당을 내려다보고 있었다. 이전에도 여자를 본 적이 있다. 옆집에서 가정 도우미로 일하고 있는 여자다.

"아니에요, 괜찮아요."

아무렇지 않게 웃어 보이자 여자는 대수롭지 않다는 듯 무표정한 얼굴로 다시 빨래의 물기를 탁탁 털며 널었다. 이십 대로 보이는 앳된 외모지만 어떻게 보면 사십 대로 보이기도 하는 음흉한 얼굴이다. 여자는 종종 저렇게 2층의 베란다로 나와 빨래를 널거나 담배를 피우며 휴식을 취했다. 그런 여자의 시선 끝에는 항상 우리집이 있었다. 여자가 우리집을 힐끔거리는 이유를 나는 알고 있다. 남편 때문이다. 여자가 주로 베란다로 나와서 담배를 피울 때는 남편이 출근하거나 퇴근하는 시간이었다. 남편을 배웅하기 위해 나설 때면 어김없이 옆집 베란다에 여자가 있었다. 여자는 남편을 향해 괜히 노래를 부르거나 씨익 웃으며 교태를 부렸다.

나는 내던진 삽을 다시 주우며 여자를 빤히 쳐다봤다. 여자는 긴 눈으로 흘낏흘낏 나를 쳐다보았다. 여자의 그런 시선에 나는 이상한 용기가 났다. 저 여자에 비하면 나는 못 하는 것보다 할 수 있는 일이 더 많은 사람처럼 느껴졌고, 자부심 같은 것도 생겨났다.

이 집엔 현명하고 용기 있는 주인이 어울린다. 내가 얼마나 이 집과 잘 어울리는 사람인지 보여주고 싶었다. 삽을 들고 이번엔 깊숙하게 흙에 꽂아보았다. 죽은 쥐나 고양이가 나오더라도 놀라지 말자고 다짐하며…… 하지만 그런 다짐이 무색하게 아무것도 보이지 않았다. 어느새 두려움은 안심으로 바뀌었다.

'여긴 아무것도 없어. 거름 냄새일 뿐이야.'

아무것도 없다는 걸 확인한 뒤에 나는 행동을 멈출 수도 있었지만, 다시 한번 삽을 흙에 더 깊숙하게 꽂았다. 용기 있는 집주인 놀이에 빠진 걸까. 하지만 이번엔 쉽게 흙을 떠내지 못했다. 야전삽의 끝에 뭔가 닿는 느낌이 났기 때문이다. 말랑하고 부드러운 느낌이었다. 삽을 더 깊숙하게 넣자 딱딱한 느낌이 들기도 했다. 돌멩이인가? 삽으로 흙을 퍼내자 얇고 길쭉한 시퍼런 색 막대기 몇 개가 보였다. 흙을 걷어내고서야 알아챘다. 눈앞에 보이는 건 파란색 나무 막대기가 아니었다. 식물의 뿌리도 아니고, 동물 사체는 더더욱 아니었다.

가늘고 긴 사람 손가락이었다.

나는 비명도 지를 수 없었다. 아니, 어쩌면 순간 비명을 질렀는지도 모르겠다. 내가 어떤 표정을 지었는지, 어떤 생각을 했는지, 아무것도 기억나지 않는다. 어떻게 집안으로 들어왔는지도 알 수 없었다. 머릿속은 그저 깜깜하고 먹먹할 뿐이었다.

상은

"요즘 좋은 거 먹나 봐. 살이 올랐네."

4층 그릇 매장에서 일하는 경희 언니가 내 팔뚝을 세게 쥐었다. 오십이 넘은 경희 언니는 학습지 교사부터 보험 설계사까지 안 해본 일이 없다고 했다. 넉살이 좋아서인지 언니가 맡은 코너는 생활용품관에서 매출이 가장 높았다. 내가 일하고 있는 2층의 침실 매장 옆으로는 불행하게도 화장실로 통하는 문이 있었고, 이 플래그 숍 직원들은 화장실로 갈 때마다 나에게 친근한 인사를 건넸다. 손님을 상대하는 것보다 더 피곤한 일이다.

"그러게요. 운동을 해야 하는데…… 운동 부족이라."

"자기는 살 안 찌는 체질인 줄 알았는데."

경희 언니는 침대 매트리스를 두 손으로 꾹꾹 누르더니 아예 주저앉아서 엉덩이를 들썩였다.

"스프링이 이렇게 딱딱해야 하는데 우리집 거는 고장이 났는지 삐걱대는 소리도 심하고."

어서 일어나 화장실이나 가길…… 주문처럼 반복적으로 되뇌었다. 하지만 언니는 아예 신발을 벗더니 침대 위로 올라갔다. 팀장이 보면 큰일날 행동이다. 팀장은 분명 오십이 넘은 경희 언니가 아니라 이제 갓 삼십이 넘은 나를 향해 비난을 퍼부을 테니까.

"아이고, 좋다. 척추가 펴지는 것 같네."

경희 언니는 침대에 사지를 뻗고 반복적으로 에구에구 소리를 내며 진심으로 행복한 미소를 지었다. 나는 비난이 두렵다는 이유로 누군가의 이 짧은 행복을 뺏고 싶진 않았기에 쿵짝을 맞춰주기로 했다.

"고객님, 이 컴퍼트 슬림 매트리스는 몸의 굴곡에 따라 스프링의 경도가 달라서 누우셨을 때 편안함을 느끼실 수 있어요. 천연 라텍스를 사용한데다 독립 스프링을 사용했는데요, 보시면 양모 백 프로 원단을 사용해서 고급스러움을 느끼실 수 있거든요."

"그래서 이게 얼만데?"

"지금 이십 프로 할인해서 240만 원에 이용하실 수 있으세요."

경희 언니는 옆에 놓인 가격표를 빤히 쳐다봤다.

"매트리스만 240만 원? 어이구, 그냥 요 깔고 살겠다."

경희 언니는 다시 벌러덩 침대에 눕더니 이번엔 가격표가 아니라 나를 빤히 쳐다봤다.

"어머, 너 치마가."

고개를 숙여 치마를 보자 아래로 끝까지 내려간 지퍼 사이로 속치마가 삐져나와 있었다. 불편함에 후크를 풀었더니 어느새 지퍼가 내려간 모양이다.

"너 배가 좀 나왔네. 아니, 배만 나왔어."

치마 지퍼를 올리고 블라우스를 잡아 빼 얼른 배를 가렸다.

"그러게요. 치마 사이즈를 바꿔야겠어요. 요즘 야식을 많이 먹었더니……"

"야식? 이상하네. 임신한 거 아냐?"

"임신요? 아니에요. 지금 생리중이에요."

내 말에 경희 언니가 무안한 미소를 지었다.

"그래? 아이고, 미안하네. 괜히."

때마침 손님들이 팸플릿을 들고 침실 코너로 몰려왔다. 경희 언니는 침대에서 벌떡 일어서더니 코를 찡긋하며 간단히 인사를 건네곤 급히 침실 코너를 빠져나갔다. 손님들이 침대에 앉아 스프링의 탄력을 확인하는 동안 나는 치마 후크를 안 보이게 다시 채웠다.

며칠 전 유니폼 사이즈를 M으로 바꿨는데 여전히 불편했다. 경희 언니에게는 아니라고 했지만 사실 임신 사 개월을 넘어서고 있었다. 하루 종일 '컴퍼트', '내추럴' 같은 단어가 도배된 공간에서 일하지만 우리 같은 판매원은 가구에 앉거나 눕는 것이 금지되어 있다. 하루 종일 서서 일해야 하기 때문에, 임신중이라고 하면 퇴사를 권유받는다. 임신한 점원에게 상품 안내를 받으면 고객이 불편하다는 이유 때문이다. 남에게 불편한 사람이 되지 않는 것, 그건 생각보다 어렵고 중요한 일이었다.

평상시라면 오후 타임 직원과 교대한 뒤, 서인천 가구 단지에서 버스를 타고 다시 지하철로 환승하여 백운역에서 하차해 집으로 향했겠지만 오늘은 택시를 타고 아파트 후문에 내렸다. 택시에서 내려 핸드폰으로 시간을 확인하자 4시 30분이었다. 대중교통을 이용했다면 사십 분 정도 걸렸을 시간을 십 분으로 단축했다.

상가가 늘어선 아파트 정문과 달리 후문으로 통하는 길은 사람들이 잘 이용하지 않는다. 길목이 좁고 어두운 탓도 있지만 후문 앞 원룸촌에 일용직 근로자들이나 조선족이 많이 거주하고 있기에 사람들은 돌아가더라도 정문을 이용했다. 치킨집 환기통에서 나오는 찌든 기름 냄새가 불쾌한 것만 빼면 나는 후문으로 통하는 이 길이 편했다. 후문을 통하면 내가 사는 아파트 동이 더 가깝기도 했거니와 이 길에서는 길게 한숨을 내쉬어도 다른 사람의 시선이 신경쓰이지 않아 좋았다.

"106동 802호 맞죠?"

후문 경비실 택배 장부에 확인 사인을 하는 동안 옆에서 택배를 찾던 경비 아저씨가 다시 한번 확인하려는 듯 아파트 동호수를 물었다.

"여기 있다, 106동 802호."

제법 무게가 나가는 택배를 들어 내 옆에 놓는 경비 아저씨의 시선이 자연스럽게 나를 위아래로 훑었다.

"106동 802호…… 남편분 괜찮으세요?"

"네?"

왜 경비 아저씨가 남편의 안부를 묻는 걸까.

"요즘은 애들이 원체 무섭죠. 뭐라고 하면 칼 들고 찌를까봐서 겁나요, 어휴."

경비 아저씨의 말이 뜬금없다고 생각하면서도 그냥 고개를 끄덕이며 최대한 성실하게 그 말에 동의했다. 오늘은 누구에게든 나쁜 인상을 남기고 싶지 않았다.

택배는 차가버섯 엑기스였다. 며칠 전에 배송이 됐어야 하는데 무슨 이유 때문인지 늦어져 어제부터 얼마나 택배 회사에 재촉을 했는지 모른다. 이 택배는 반드시 오늘 안에 받아야 했다.

"세상이 흉흉해서. 남편분 정말 괜찮으신 거죠?"

"네, 그럼요."

나는 급히 대답을 하고 잰걸음으로 경비실을 나섰다. 경비 아저씨가 인사차 안부를 물은 건지, 아니면 어떤 예감 때문에 남편에 대해 물은 건지 혼란스러운 기분이었다. 경비들은 스물다섯 개 동이나 되는 아파트의 각 호에 누가 사는지 체크하고 있는 걸까? 생각이 꼬리를 물었지만 내가 모르는 정보에 대해서는 접어두는 게 마음이 편했다.

엘리베이터를 타고 8층에 도착해 현관 도어 록의 비밀번호를 누르면서 남편이 집에 먼저 도착했음을 직감적으로 느꼈다. 남편의 기운이 문 앞까지 번져 있었다. 문을 열자 현관 입구에 가지런히 놓인 남편의 검정 구두가 보였다. 아무렇게나 놓여 있는 내 신발과는 달리 남편의 구두는 언제나 가지런히 정돈되어 있다. 남편은 남의 집에 방문한 손님처럼 집안에 들어올 때면 항상 앞코가 현관을 향하게 신발을 정리했다.

집안은 내가 아침에 출근할 때와 다름없이 어수선했다. 이십 년이 넘은 24평 아파트 내부는 방금 이삿짐을 옮겨놓은 것처럼 박스로 가득했다. 박스들 안에는 약국에서 쉽게 구입할 수 있는 진통제와 영양 강장제가 가득했다. 남편이 최근 약국에 무리하게 약을 밀어넣다 환불해주고 미처 회사로 가져가지 못한 약들이다.

제약 회사에서 영업일을 하는 남편은 실적은 좋았지만 돈을 많이 벌진 못했다. 성실한 사람이지만 그 성실함을 무리한 밀어넣기와 로비에 사용했다. 오로지 실적만이 자신을 평가한다고 생각했다. 그 실적은 안타깝게도 돈으로 이어지지 못했다. 한마디로 남편은 성실하기만 한 무능력자였다.

"왔냐?"

남편이 작은 방의 문을 열고 나왔다. 금방 집에 도착했는지 양복 차림에 넥타이도 풀지 않고 있었다.

"생각보다 일찍 왔네. 오늘은 일이 없었나 보지?"

내가 주방으로 향하며 물었다. 남편은 기가 막히다는 듯이 나를 누려봤다.

"너 바보냐? 오늘 토요일이라 반나절 근무라고 내가 몇 번 얘기했어?"

"밥은?"

"지금 먹을 거야. 밥 차려. 너 그리고 내가 일 관두라 그랬지?"

나는 남편의 말에 대꾸하지 않고 냉장고에서 반찬 용기들을 꺼내 식탁 위로 툭툭 옮겼다. 얼려둔 밥을 전자레인지에 돌리고 수저를 놓는 동안 남편은 식탁 앞에 앉아 꼼짝하지 않고 나를 빤히 쳐다봤다.

"왜 대답을 안 해? 일 언제 관둘 건데?"

남편이 숟가락을 들자 나도 모르게 움찔하며 뒤로 몸을 피했다.

"뭐하냐?"

남편이 내 행동을 보고 어이없다는 듯이 웃었고, 나는 수치심을 느꼈다. 남편은 버릇을 들인다며 밥을 먹다 나에게 숟가락을 던진 적이 있다. 그때의 기억이 몸 깊숙이 남아 있었던 모양이다.

나는 찬장 위에 설치한 소형 카메라를 살짝 쳐다봤다. 저 카메라는 어떤 폭력의 기운도 담아내지 못했다. 카메라에 저장된 동영상을 보고 이혼 전문 변호사는 "평범한 가정"처럼 보인다는 말을 했을 뿐이다. 한때 이혼을 유리하게 진행하기 위해 변호사의 조언을 듣고 카메라를 설치했지만, 남편은 임신 사실을 안 이후로 나에게 신체적 폭력을 행사하지 않았다. 내 몸속의 아이를 자신의 소유물이라고 생각했다. 나는 알고 있었다. 아이가 잘못될까 봐 폭력의 유예기간을 둔 것뿐이다.

신혼 초, 남편이 나에게 함부로 대한다는 생각이 처음 들었을 때 이 사실을 터놓고 말할 수 있는 사람이 아무도 없었다. 나는 괴로움에서 벗어나기 위해 최선을 다해 버티며 살았다. 오로지 시간을 버티며 삶을 사는 것이 운명이라고 생각한 적도 있었다. 누군가는 이런 남편과 사는 나를 비난할지도 모르겠다. 직장에서 똑같은 잘못을 해도 경희 언니가 아닌 나에게 비난의 기운이 더 강해지듯, 남편과의 관계에 있어서도 약자인 나를 비난하는 게 훨씬 쉬운 법이다. 원래 세상은 약자에게 가혹하게 구는 법이니까.

나는 이혼을 해도 갈 곳이 없었다. 게다가 임신을 한 이후로는 이혼마저 쉽지 않았다. 그동안 남편은 아이를 강하게 원했기에, 결혼 사 년 만에 내가 임신하자 절대 이혼해줄 수 없다고 했다. 남편은 자신의 후손을 낳고 양육하는 일이 절대적인 인생의 목표인 사람이었다.

"너처럼 작고 삐쩍 마른 여자들은 모유 수유가 어려울 수도 있다더라. 나중에 힘들다 어떻다 짜증내지 말고 살 좀 찌워봐, 좀."

나는 음식을 먹는 일이 즐거웠던 적이 없다. 뱃속의 아이도 나를 닮은 것 같다. 뭘 먹고 싶어 한다거나 하는 신호를 보낸 적이 없다. 임신 초기에도 그 흔한 입덧 한번 없었다.

나는 냉장고에서 상해가고 있는 야채들을 꺼냈다. 양배추, 브로콜리, 토마토, 파프리카, 사과를 꺼내 해독 주스를 만들 생각이었다. 기능성 위장 장애를 앓고 있을 때, 해독 주스로 독소를 제거하면 종종 소화 능력이 다시 돌아온다는 인터넷 게시판 글을 읽고 레시피를 메모해뒀다. 채소를 물에 데쳐서 다시 물을 넣고 끓이는 이 주스는 황갈색을 띠고 부글부글 끓여 만들기 때문에 '마녀 주스'라는 재밌는 이름이 붙었다.

"뭐 먹고 싶은 게 있나 보지?"

남편은 전자레인지로 데운 밥을 젓가락으로 헤집으며, 요리를 준비하는 나에게 물었다.

"아니, 당신 요즘 소화 안 된다면서."

나는 해독 주스를 만들기 위해 채소를 다듬기 시작했다. 남편이 실소를 지었다.

"야, 이따위 찬밥이나 내놓지 말고, 난 됐으니까 너나 잘 먹어."

말은 그렇게 하면서 허기가 졌었는지 급히 밥을 먹기 시작했다. 그러더니 내가 가져온 택배를 발로 툭툭 건드렸다.

"너 또 뭐 샀냐? 어디서 옷 같지도 않은 거나 맨날 사들이고."

"엄마한테 가져갈 거야."

"장모님? 내 돈으로 산 거 아냐?"

"오늘 엄마한테 나 데려다주기로 한 거 잊지 않았지?"

"야! 나 오늘밤에 일 있다고 했지!"

남편이 버럭 화를 냈다.

"화성으로 간다면서. 좀 일찍 나가면 되잖아. 가는 길에 나 좀 데려다줘."

"거긴 왜? 불편해. 나중에 가."

"엄마가…… 검사 결과 나왔는데 치매 초기래."

남편은 오늘밤 화성에 있는 기산 저수지로 밤낚시를 간다고 했다. 나는 오늘 화성에 있는 친정에 가야 한다.

"나중에 가. 밤중에 돌아다니면서 괜히 찬바람이나 쐬지 말고."

"당신도 안 들어오는데……. 배도 살살 아프고……. 오늘밤에 혼자 있는 건 좀 무서워."

배는 아프지 않았다. 남편을 따라 친정에 가고 싶어 한 거짓말이었다.

다듬은 채소를 끓는 물에 데쳐내는데 뒤에서 남편의 기침 소리가 들려왔다. 사레라도 들렸나 싶어 뒤돌아보자 기침 소리 같은 웃음소리를 내며 남편이 웃고 있었다.

"니가 혼자 있는 게 무섭다고?"

남편은 입안에 밥을 가득 넣은 채 계속 목을 긁는 웃음소리를 내고 있었다.

나는 참을 수 있었다. 이제 와서 못 참을 말도 아니다. 식탁 의자를 빼서 남편 옆에 앉았다.

"데려다줄 거지? 당신 밥 먹고, 조금만 일찍 출발하자."

남편은 시계를 쳐다봤다.

"병원에나 가봐. 병원에 데려다줄 테니까. 괜히 여러 사람 불편하게 하지 말고."

"이렇게 배가 부르니까 엄마가 보고 싶어. 나도 이제 엄마가 될 테니까……."

남편이 밥 먹기를 멈추고 나를 쳐다봤다. 이마에 굵은 땀방울이 맺혀 있었다.

"니가 이제야 돈 냄새를 맡고 정신 좀 차리나 본데……."

남편은 평상시 땀이 많은 체질이지만 이렇게 굵은 땀방울을 흘릴 만큼 더운 날씨는 아직 아니었다.

"나한테 잘해야 돼. 나한테 고마워서 눈물 흘리는 날이 온다고."

남편은 초조함과 두려움이 뒤섞인 흥분 상태로, 숟가락을 든 손을 바르르 떨고 거친 숨소리를 내며 웃었다.

주란

엄마 아빠가 집으로 돌아오길 기다리는 소녀의 심정으로

남편이 돌아오길 기다렸다. 시계는 저녁 8시를 가리키고 있었다. 공구를 들고 있는 남자와 서류 봉투를 끌어안고 있던 여자가 무슨 용건 때문인지 도어 벨을 눌렀지만 인터폰 화면으로 확인할 뿐 어떤 반응도 하지 않았다. 텅 빈 집을 홀로 배회하다 지친 유령처럼 온 창문에 암막 커튼을 치고 불도 켜지 않은 채로 소파에 웅크리고 앉아 있기만 했다.

그렇게 네 시간 정도 흘렀을 때, 인터폰 화면으로 낯익은 승용차가 보였다. 나는 그제야 마음을 놓을 수 있었다. 대문이 열리고 남편의 흰색 벤츠가 차고로 들어섰다. 시동이 꺼지기도 전에 뒷문이 열리면서 할머니 댁에 갔던 승재가 먼저 튀어나왔다. 승재는 심술이라도 난 듯 뾰로통한 표정이었다. 아이가 집에 들어오자 가장 먼저 눈에 들어온 건 발목 위로 껑충 올라간 바지 밑단이었다. 승재는 눈에 띄게 키가 자라고 있었다.

"승재야, 할머니랑 저녁 먹었니?"

승재는 대답도 하지 않고 곧장 2층 제 방으로 올라갔다. 아이의 키와 말수는 반비례하는 걸까? 승재는 언제부터인가 매사 귀찮다는 표정으로 나를 대하기 시작했다.

아이가 사춘기를 겪고 있다고 생각했다. 동그스름하고 귀엽던 얼굴 골격이 점점 남자답게 변하면서 입 주변도 어느새 거뭇거뭇해졌다. 자신의 사생활을 가장 우선시하며 언제나 딸깍

소리가 나게 방문을 잠갔다. 아이에게 나는, 수시로 방문을 노크하는 귀찮은 침입자나 다름없었다.

"오늘 모임 잘했어?"

남편이 현관문 앞에 서 있던 나를 보더니 환한 미소를 지었다. 남편의 미소를 보자 불안감이 한순간에 눈 녹듯 사라졌다. 따뜻하고 기댈 수 있는 저 미소를 오후 내내 기다렸다.

체격이 좋은 남편은 요즘 병원 일로 스트레스를 받는지 체중이 줄고 있다. 조금 헐렁해 보이는 재킷 때문인지 오늘따라 더 왜소해 보여 애잔한 마음이 들었다.

"그저 그랬어. 다들 힘들다는 얘기밖에 안 해."

나는 남편에게 화단에서 본 것에 대해 이야기를 꺼내고 싶어 조바심이 났지만, 제 방에 가방을 던져두고 다시 거실로 내려온 승재가 신경쓰여 본론을 꺼내지 못했다. 승재는 밖에서 입던 옷을 그대로 입은 채로 한쪽 다리를 소파 위로 제멋대로 올리더니 드러누웠다.

"그게 뭐야. 그렇게 누우면 보기 싫잖아."

"내 마음이야."

승재는 귀찮다는 듯 대답하더니 텔레비전을 켜고 채널을 돌려댔다. 사춘기가 시작된 아이들은 오로지 반항하기 위해 부모가 싫어하는 행동을 한다고 했다. 그때 아이의 행동에 반응하는 건 부모가 아이의 계략에 말려드는 거라고 책에서 읽은 기억이 났다. 사춘기가 되면 언제든 부모와 싸울 준비가 되어 있다는 구절이 인상적인 책이었다.

한때는 승재가 신는 양말부터 머리 스타일, 필기구의 종류와 노트 디자인, 그리고 가방 브랜드까지 모든 걸 정해주면서, 내가 아이의 모든 것을 완벽하게 세팅할 수 있다는 것에 행복감을 느끼던 때도 있었다. 승재를 완벽한 취향을 갖춘 아이로 만들며 불완전하고 초라했던 내 어린시절에 대한 보상을 받았다. 하지만 이제 겨우 열다섯 살이 된 승재는 내가 만들어준 취향을 모두 부정하고 있었다.

리모컨으로 채널을 돌리던 승재는 UFC 채널이 나오자 시선을 고정했다.

"텔레비전 볼 때 보더라도 옷은 갈아입어."

남편이 명령하듯 단호하게 말하자 승재는 아빠를 올려다보더니 아무 대꾸 없이 벌떡 일어나 2층으로 다시 올라갔다. 아빠의 말에만 반응하는 승재의 태도가 야속했다.

남편은 두툼한 서류 파일을 들고 승재의 뒤를 따라 2층 서재로 향했고, 나는 남편의 뒤를 졸졸 따라갔다. 남편은 낮에 학회에서 받아 온 책자와 서류 들을 책상 위로 툭 올려놓고는 그제야 서재까지 따라온 나를 돌아봤다.

"왜 무슨 일 있어? 또 귀신이라도 봤어?"

집에서 나는 작은 소음에도 깜짝깜짝 놀라는 나를 두고 남편이 놀리듯 물었다. 주택으로 이사한 이후로 이상한 소리들이 계속 들려왔고, 나는 그런 소리들에 민감하게 반응했다. 아파트라면 층간 소음이라고 치부해버릴 만한 소음들이 주택으로 이사한 이후로 하나하나 예민하게 나를 자극하고 괴롭혔다. 내가 소음에 반응할 때마다 남편은 귀신 소리라며 놀렸지만 나는 그런 반응이 썩 재미나지 않았다. 그저 죽음을 떠올리는 단어들이 내 앞에 나타나는 것이 싫었다.

남편이 먼저 내 의사를 읽어주길 바라며 침묵을 지켰다. 그런 마음을 읽기라도 한 듯 남편은 불안해 보이는 내 표정을 사려 깊게 살폈다.

열 살 연상인 남편을 나는 연애 때부터 의지하고 존경해왔다. 남편은 서른세 살일 때도, 마흔 살일 때도, 마흔아홉인 현재도 언제나 나에게는 든든한 버팀목이자 보호자였다. 남편에게 느끼는 이런 감정이 아버지를 향한 딸의 감정일까 생각해본 적도 있다. 다섯 살 때 아버지가 돌아가셨기에 나는 아버지와 딸의 관계를 알지 못했고, 끊임없이 그 빈자리에 대해 생각하며 아버지의 존재를 상상할 뿐이었다.

"여보, 혹시 조경업체에 다시 연락 좀 할 수 있을까?"

화단에서 본 것을 말하기 전에 먼저 남편이 내 말을 믿을 수 있게끔 대화를 시작해야 한다고 생각했다.

"조경업체? 거긴 왜?"

남편은 서재의 책장과 벽 사이에 세워둔 검은색 낚시 가방을 끄집어내며 되물었다. 얼마 전 제약 회사 직원에게 받은 낚시 가방이다. 검은색에 은색의 스트라이프 무늬가 어지럽게 둘러진 가방은 남편의 취향이 아니었다. 은색의 무늬가 촌스럽게 휘감겨 있는, 한눈에도 싸구려 가방으로 보였다.

"여보…… 화단이……."

"아, 냄새 때문에? 그거 거름 때문이라니까. 신경쓸 필요 없어."

남편이 별거 아니라는 표정으로 웃으며 말했다. 하지만 그 냄새가 이상하다고 생각한 건 나뿐만이 아니었다. 오늘 집에 왔던 친구들이 나보다 더 냄새에 예민하고 민감하게 반응하며 불쾌감을 표했다. 게다가 그 아래 있는 건…….

"화단 안에…… 이상한 게 있어. 죽은 동물 같은 게!"

내가 본 건 물론 동물이 아니었다. 분명 사람의 손이었다. 흙에 덮여 자세히 보진 못했지만 사람의 손톱과 손가락 형체라는 건 분명했다. 하지만 차마 화단 속에 시체가 있다고 말할 순 없었다. 화단 속에 시체라니……. 그 얘기를 듣고 웃지 않을 사람이 있을까. 동물 사체라고 말하는 것만으로도 남편은 얼마든지 화단을 다시 확인해줄 터였다. 나를 황당하게 볼 거란 생각과는 달리 남편은 놀란 기색으로 내 얼굴을 빤히 쳐다보았다.

"동물이라니?"

"여보, 조경업체에서 화단 만들 때 장난을 쳤을 수도 있고……. 그 사람들도 모르는 나쁜 일이 있을 수도 있고……. 그러니까 일단은 그 사람들한테 확인해보는 게……. 음, 이게 우리 잘못은 아니니까……. 그래서 내 말은 조경업체에 일단 연락을 해보고……."

머릿속에서는 논리적으로 생각을 정리하며 말하고 있었는데 입에서는 두서없는 말들이 튀어나왔다. 남편은 미간을 찡그리며 내 이야기에 집중하려 노력했다.

"음……. 화단에서 뭔가를 봤다는 거지?"

"어……. 어쩌면 끔찍한 게……."

판교 신도시로 이사하기로 결정하고 시찰도 할 겸 이 동네를 찾았을 때, 모든 것이 새롭게 지어지고 만들어진 도로의 수로에서 쥐가 지나가는 걸 본 적이 있다. 겨우 쥐 따위를 보고 소리지르거나 무서워하진 않았지만, 그때 처음으로 집을 땅 바로 위에 세운다는 것에 대해 두려운 기분이 들었다. 언제든 더러운 것이 집안으로 침입할 수 있다는 두려움이었다. 당시 막연하게 느꼈던 감정의 실체가 드디어 우리집 마당 화단 속에, 내 눈앞에 드러난 것만 같은 기분이었다.

"무서울 텐데, 내가 보고 올 테니까 당신은 여기 있지그래."

따라나서는 나를 남편이 제지시켰다. 남편이 계단을 내려가는 소리를 들으며 서재에 가만히 서 있었다. 나는 어디에 있어야 하나? 여기 꼼짝 말고 있을까? 아니면 소파에 앉아서 기다릴까? 경찰을 부르든가 하는 대응이 필요할지도 모르니 1층에 내려가 있어야겠지…….

그때 남편이 벽에 기대뒀던 은색 무늬의 검은 낚시 가방이 툭하고 귀신 장난처럼 바닥으로 쓰러졌다. 안은 텅 비어 있었다.

화단에서 끔찍한 걸 본 이후로 나는 주방에도 차마 들어갈 수 없었다. 창문이 가로막고 있긴 했지만 주방과 화단은 거의 연결된 공간처럼 느껴졌다.

주방의 창 너머로 남편이 허리춤에 손을 올리고 화단을 내려다보는 모습이 보였다. 남편은 뭔가를 생각하는 듯싶더니 내가 헤집어놓은 화단의 흙을 원상 복구하고 있었다. 남편은 분명 파내려 하지 않고 화단을 다시 흙으로 덮고 있었다. 그러고는 뒤돌아 주방에 서 있는 나를 쳐다봤다. 어두운 실외에서 밝은 실내는 선명하게 보일 터였다. 어둠 속 남편의 표정은 잘 보이지 않았다. 남편이 그저 나를 빤히 쳐다보고 있다는 것만 느낄 수 있었다.

삽을 다시 창고에 넣고 화단 앞에 어지럽게 흩어져 있는 흙을 쓸어 담아 청소하는 남편의 행동은 느긋했다. 화단에서 사람의 손을 발견하고 할 수 있는 행동이 아니었다. 내가 혹시 잘못 봤나? 잘못 봤을 수도 있어……. 그런 생각에 이르자 나는 순간 수치심과 부끄러움으로 얼굴이 달아올랐다. 서른아홉의 나이에 십 대 소녀처럼 버려진 인형 손을 보고 시체라고 상상한 건 아닐까? 인형 손이 무서워서 오후 내내 커튼을 치고 집에 웅크리고 숨어 있었다니 한심하게 느껴졌다. 하지만 한편으로 저 냄새의 심각성을 느낀 건 나뿐만이 아니라는 생각을 지울 수 없었다. 악취가 괜찮은지 먼저 물어본 것도, 동물 사체가 있을 거라고 먼저 말한 것도 친구들이었다. 분명, 나만의 착각은 아니었다.

슬리퍼에 묻은 흙을 털어내며 집안으로 들어서는 남편의 표정을 자세히 살폈다. 마치 연기를 준비하는 배우처럼 보였다. 이상한 상상을 하는 못 미더운 아내에게 실망했지만 그런 아내를 안심시켜야만 하는 선한 역할을 맡은 배우 같았다.

"보니까 당신이 착각할 만했어. 흙속에 조개껍질 같은 거랑 쓰레기들이 있어서 이상하게 보일 수도 있었겠어."

남편의 말에 오히려 더 불안해졌다. 어쩌면 남편도 나처럼 사람 손을 보고 놀라주길 바랐는지도 모른다. 나는 이번에도 한심하고 나약했다.

남편은 주방으로 들어가 전기 포트에 물을 끓이기 시작했다. 끓인 물에 허브티를 우려내 나에게 건넸다. 컵을 받아들자, 남편은 뭉친 어깨 근육을 풀어주려는 듯 내 어깨를 손으로 꾹꾹 눌렀다.

"걱정할 필요 없고 불안해할 필요도 없어. 괜찮아, 그래도 이건 재밌기라도 한걸. 동물 사체라니 귀신보다는 현실적이네."

남편은 재미있다는 듯이 웃어넘겼다. 나는 장식장 위에 놓인 달력으로 시선을 옮겼다. 4월 27일에 굵은 매직펜으로 빨간색 동그라미가 쳐져 있었다. 동그라미로 27일을 강조해둔 건 내가 아닌 남편이다.

"처형 기일이 얼마 안 남았네. 그래도 여기로 이사 오고 당신 많이 좋아졌지?"

남편의 말에 가만히 고개를 끄덕였다. 착하고 좋은 아내이고 싶었다. 이 집엔 누구나 좋아할 만한 현명하고 온화한 주인이 어울리니까. 하지만 그런 바람도 잠시, 다시금 어둡고 무거운 분노가 나를 서서히 잠식하고 있는 걸 느꼈다.

십육 년 전, 2000년 4월 27일. 사랑하는 언니가 죽었다. 언니는 어떤 이유도 징조도 없이 갑작스럽게 이 세상을 떠나버렸다. 언니와 나는 다른 자매보다 유달리 유대가 깊었고, 서로를 필요로 했다. 언니는 나에게 엄마이자 아빠였으며, 심적으로 온전히 기댈 수 있는 유일한 가족이었다. 그런 언니가 갑작스럽게 죽어 곁에서 사라졌다.

남편이 건넨 허브티를 한 모금 더 마셨다. 뜨거운 차가 몸안에 퍼지자 기분이 조금은 진정되는 것 같았다. 아직까지 와이셔츠를 입은 채로 곁에 앉아 있는 남편을 쳐다봤다.

"나 괜찮아. 당신도 옷 갈아입고 씻어. 피곤하지?"

"아니, 괜찮아."

남편은 머뭇거리며 계속 나를 바라봤다. 그런 남편의 태도에, 뭔가 잊고 있는 게 있었나 싶어 기억을 되짚어봤다.

"아, 맞다……. 당신 오늘밤 낚시 간다고 했었지?"

"음……. 근데, 글쎄……. 당신 괜찮겠어?"

남편은 불안한 표정으로 나를 주시했다.

"괜찮대도. 같이 가는 사람은 괜찮은 사람이야? 밤낚시는 위험하잖아."

"일 관계로 보는 사람인데, 뭘. 제약 회사 사람들도 우리 같은 의사들이랑 친분이 필요하고, 우리도 또 그 사람들이랑 관계 맺고 하는 게 중요하니까."

남편이 내 등을 손으로 쓰다듬었다. 그 손길에 따뜻한 허브 티가 천천히 온몸으로 퍼져나갔다.

잠들 때까지 남편은 내 몸을 편안하게 이완시켜줬다. 남편의 손길 아래 놓이면 세상에 대한 불안감이 사라졌다. 자고 있는 동안에도 편안한 기운을 담은 손길이 몸속에 계속 머물고 있는 것 같았다.

행복하고 나른한 기운은 이내 성적인 기운으로 바뀌었다. 깊은 수면에서 벗어나자 풍족하고도 따뜻한 나른함이 나를 점점 흥분시켰다. 오래전 사랑하는 사람에게 첫 키스를 받던 설렘이 되살아났다. 내 눈꺼풀에 가볍게 키스하는 남자. 내 눈꺼풀은 낯선 남자의 입술에 바르르 떨렸다. 낯선 남자는 내 앞에서 약자처럼 굴었다. 그는 내가 원하는 것이라면 무엇이든 다 해줄 기세였다. 남자는 황송해하며 계속 애무를 이어갔고 나는 다른 여자가 된 듯 더 대담하고 당당하게 남자를 받아들였다.

연신 몸을 움직이는 남자의 이마 위로 땀방울이 송골송골 맺혔다. 흥분한 상황에서도 나는 이상하게 남자의 땀방울이 더럽다고 느꼈다. 남자의 이마에 위태롭게 매달려 있던 땀방울이 내 얼굴 위로 안착하던 절정의 순간, 남자의 비명 같은 신음 소리와 함께 나는 잠에서 깨어났다.

눈을 뜨고 익숙한 침실을 마주하자 허무함이 밀려왔다. 나를 흥분시킨 상대가 남편이 아닌 낯선 남자라는 점 때문에 약간의 죄책감을 느꼈고, 죄책감을 무마하기 위해 남편을 찾았다. 손으로 침대를 더듬었지만 남편의 체온은 침대 어디에도 느껴지지 않았다.

남편은 없었다. 그제야 남편이 밤낚시 간다고 했던 말을 떠올렸다. 그리고 꿈속에서 정사를 나눈 낯선 남자의 정체를 깨

닫고 실소를 터뜨렸다. 그 남자를 일주일 전에 실제로 만난 적이 있었다. 나는 날짜를 정확히 기억하고 있었다. 그날은 4월 1일 만우절이었다.

4월 1일 오후 2시쯤이었던 것 같다. 남자는 원래 그곳에 있던 사람처럼 서 있었다.

슬리퍼와 홈 웨어 차림으로 음식물 쓰레기를 버리러 대문을 잠깐 열어둔 사이에 남자는 우리집 마당 안으로 침범했다. 남자를 맞닥뜨린 순간, 나는 나쁜 일이 벌어질 거라는 직감에 휩싸였다. 그리고 일어날 수 있는 가장 나쁜 일을 상상했다. 이 남자가 나를 성폭행하리라……. 성폭행을 한 뒤 칼로 난자해서 죽이리라……. 그리고 내 시체를 집안 어딘가에 던져두고 흔적을 없앤 뒤 도망가리라.

"아! 놀라지 마세요. 문이 열려 있어서……."

남자는 사색이 된 내 표정을 보고는 급히 양복 주머니에 있는 지갑에서 명함을 꺼내 내밀었다.

"유진제약 영업팀장 김윤범이라고 합니다. 원장님과는 잘 아는 사입니다."

나는 남자가 건넨 명함에서 김윤범이라는 이름을 읽었다. 제약 영업 때문에 소아과를 운영하는 남편을 찾아 방문했으리라 추측이 됐다. 소아과는 약 처방이 많은 과였다. 아마도 처방전에 자신의 회사 약을 적어달라고 남편을 귀찮게 하다 집까지 찾아온 모양이다.

"사모님, 근데 저 기억 안 나세요?"

남자가 유독 하얀 치아를 드러내며 웃었다. 그제야 남자의 인상을 살폈다. 180센티미터는 넘어 보이는 큰 키에 어두운 피부색을 가지고 있다. 운동선수처럼 보일 법한 탄탄한 몸매에 호리호리한 체격이었다. 커다란 눈과 짙은 눈썹 때문에 동남아인처럼 보이기도 했기에, 남자를 본 적이 있다면 기억에 남을 인상이었다. 이십 대에는 누구나 미남으로 칭송했을 만한 이목구비였다.

"글쎄요. 어디서 뵀죠? 남편 병원에서 뵀던가요?"

남자는 우리가 어디에서 만났었는지에 대해 대꾸하지는 않았다. 그 정보를 내가 모른다는 사실에 우위를 점한 사람처럼 태도가 한결 가벼워 보였다.

"남편 연결해드릴게요."

왠지 기분이 나빠진 나는 주머니에 손을 넣고 핸드폰을 찾았지만 침실에 두고 나왔다는 걸 이내 깨달았다.

"아닙니다. 지금 한창 진료중이실 텐데요. 판교에 볼일이 있어서 잠깐 온 겁니다. 근처 지나다 들렀어요. 저기 판교역 부근으로 새로 지은 건물들이 다 병원 임대 넣으려고 난리라서. 약국 끼고 들어가는 병원들 조사차 한번 나와본 겁니다."

남자의 손에는 커다란 가방이 들려 있었다. 남편이 낚시광이라 한눈에 낚시 가방인 걸 알아챘다.

"여기 집들이 굉장하네요. 꼭 미국의 베벌리힐스에 온 거 같아요. 연예인도 살죠? 그 누구더라, 영화배우 누구였는데……. 여기 매매가가 이십억은 훌쩍 넘겠죠? 저기 동판교 아파트도 전세가 칠팔억 한다고 했던 거 같은데. 이야, 여기 진짜 집값이……. 신분당선 뚫리는 라인으로 집값들 확확 뛰는 모양새가 다들 대박이에요. 저도 돈 있으면 괜찮은 오피스텔이나 하나 사서 월세나 받아먹고 살면 좋을 텐데. 아, 집 진짜 좋네요……. 인간으로 태어났으면 이런 집에서 한 번은 살아봐야 할 텐데요, 그죠?"

남자는 환하게 웃으며 계속 떠벌렸다. 좋은 말을 하려는 의도처럼 보였지만 표정과 말이 어떠한 대꾸도 할 수 없을 만큼 천박하게 느껴졌다. 남자는 더 샅샅이 집을 관찰하고 살피려 했다. 내가 어찌할 바를 모르고 난감한 표정을 짓자 남자는 그제야 들고 있던 낚시 가방을 나에게 건넸다.

"아, 이것 때문에 왔습니다. 원장님한테 좀 전해주세요."

나는 남자에게 낚시 가방을 건네받았다. 은색의 줄무늬가 쳐진 검은색 낚시 가방이었다. 텅 빈 가방은 가벼웠다.

"저, 이게 뭐든 남편 허락 없이 그냥 받을 수는 없어요. 남편 병원에 가서 직접 전해주세요. 제가 이런 걸 덥석 받는 걸 싫어해서요."

나는 남편 핑계를 대며 가방을 다시 돌려줬다. 어떤 식으로든 이 남자와 얽히고 싶진 않았다. 남자가 어서 대문 밖으로 나가주길 바랄 뿐이었다.

남자는 계속 미소를 짓고 있었다. 어린 딸을 귀엽게 바라보는 아빠나 지을 법한 미소였다. 분명 웃고 있었지만, 그 미소는 나에 대한 무시로 읽혔다.

"뭘 그렇게 자꾸 허락을 받고 싶어 하세요? 이거…… 원장님한테도 중요한 물건이에요. 전화로 확인해보시겠어요?"

남자가 한 발짝 내 앞으로 다가와 몸을 숙이더니 어깨 위로 후 하고 바람을 불었다. 남자의 뜨거운 입김이 불쾌하게 목에 닿았다.

"나뭇잎이 어깨에 붙어 있어서요."

남자의 말에 어깨를 살폈지만 아무것도 없었다. 설사 나뭇잎을 떼어내기 위한 행동일지라도 무례하게 느껴졌다. 하지만 이런 행동에 불쾌감을 느끼면서도 함부로 내쫓지도 못했다. 혹시나 남편에게 중요한 손님일지도 모른다는 생각 때문이었다.

나는 남편에게 전화하기 위해 남자를 마당에 세워둔 채 집안으로 들어갔다. 혹시 몰라 현관문을 이중으로 잠갔지만, 그런데도 이상하게 마음이 편치 않아 마당에 서 있는 남자를 살피려고 창가로 다가갔다.

커튼 틈 사이로 남자의 필사적인 움직임이 보였다. 남자는 핸드폰을 들고 집 내부를 찍고 있었다. 그 순간 카메라 플래시가 터졌다. 나는 두 손으로 얼굴을 가렸다.

"뭐하시는 거예요!"

내가 소리쳤는데도 남자는 아랑곳하지 않고 다시 핸드폰을 들더니 계속 사진을 찍으려 했다. 그런 남자의 불쾌한 행동이 두려웠기에 창에 커튼을 치고 침실로 뛰어들어 핸드폰을 찾았다.

내 바람과는 달리 남편은 진료중인지 전화를 받지 않았다. 남자가 건넨 저 가방을 받아야 하는지 거절해야 하는지 몰라 머릿속이 어지러웠다. 나는 다시 커튼 너머로 마당을 흘낏 쳐다봤다. 너무 당연하게 그곳에 서 있던 남자는 보이지 않고 바닥에 가방만 덩그러니 놓여 있었다. 혹시나 하고 주방 창 너머로 뒷마당까지 살펴봤지만 남자는 어디에도 보이지 않았다. 현관문을 열고 마당으로 나가지는 못했다. 남자가 현관문 뒤에 숨어 있다 칼을 들이밀고 위협할지도 모르기 때문이다. 나는 경찰에 신고할까 고민하며 경보 시스템을 확인했다. 그리고 집안에서 한 발짝도 움직이지 않았다.

집 내부와 마당에는 가정용 경보 시스템이 24시간 작동중이고 CCTV도 있었지만 아무것도 믿을 수 없었다. 단독주택은 외부로부터의 침입이 너무 쉬웠다.

생각해보면 나는 이 집으로 이사하는 걸 별로 원하지 않았다. 여기로 이사하게 된 데는 시어머니의 입김이 강했다. 어머니는 판교 신도시 아파트를 구매해 삼 년 동안 전세를 주다 아파트 매매가가 정점을 찍고 더이상 오를 일이 없어 보이자 아파트를 되팔아 시세 차익으로 사억 원을 챙겼다. 그런저런 일들로 틈틈이 판교를 오가던 어머니의 눈에 판교의 단독주택 부지가 눈에 들어왔고, 이번에는 투자 목적이 아닌 아들내외가 행복하게 살 수 있는 보금자리로서 땅을 알아보기 시작했다. 그런 어머니의 부추김에 남편이 반응했다. 남편도 승재와 나에게 필요한 건 편안하고 안락한 정원이 있는 주택이라고 생각하던 참이었다.

남편은 누구나 꿈꾸는 집을 지어주겠다고 나를 설득했다. 천장이 높고 창 너머로 나무가 보이는 집에서 살면 모든 것이 평안해질 거라고 말했다. 설계사와 인테리어 미팅을 할 때도, 남편은 편안하고 따뜻한 컬러를, 그런 가구를, 그런 분위기를 주문했다. 남편의 제안을 거절할 수 없었다. 남편의 모든 제안은 나를 위한 것이었다. 내가 이곳으로 이사한다고 하자 친구들이 더 들뜬 반응을 보였다. 모두가 나를 부러워했다. 그래, 그래서 나는 그 시선에 우쭐하고 행복했던 것 같기도 하다. 하지만 나는 정원이 있는 주택보다는 고층 아파트의 펜트하우스를 더 갈망하는 사람이었다. 사람들의 부러움을 사기보다 아무도 우리집을 침범하지 않기를 원했다.

이 집으로 이사를 하고 몇 주간은 행복했다. 하지만 이내 집에 두려움을 느끼기 시작했다. 새시 공사가 잘못됐는지 바람이 불 때면 커다란 집의 2층 창문으로 요란한 소리가 들렸고, 혼자 집에 있을 때면 침입자들이 방 어딘가에 몰래 숨어 있을지도 모른다는 생각 때문에 닫힌 방문들을 선뜻 열지 못해 청소도 못 할 때가 많았다. 손 없는 날 이사를 해야 한다는 내 말을 무시하고 2월의 28일에 이사한 일도 두고두고 걸렸다.

나는 마당에 남자가 숨어 있을지도 모른다는 두려움에 떨며, 핸드폰을 손에 꼭 쥔 채로 남편의 연락을 기다렸다. 그때 문자메시지가 도착했다. 남편의 연락이라 생각해서 재빨리 확인한 메시지에는 하늘을 나는 펭귄 사진이 보였다. 사진 아래로 지구 온난화로 멸종 위기를 맞은 펭귄이 생존하기 위해 나는 법을 터득했다는 《타임스》 기사가 함께 도착해 있었다. 승재 학부모 모임에서 만난 학부형이 보낸 문자였다.

그 문자가 아니었다면, 난 그날이 만우절이란 걸 기억하지 못했을 거다. 왜 하필 오늘 그 남자와 정사를 나누는 꿈을 꾼 걸까. 남자의 이마에 맺혀 있던 땀방울이 너무도 선명하게 떠올랐다. 나는 협탁 위에 놓아둔 핸드폰을 집어 들고 시계를 봤다. 새벽 2시였다. 도대체 나는 몇 시부터 잠을 자기 시작했던 걸까. 매번 불면증에 시달리던 내가 어제는 초저녁부터 잠에 빠져들었다. 아마도 화단에서 이상한 걸 보고는 정신적으로 시달린 탓에 쓰러지듯 잠든 모양이다.

남편은 언제쯤 돌아올까. 나는 바로 남편에게 전화를 걸었지만 전화를 받지 않았다. 밤낚시를 갈 때면 진동이나 벨 소리에 고기들이 도망간다고 핸드폰을 무음으로 해놓을 때가 있다.

밤에 이렇게 혼자 누워 있는 건 쓸쓸했다. 나는 다시 집에서 나는 작은 소음들에 귀기울였다. 다음부턴 남편이 밤낚시를 간다고 하면 말려야겠다고 생각했다. 이상하게 남편이 걱정돼 침대에서 일어나 앉았다. 성호를 긋고 간단한 기도를 했다. 언제나 하느님이 남편을 곁에서 지켜주고 보살피며 돌봐주시길. 우리 가정에 나쁜 일이 벌어지지 않게 평화를 주시길. 기도를 하고 나자 마음이 조금 놓이기에 다시 잠에 빠져들었다.

4월 10일 일요일

상은

얼마나 잤을까? 진공청소기 돌리는 소리와 텔레비전 소리
가 뒤엉켜 견딜 수 없는 소음이 거실에서 들려왔다. 입이 썼
다. 어서 눈을 뜨자. 눈을 뜨고 일어나서 배를 채울 것을 좀
달라고 하자. 시계를 보니 오전 9시가 넘지 않았다. 자는 동안
핸드폰에는 광고 문자 몇 통만이 와 있을 뿐이었다.

방 한구석에는 아이 장난감과 생필품이 잔뜩 쌓여 있었다.
그 옆으로는 작은 텔레비전과 개어놓은 속옷과 옷가지, 싸구
려 보습 크림이 아무렇게나 놓여 있었다.

방문을 열자 올케언니가 신경질적으로 청소기를 돌리고 있
다. 다섯 살 난 조카 정민이가 틀어놓은 애니메이션 채널에선

명랑한 음악이 흘러나왔다. 청소기 소리에 맞춰 아이는 텔레비전의 볼륨을 더 키웠다. 소파의 한쪽 구석에서 등을 구부리고 빨래를 개던 엄마가 고개를 들어 나를 쳐다봤다.

"몇 시에 왔니?"

올케언니도 궁금하다는 듯이 쳐다봤다.

"글쎄, 한 9시? 엄마, 뭐야. 어제 나 봤으면서 몇 시에 왔느냐고 묻기야? 그치, 정민아?"

"아니, 아가씨. 그 밤중에 어떻게 왔대요? 연락을 하시지."

"남편이 데려다줬어요. 언니는 몇 시에 온 거예요?"

"저야, 새벽 5시 넘어서 첫차 타고…… 6시쯤 왔죠."

올케언니는 24시간 감자탕집의 주방에서 주 삼 일은 야간근무를 하고 있었다.

"서방님은 아가씨만 데려다주고 집으로 돌아간 거예요?"

"아뇨, 남편은 여기 기산 저수지에서 밤낚시 약속이 있어서……. 겸사겸사 데려다달라고 했죠, 뭐. 엄마한테 이거도 줄 겸."

나는 어제 택배로 받은 차가버섯 상자를 내보였다.

"엄마, 이거 먹어. 이게 건강에 그렇게 좋대."

"너 몇 시에 왔니?"

엄마는 다시 같은 질문을 반복했다.

"어머니, 어제 아가씨 9시? 9시에 왔대요. 어머, 우리 어머니…… 아가씨가 이거 주려고 밤중에 왔대요. 우리 어머니 좋겠다. 딸이 엄마랑 같이 자고 싶어서 왔나 보다아……. 우리 어머니 얼마나 좋아요?"

올케언니는 우리 모녀 관계를 꽤나 감동적으로 해석하고 싶어 했다.

"어머닌 아직 괜찮아요. 뭐 깜박하고 그런 것도 별로 없으시고……. 아가씨 그래도 어머니랑 자는 건 조심해야 해요. 원래 임신해서는 남편도 조심해야 하는데."

올케언니가 나에게 속삭이듯 말했다.

"이년들이. 내가 환자 취급하라 그랬냐 말라 그랬냐! 네년들보다 내 정신이 더 말짱해. 이것들이 어디서 같잖게 수작들이야! 내가 애라도 죽인단 말이냐, 씹할년들."

엄마가 개고 있던 빨래를 올케언니에게 집어던졌다. 아직 치매 증상이 크게 나타날 때는 아니지만, 치매라는 사실을 알게 된 이후로 엄마의 폭력성은 배가되고 있었다.

"오빠는요?"

"어제 울산 갔다 오늘밤이나 돼야 와요."

오빠는 화물 배달 일을 해서 1박 2일로 지방에 내려갈 때가 많았다. 나는 어젯밤 오빠가 울산에 있다는 사실을 알고 있었다.

"그래도 우리 어머니 있어서 제가 정민이도 맡기고, 안심하고 일도 하고 그래요. 그죠, 어머니?"

올케언니는 엄마를 달래듯 구슬렸고, 엄마는 그런 올케언니의 말에 무표정으로 답했다. 친절한 눈웃음이 굳어진 올케언니의 눈자위는 피곤으로 푹 꺼져 있었다. 오늘 아침 퇴근한 이후로 세 시간은 잤을까?

올케언니는 세상을 긍정적으로 보려 했다. 하지만 그런 긍정적인 말들 뒤에 숨어 자신의 검은 속내조차 인정하지 않으려는 모습이 배알을 뒤틀리게 했다.

오빠가 하던 제과점이 망하면서 담보로 잡혔던 집이 넘어가는 바람에 엄마 혼자 살던 화성의 주공 아파트로 오빠네 식구들이 잠시 들어왔다. 들어오자마자 오빠 내외는 엄마가 쓰던 안방을 차지하고 제일 작은 방으로 엄마를 보냈다. 냉장고를 열어봐도 싱크대 찬장을 열어봐도 엄마의 살림살이는 낡고 못 쓰는 것인 양 구석에 박혀 있었다. 오빠가 배달 일을 하면서 자리를 잡았지만 오빠네 식구는 엄마의 집에서 나갈 생각을 하지 않았다. 오빠는 엄마의 집을 당연히 물려받을 재산이라 여기는 것 같았다. 오빠 내외가 엄마의 집으로 들어온 순간 나에게는 친정이 사라졌다. 올케언니는 항상 자기에게 연락하고 오라고 당부하는데, 그 말은 허락을 받으라는 말이나 다름없다. 허락이라니……. 엄마의 집에 오기 위해 허락을 받는 자식은 없다. 이 집은 엄마의 집이지 오빠의 집이 아니다.

4월 10일 일요일

51

내가 엄마를 보러 올 때면 올케언니는 끊임없이 자신을 피해자 위치에 놓았다. 시어머니를 모시고 사는 착한 며느리 자리에 자기를 놓고 나에게 볼멘소리를 했다. 어머니가 치매에 걸린 이상, 그 검은 속내가 어떻게 폭력적으로 드러날지 한편으로 궁금했다. 남들 눈에는 엄마가 올케언니에게 함부로 대하면서 대접받으며 사는 듯이 비쳐졌지만, 이미 엄마의 방은 창고가 되어버렸고 엄마도 그 창고 안의 물건과 다를 바 없어 보였다.

"아가씨는 좋겠어요. 애기 낳으면……. 신경쓸 일도 없이 단출하게 세 식구 사니……. 서방님도 정규직이고……."

올케언니의 말들에 나는 고개를 끄덕이면서 속으로는 비웃었다. 얼마나 무책임한 부러움인지. 끊임없이 자신을 피해자로 소환하면서 부리는 이기심에 치가 떨렸다.

올케언니는 내가 가져온 차가버섯이 자신에게 도착한 선물인 양 포장에 적힌 효능을 읽었다. 올케언니의 모습은 항상 가난을 달고 살아온 사람의 모습 그 자체였다. 나는 그렇게 자신을 피해자로 두고 싶지 않았다. 피해자의 위치에 서게 만드는 가난을 증오했다.

"저희 곧 이사하게 될 것 같아요."

"이사요? 갑자기 왜요? 서방님 직장 때문에?"

"아뇨, 집주인이 전셋값을 오천이나 더 올려달라네. 별수 있나요? 이사 가야죠."

"어머, 무슨 오천씩이나. 갑자기 그런 돈이 어디서 난다고. 그래요……. 이참에 아파트말고 연립이나 빌라 쪽으로 알아봐요. 그쪽이 싸고 애 키우기도 더 나을지 몰라요."

나는 올케언니를 쳐다봤지만 시선을 마주치려 들지 않았다.

"제가 엄마랑 같이 여기서 사는 건 어때요? 엄마도 이제 항상 옆에 누가 필요한 상황이고. 오빠도 직장이 생겼고."

"아……."

올케언니는 당황했는지 대꾸가 없었다.

"글쎄요……. 그게…… 상의해봐야겠네……. 어머니는 어떠시려나……."

올케언니가 슬쩍 엄마의 눈치를 살폈다.

"난 싫다. 내가 길거리에서 객사를 하고 말지, 왜 아들을 두고 너랑 사니."

엄마의 한마디에 올케언니는 안도하는 표정이었다. 물론 나도 진심으로 뱉은 말은 아니었다. 올케언니의 속내를 조금이라도 끄집어내주고 싶어 위악적으로 꺼내본 말이었다.

"고모, 이거……."

조카 정민이 진동하고 있는 내 핸드폰을 손에 들고 있었다. 나는 핸드폰을 건네받아 발신자 번호를 확인했다. 모르는 번호였다. 나는 올케언니와 엄마의 표정을 잠깐 살피고 전화를 받았다.

"여보세요."

"안녕하세요. 혹시 김윤범 씨 가족 되십니까?"

"네, 그런데요."

"아……. 네, 저는 화성서부경찰서 윤창근 경위입니다."

"네, 무슨 일로?"

"남편분이 김윤범, 1979년생 맞으신가요?"

"네, 그런데요. 무슨 일이시죠?"

상대방은 잠시 말을 잇지 못했다. 전화 너머로 마른기침 소리가 들려왔다.

"네. 그게……. 오늘 아침 화성 봉천읍에 있는 기산 저수지에서 부군인 김윤범 씨의…… 시신이 발견됐습니다. 현재 동탄성심병원으로 모신 상태고요. 가족분이 오셔서 신원 확인을 해주셔야 할 것 같습니다."

전화기 너머 음성이 아득하게 들리더니 점점 소멸해가는 기분이었다. 사지가 미세하게 떨리며 몸이 먼저 반응하기 시작했다.

"여보세요, 여보세요?"

"……네, 방금 뭐라고 하신 거죠?"

"아……. 안타깝게도 부군께서 사망하셨습니다."

"네?"

"동탄성심병원에 모셨는데요, 여기까지 오시는 데 얼마나 걸릴까요?"

"……."

"지금 어디시죠? 저희 경찰관과 같이 오시겠습니까?"

"아니요, 제가 갈게요. 갈 수 있어요."

"네, 문자 넣을 테니 도착하면 전화주시고요."

전화를 끊은 나는 목소리로 남자의 생김새를 가늠해보았다. 경상도 억양이 있는 덩치가 큰 남자의 모습이 떠올랐다.

"아가씨, 무슨 일이에요?"

엄마와 올케언니가 나를 빤히 쳐다보고 있었다. 아무래도 평범한 전화가 아니라고 느낀 모양이다.

"엄마…… 남편이…… 죽었대……."

나도 모르게 들고 있던 핸드폰을 떨어뜨렸다. 위에서 쓴 물이 올라왔다. 순간 밥이 먹고 싶다고 생각했지만 어서 병원에 가봐야 했다. 남편의 시신을 확인해야만 했다.

올케언니의 부축을 받으며, 나는 아파트 계단을 비틀거리며 내려왔다.

"아니…… 어떻게……. 아니…… 어떻게……."

계속 같은 말을 반복하다가 울다가 하면서 올케언니는 온 힘을 다해 내 몸을 부축했다. 택시가 도착하고 내가 올라타자

4월 10일 일요일

올케언니도 옆에 따라 앉았다.

"아니에요. 저 혼자 갈 수 있어요. 피곤할 텐데 언니는 집에 있어요."

"아휴, 같이 가요. 아가씨 혼자선 안 돼요. 아저씨, 동탄성심 병원 가주세요."

올케언니는 감정이 고취되어 더 크게 울기 시작했고, 택시 기사가 그런 우리를 쳐다봤다. 나는 눈을 감았다. 다른 어떤 감정을 드러내는 것보다도 이편이 쉬웠기 때문이다. 올케언니와 동행을 할 거라곤 생각하지 못했다. 귀찮아졌다. 어떻게 표정을 짓고 어떻게 반응해야 할지 생각했다. 어떻게 해야 자연스럽게 보일까. 이런 생각들이 나를 더 부자연스럽게 만들었다.

경찰의 전화는 내가 예상한 것보다 늦게 걸려 왔다.

남편을 죽이기로 결심하고 실행에 옮기기까지 여러 번 망설였지만 후회는 없었다. 나는 남편을 죽인 살인자이지만 그 사실은 이제부터 잊기로 했다. 나는 피해자의 부인이어야 하니까. 눈을 감자 남편의 마지막 얼굴이 계속 떠올랐다.

나도 모르게 신음 소리를 내며 몸을 떨었다. 올케언니가 내 손을 꼭 잡았다.

주란

무거운 눈꺼풀을 간신히 밀어올려 시계를 봤다. 큰바늘은 분명 숫자 10을 가리키고 있었다. 10시! 나는 놀라 벌떡 몸을 일으켰다. 하지만 늦은 시간보다도 나를 더 놀라게 한 건 옆에 누워 있는 남편이었다. 남편은 등을 보인 채로 웅크리고 누워 있었다. 규칙적인 숨소리가 들려왔다. 언제 들어온 걸까? 남편의 몸 위에 가만히 손을 얹자 아직 몸에 냉기가 서려 있었다.

승재의 방문을 노크했지만 아무런 소리도 들리지 않았다. 가만히 방문을 열고 안을 들여다보니 승재도 아직까지 자고 있었다.

"승재야, 일어나야지."

몸을 흔들며 깨웠지만 승재는 쉽게 일어나지 못했다.

"승재야!"

아이는 오늘따라 유독 잠투정을 부리며 일어날 기미를 보이지 않았다. 일요일 미사를 위해 성당에 가려면 빨리 준비해야 했기에 다시 승재를 흔들어 깨웠다.

이사 온 뒤 서울에서 판교로 성당을 옮겨 아직 사람들과 익숙해지지 않은 상태에서 미사에 불참하는 사람으로 인식되고 싶진 않았다. 하지만 내 의지와 달리 아이는 좀처럼 일어나지 않았다. 아이 깨우기를 포기하고 침대에 걸터앉아 승재를 바라봤다. 아이의 잠든 얼굴을 보자 '내 배로 낳은 내 새끼'란 생각이 절로 들며 애잔함이 밀려왔다. 침대맡에 컵이 놓여 있었다. 컵에 남아 있는 하얀 액체. 냄새를 맡아보니 어젯밤 우유를 마신 모양이다. 이상했다. 승재는 유당이 체질적으로 맞지 않아 요구르트나 우유를 먹으면 설사를 했기에 일부러 찾아 마시진 않는다.

나는 컵을 들고 아이 방에서 나와 주방으로 향했다. 냉장고를 열자 며칠 전에 사둔 우유가 개봉된 채로 양이 줄어 있었다. 내가 승재에게 우유를 줬을 리는 없다.

'갑자기 우유가 먹고 싶었나?'

주방 창 너머로 화단을 바라봤다. 어제 내가 삽으로 헤집어 놓았던 화단은 말끔하게 정리되어 있었다. 기분 탓인지 어제까지 나를 괴롭히던 악취도 덜 나는 듯했다. 어서 빨리 꽃나무를 심자고 남편을 재촉해야겠다. 텅 빈 화단을 보니 덩달아 마음이 흥흥해지는 기분이었다.

"성당 가게?" 어느새 남편이 주방으로 내려와 물을 마시고 있었다.

"더 자지. 밤새우고 피곤할 텐데. 새벽 몇 시에 들어온 거야?"

"응? 무슨 소리야? 어제 내내 집에 있었는데."

남편은 식탁 의자에 앉아 다시금 나를 걱정스럽게 봤다.

"11신가? 그때부터 지금까지 계속 잤어. 어제 학회에서 이 사람 저 사람 만나서 인사하고……. 승재 데리고 집에 오는데 토요일이라 그런가 고속도로가 얼마나 막히던지. 내내 피곤했던 터라 세상모르고 잤네."

남편은 어젯밤 제약 회사 직원과 낚시 약속이 있다고 했다. 내가 또 착각했나? 남편의 이야기를 제대로 안 듣고 놓친 것이 있었나? 하지만 남편은 집에 오자마자 서재로 들어가 낚시 가방부터 꺼내 챙겼었다.

"당신 어제 밤낚시 간다고 하지 않았어?"

"아, 그건 취소했지. 당신 몸 상태가 별로인 것 같아서. 몸은 어때? 괜찮아?"

"어……. 괜찮아. 오늘은 머리도 맑고. 근데 당신 집에 계속 있었다고?"

새벽에 잠깐 깨어났을 때 남편은 분명 옆에 없었다. 서재나 거실에 있었던 걸까? 침대를 함께 쓴 이후로 남편의 부재를 착각한 적은 없었다. 남편의 온기는 남편이 침대에서 일어난 뒤에도 항상 오랫동안 남아 있었다.

남편이 내 표정을 살피더니 이내 걱정스러운 기색을 보였다.

"당신 정말 괜찮아? 여기 소파에서 잠든 걸 내가 깨워서 침실로 들어갔잖아. 침대에서 다리도 주물러주고……. 몸이 안 좋은 것 같아서 계속 옆에서 지켜봤는데."

"어, 맞아. 기억나는 것 같아. 맞아, 그랬어."

4월 10일 일요일

59

나는 입고 있는 잠옷을 내려다봤다. 이 잠옷은 내가 입은
건가?

"당신 걱정돼. 요즘 들어서 자꾸 이상한 걸 봤다고 하질
않나."

남편의 안색이 어두워졌다.

"뭐든 필요한 게 있으면 말하고 도와달라고 해. 알겠지?"

나는 남편의 말에 가만히 고개를 끄덕였다.

"이리로 이사한 것도 당신 때문이야, 알지?"

물론 알고 있었다. 남편은 나를 위해서라면 최선을 다하는
사람이다. 그는 항상 나에게 부족한 게 없는지 살피고 채워줬
다. 아무도 믿진 않지만, 남편과 십육 년을 살면서 크게 싸워
본 적이 없다. 남편은 나에 대해서 모든 걸 알고, 나에게 맞춰
줬다. 내가 감정을 조절하지 못할 때조차 같이 인내하고 지켜
보면서 나에 대한 사랑을 놓지 않았다. 하지만 나는 충족된
것보다 결핍을 먼저 살피고 집착하는 경향이 있었다.

남편이 등뒤로 다가와 어깨 위로 내려온 머리카락을 그러쥐
더니 끈으로 묶기 시작했다.

"이따 오후에 승재랑 운중천 산책이나 할까? 원형 공연장
에서 야외 공연하나 본데. 어제 집에 올 때 보니까 현수막이
걸려 있더라고."

머리카락을 모아 쥐는 남편의 손길에 나도 모르게 안심이

됐다.

"고맙습니다. 미안합니다."

나는 장난치듯 남편을 향해 두 손을 모으고 공손히 인사했다.

요즘 들어 남편과의 섹스가 재미없다고 생각하고 있었다. 우리 부부는 섹스에서만큼은 둘 다 보수적이었다. 그런 불만이 시나브로 쌓여 어젯밤 생뚱맞은 남자와 관계하는 꿈을 꾼 것 같았다. 남편에게 괜히 미안한 기분이 들어 우회적으로 사과를 했다.

나는 시어머니의 추천으로 오 년 전 종교를 갖게 됐다. 반면 남편은 주일마다 열리는 세미나 때문에 미사에 불참하면서 자연스럽게 냉담자가 됐다. 그런 남편이 오늘은 나와 함께 성당에 가겠노라고 했다.

이사한 이후로 혼자 성당에 나갈 때면, 지나가는 말이지만 다들 남편과 함께 오라고 한마디씩 하곤 했다. 다른 부부들이 함께 미사에 참석하는 모습을 보면 괜히 위축되는 기분이 들어서 내심 남편이 다시 성당에 다니길 바라고 있었다. 그런데 내 마음을 읽기라도 한 듯 오늘 함께 성당에 가겠다고 했다.

남편은 검은 면바지에 파란색 스트라이프 셔츠를 입고 성당에 갈 준비를 마쳤다. 나는 스트라이프 셔츠를 캐주얼하게

4월 10일 일요일

걸친 남편의 모습을 좋아했다. 남편이 동년배에 비해 세련되고 젊어 보이는 게 내 덕분인 것 같아 우쭐한 기분이 들기도 했다. 남편이 캐주얼한 의상을 입는 건 좋아하지만, 나는 제대로 갖춰 입으려고 했다. 얼마 전 구입한 민트색 플랫슈즈를 신어야겠다고 생각했다. 구두가 좀더 눈에 띄길 원했기에, 별다른 액세서리는 하지 않고 흰색 원피스를 꺼내 입었다.

승재가 잠에 취한 표정으로 청바지에 후드 티를 입고 2층에서 내려왔다. 까치집이 진 승재의 머리가 눈에 들어왔다. 승재는 졸린 탓인지 빗질을 해줘도 잠자코 있었다.

"아빠도 오늘 성당 갈 거래. 그러니까 승재도 세수하고 같이 가야지."

"어, 알았어."

아이는 내 말을 듣고 순순히 욕실로 향했다. 오늘 비록 늦잠을 잤지만 다른 날들보다 더 순조롭게 느껴졌다. 미사가 끝나면 백현동 카페 거리로 나가 오랜만에 가족이 간단히 외식도 할 참이었다.

신발장을 열고 나의 민트색 플랫슈즈를 바라봤다. 봄에 어울리는 색이다. 양가죽으로 만든 구두라 착화감도 부드럽고 편안했다. 산뜻한 기분으로 하루를 시작하기에 제격인 구두였다. 구두를 꺼낸 뒤 신발장을 닫으려는데 남편의 등산화가 눈에 들어왔다. 갈색 등산화 밑창에 흙이 묻어 있었다. 당연히 신발 밑창에는 흙이 묻어 있을 수도 있지만, 나는 신발장에 넣을 때면 항상 밑창을 닦아서 보관하곤 했다. 관리되지 않은 신발을 신는 사람을 싫어했고, 신발장이 흙으로 더럽혀지는 것도 싫어했다. 그런데 남편의 등산화가 놓인 자리가 더럽혀져 있었다. 나는 서랍에서 물티슈를 꺼내 신발장을 훑어 흙을 닦아냈다.

성당은 집에서 차로 십 분 거리에 있다. 남편은 차에 시동을 걸어놓고 나와 승재를 기다리고 있었다. 최근에 세차를 한 하얀색 벤츠의 외관이 유독 빛나 보였다. 승재가 뒷좌석에 타자 남편이 후진해 차고에서 차를 뺐다. 조수석에 앉은 나는 불안하게 대문을 바라봤다.

"대문을 쇠로 높게 만들걸."

목재로 만든 대문은 내 허리 높이였다. 안전보다는 디자인을 고려한 낮은 담장과 대문이다.

"요즘 누가 대문을 그렇게 해."

남편에게 다시금 내 불안감을 들킨 것 같아 민망한 기분이 들었다.

"대문을 그렇게 해놓으면 우리집만 더 튀지. 괜히 더 사람들 눈에 띈다고. 집이 좋아 보여서가 아니라 이상한 사람이 살고 있다고 광고하는 꼴이야."

기어를 드라이브로 바꾼 뒤 차를 출발시키던 남편이 갑자기 브레이크를 밟았다. 먼지로 뒤덮인 빨간색 차량과 부딪힐 뻔했기 때문이다.

"아니, 무슨 운전을 저렇게!"

빨간색 차량이 갑자기 후진하는 바람에 접촉 사고가 일어나기 직전이었다. 빨간색 차량의 문이 열리더니 커트 머리에 긴치마를 입은 여자가 운전석에서 나와 두 손을 모으고 고개를 숙여 사과했다.

"죄송해요."

"괜찮습니다. 조심하셔야죠."

남편은 여자의 사과를 웃으며 받아들였다.

"제가 급한 일 때문에, 아휴……. 급하게 나오다 보니, 아, 옆집에 사시는 분들이죠? 제가 바빠서 인사도 못 했네요. 아휴, 암튼 죄송합니다!"

"네, 네. 괜찮아요. 조심하세요."

남편은 창문을 올리고 차를 출발시키며 백미러로 여자를 쳐다봤다.

"저 여자 정신없네. 옆집 사는 여자야?"

"응, 아마도."

"뭐하는 여자야?"

"글쎄, 나도 제대로 인사한 적이 없어서."

이사를 하고 옆집에 인사를 하러 몇 번 찾아갔지만 여자가 항상 바쁜지 집에 있는 적이 없었다. 강한 조선족 억양의 도우미가 인터폰 너머로 주인이 없다고 대답할 뿐이었다.

서두르다 물건을 두고 나왔는지 다시 집안으로 들어가는 옆집 여자가 백미러로 보였다. 남편은 뭐하는 사람일까? 도우미 여자가 매일 창가에서 담배를 피우는 건 알고 있을까? 여자를 관찰하던 내 시선이 그 뒤에 위치한 우리집 쪽으로 서서히 이동했고, 대문 앞을 서성이는 수상한 남자들을 발견하고야 말았다. 좀 전의 우려가 현실이 되어 나타났다는 생각에 가슴이 철렁 내려앉았다. 험악하게 생긴 남자 두 명이 분명 우리집 대문 앞을 서성이고 있었다.

"여보, 차 좀 세워봐!"

내가 소리치자 남편은 다시 브레이크를 밟았다.

"왜 또?"

"저 사람들 누구야?"

뒷좌석에서 핸드폰에 정신이 팔려 있던 승재도 고개를 돌려 뒤를 쳐다봤다. 남편은 수상한 남자 둘이 우리집 앞에 서 있는 걸 확인하자 사이드 브레이크를 올리고 운전석에서 내렸다.

"여보, 내리지 마!"

내가 붙잡았지만 남편은 개의치 않고 집 쪽으로 향했다. 그런 남편 옆으로 옆집 여자의 빨간색 차량이 지나왔다. 여자는 창문을 내리더니 차 안의 나를 향해 친근한 미소와 함께 고개를 까닥하며 인사했다. 나는 옆집 여자의 인사를 받을 만큼의 심적 여유가 없었다. 우리집 앞을 서성이는 남자들의 정체에 온 신경이 쏠린 상태였다. 낮은 대문을 걱정하자마자 나타난 낯선 사람들. 불길한 예감이 다시 밀려왔다.

점퍼에 운동화를 신고 짧게 깎은 스포츠머리를 한 남자들은 이 동네와 어울리지 않았다.

"무슨 일이시죠?"

남편은 성큼성큼 남자들을 향해 걸어갔다. 남자들은 우리 차를 향해 시선을 주더니 남편에게 자연스럽게 다가가 뭔가를 조곤조곤 이야기했다. 남편의 표정은 사뭇 진지했다. 이야기가 길어지자 혹시 남편 병원에 나쁜 일이라도 생긴 게 아닐까 하는 또 다른 불안감이 엄습했다.

"여보, 무슨 일이야?"

차에서 나와 가까이 다가가자 남자들은 나를 보고는 대화를 급히 마무리했다.

"안녕하십니까. 저흰 경찰인데요, 잠깐 여쭐 말이 있어서요."

키가 작고 동글동글한 인상의 남자가 점퍼의 안주머니에서 지갑을 꺼내 경찰 신분증을 보였다.

"알고 지내던 사람한테 무슨 일이 생긴 모양이네……. 잠깐 경찰서 좀 다녀와야 될 것 같은데."

"무슨 일인데? 왜 당신이……. 근데 왜?"

잔뜩 얼어 있는 나를 보더니 아무 일도 아니라는 듯이 남편이 웃었다.

"괜찮아. 참고인 조사일 뿐이야. 당신이 운전해서 다녀와야겠어. 오랜만에 성당에 가서 회개 좀 할까 했더니만."

남편은 농담처럼 말을 잇더니 이쪽을 바라보고 있는 승재를 쳐다봤다.

"승재랑 같이 갔다 와. 전화할게. 나도 경찰서 가봐야 무슨 일인지 자세히 알 수 있을 것 같네."

핸드폰과 지갑을 챙긴 남편은 경찰들과 함께 집 근처에 주차된 하얀색 아반떼 승용차로 향했다. 남편의 말처럼 가벼운 일로 여겨지진 않았다. 경찰이 집까지 찾아온 걸 보면 중대한 사안일지도 몰랐다.

나는 운전석에 앉아 시동을 걸었다. 뒤를 돌아보니 승재가 겁먹은 표정으로 앉아 있었다.

"별일 아니고, 아빠 친구 일 때문에 잠깐 어디 좀 다녀오신대."

"아빠 친구 일 뭐?"

승재의 질문에 대답해줄 수 있는 사실은 없었다. 나 역시 남편이 돌아와야 상황을 알 수 있다.

"엄마, 근데 성당 꼭 가야 돼?"

"글쎄……."

미사가 끝나고 사람들과 나누게 될 대화가 갑자기 두려워졌기에 나도 망설여졌다. 사람들은 분명 아침에 먹은 반찬과 미세 먼지에 대한 걱정 그리고 아이들에 대한 이야기를 할 게 뻔했다. 남편이 경찰서에서 조사를 받는 동안 그들의 대화에 장단이나 맞추고 있을 생각을 하니 끔찍했다.

나는 차를 집으로 돌렸다. 좀 전까지 내 기분을 대변해주던 민트색 플랫슈즈가 초라하게 느껴졌다. 이 구두가 주는 즐거움은 너무 짧고 가벼웠다. 차를 주차하고 내리려는데 운전석에 깔린 고무 매트에 흙이 보였다. 먼지 하나 없이 깨끗한 차의 운전석 매트에만 흙이 묻어 있었다. 남편이 화원에서 화분을 산 건 지난주였고, 며칠 전에 내부 세차를 했기에 매트에만 떨어져 있는 흙이 이상하게 여겨졌다.

나는 시동을 끄려다 내비게이션의 최근 목적지를 확인했다. 전부 지워져 있었다.

남편은 아니라고 했지만 사실은 어젯밤에 집에 없었던 게 아닐까. 그런 의심이 다시 고개를 내밀었다. 남편의 판단과 말이 틀렸던 적은 별로 없다. 언제나 문제를 일으키는 건 내가 추측하고 내린 잘못된 판단들 때문이었다. 나는 나를 믿으면 안 된다.

'나는 나를 믿으면 안 된다.'

객관적인 사실을 보고 판단해야만 했다. 거실과 마당에 설치한 CCTV 영상을 보고 명확한 판단을 해야 했다. 분명, 남편은 자기 말대로 거실을 서성이다 침실로 들어갔을 것이다.

나는 노트북의 전원을 켜고 홈 카메라에 녹화된 영상을 확인했다.

하지만 객관적인 판단을 내릴 수 없었다. 오늘 아침 이전까지 녹화된 영상은 삭제돼 있었다. 나는 나를 믿으면 안 된다. 내가 의논하고 물어볼 수 있는 사람은 남편뿐이다. 근데 남편을 믿어도 될까?

어둠의 방에 혼자 갇힌 듯이 정신이 아득해졌다.

상은

남편의 시신을 확인하자마자 도망치듯 병원 로비로 올라왔다. 나를 모르는 사람들이 부산하게 움직이는 소리에 오히려 마음이 놓였다. 핸드폰의 진동이 계속 울려댔지만 신경쓰지 않았다. 나는 곧 다가올 혼자만의 시간을 기다리고 있었다.

"아가씨……."

눈을 감고 있는 나를 나지막하게 부르는 올케언니의 목소리가 들렸다.

"밑에 내려가봐야 될 것 같아요. 경찰도 찾고 있고…….

또······."

올케언니의 커다란 눈이 붉게 충혈되어 있다. 올케언니는 내 남편이 불쌍해서 우는 걸까, 내가 불쌍해서 우는 걸까. 아니면 그저 이 상황에 눈물로 반응하고 있는 걸까.

"네, 내려가야죠."

올케언니는 멀쩡한 나를 다시 부축했다. 내 팔을 잡고 있는 올케언니 몸의 무게 때문에 기운이 더 빠지는 기분이었다.

로비를 돌자 병원 내부의 편의점이 보였다. 환자복을 입은 사람들이 서서 컵라면을 먹고 있었다. 나는 어제 오후부터 한 끼도 먹지 못했다. 남편이 죽은 여자는 허기를 못 느낀다고 생각하는 걸까. 나를 쓸데없이 부축하면서 정작 필요한 배려는 하지 못하는 올케언니에게 순간적으로 분노가 치밀었다.

"언니, 먼저 내려가 있어요. 뭐라도 먹지 않으면 저도 그렇고 뱃속 아기도 더 버틸 수 없을 것 같아요."

내 배를 본 올케언니는 그제야 아차 하는 눈치였다.

"내가 사다 줄게요. 뭐 먹을래요? 뭐 사다 줄까요?"

"괜찮아요. 그냥 좀······."

"죽 사다 줄까요? 아니면 요 앞에 백반집도 있던데······."

"제발요, 좀. 제가 알아서 할게요. 그냥 언니 할 일 해요, 좀!"

응집된 스트레스가 나도 모르게 분노로 표출됐다.

올케언니는 가만히 서서 어쩔 줄 몰라 했다. 자신의 배려가 인정받지 못하자 상처받은 얼굴을 하고 황당하다는 듯 나를 쳐다보았다.

나는 신경쓸 것도 없이 편의점으로 들어섰다. 컵라면을 계산하자마자 뜨거운 물을 부어서 서둘러 라면을 먹었다. 무엇을 먹느냐가 아니라 뭐가 되었든 혼자 먹고 싶었다. 올케언니가 편의점 밖에서 쳐다보고 있다. 나는 더 게걸스럽게 먹기 시작했다. 멍청한 올케언니는 남편이 죽은 충격으로 내가 이상해졌다고 가엽게 여기겠지.

다시 안치실로 내려가자 어느새 남편의 가족들이 와 있었다. 가족이라기보다 골치 아픈 친척이라는 말이 더 맞는 표현이겠지만.

남편은 부모와 형제가 없는 고아다. 여섯 살에 교통사고로 부모를 잃고 의지할 가족이라고는 이 큰아버지 식구들이 전부였지만 자기 자식 챙기기에도 급급했던 큰아버지는 남편을 눈엣가시처럼 여겼다.

"이 위선자!"

이제 스물여섯 살이 된 큰조카가 나를 보자 대뜸 소리를 질렀다. 고무 슬리퍼에 회색 트레이닝복 차림이었다. 집에서 컴퓨터게임이나 하다 나온 차림새다.

"네년이 드디어 남편 잡아먹었구나!"

4월 10일 일요일

남편의 큰어머니도 소리를 질렀다. 큰아버지 옆에는 제복을 입은 여자 경찰이 서 있었다. 남편의 친척들은 경찰더러 들으라는 듯 의식하며 소리를 지르고 있었다.

"아니, 어디서 삿대질을. 무슨 말씀을 그렇게 하세요! 지금 그게 할 말인가요!"

올케언니가 지지 않고 소리 지르며 대꾸했다.

"이봐! 당신도 조심해. 저년이 당신도 죽일지 모르는 거야!"

큰조카는 부모의 언행에 동화되어 어느새 나를 '년'이라고 지칭했다. 좀 전에 먹은 라면 국물의 짠맛이 혀에 감돌았다. 입맛을 다시며 더러운 꼴들을 구경했다.

경찰은 이런 소란이 익숙한지 오히려 침착하게 자신의 명함을 나에게 건넸다. 화성서부경찰서 경사 김미숙이라고 적혀 있다. 큰 키에 제복이 잘 어울렸다.

"며칠 내로 부검을 신청해서 정확한 사인을 확인할 거구요. 장례는 그 이후에 진행하실 수 있습니다. 최대한 빠르게 처리하고 걱정하시는 부분 최소화해서 시신 돌려드릴게요. 혹시 수사 과정에서 궁금하신 부분은 저한테 연락 주시면 됩니다."

남편의 큰아버지가 경찰 옆으로 다가오더니 시선을 위아래로 하며 경찰을 훑어봤다.

"근데 이거 남자 경찰은 없습니까. 수사 제대로 해야 하지 않습니까!"

"저 혼자 수사하는 게 아닙니다."

경찰은 굳이 얼굴 붉힐 말들을 나누고 싶지 않은지 서둘러 자리를 뜨려 했다.

"아내분은 저와 같이 서에 가셔서 잠시 남편분 행적 조사에 응해주시죠."

"네."

경찰이 내 배를 한번 쳐다봤다. 임산부라는 걸 눈치챈 표정이었다.

"괜찮으세요? 혹시 힘드시거나 하면……."

"괜찮아요. 해야 하는 일인데 해야죠."

내가 멀쩡한 정신으로 대답하는 걸 본 친척들은 혀를 내두르는 표정이었다. 남편의 큰아버지가 경찰의 손을 덥석 잡았다.

"경찰관님……. 며느리…… 그러니까 상은이, 얘도 꼭 수사해야 합니다. 얘가 못 할 짓이 없는 앱니다. 꼭 좀 수사해주세요, 꼭 좀."

"아, 네. 여기 계신 분들도 전부 참고인 조사 받으실 테니까 그때 말씀하세요."

경찰이 손을 슥 빼며 난감한 표정을 지었다. 남편의 큰아버지란 사람은 휘청거리며 금방이라도 쓰러질 듯이 굴었다. 그런 아버지를 보호하려는 듯이 큰조카가 다가오더니 부축했다.

나는 그들의 그런 행동을 지켜봤고, 남편의 큰아버지와 조카가 나를 보더니 놀라며 뒤로 물러섰다. 그들은 나를 두려움이 가득찬 눈으로 보고 있었다. 그제야 나는 그들을 향해 내가 짓고 있는 표정을 자각할 수 있었다.

나는 나도 모르게 입꼬리를 올리고 그들을 비웃고 있었다.

몇 시쯤 됐을까. 사면을 시멘트로 바른 두 평 남짓의 공간에 나와 형사 두 명이 앉아 있었다. 계속 갈증이 났고 심신도 피로했다.

"힘드시죠? 간단히 사실대로 말씀해주시면 돼요. 그러면 오래 걸리지 않습니다."

나에게 남편의 죽음을 알린 윤창근 형사였다. 남자의 단단한 인상에 오히려 안심이 됐다. 자신의 세계 안에서 타인을 이해하고 결정 내리며, 스스로의 믿음을 견고히 쌓은 사람들이 갖는 인상이었다. 이 형사의 세계 안에서 이해받을 만한 사람이 된다면 별다른 의심 없이 넘어갈 수 있을 것이다.

"어제 남편분과 집을 나선 시간이 몇 시였죠?"

"7시? 그쯤이었던 것 같아요. 남편이 11시까지 가야 한다고 해서 조금 일찍 나왔거든요. 제가 친정엄마를 보려고 데려다달라고 했고요."

"그래서 친정에 몇 시에 도착하신 거죠?"

"그건 정확히 기억해요. 엄마 집에 올라갔을 때, 거실 텔레비전에서 KBS 9시 뉴스 헤드라인이 나오고 있었어요."

"9시 뉴스요?"

"네, 총선 사전 투표율이 높게 나왔다는 뉴스가 나오는 걸 봤어요."

나는 형사가 묻지도 않은 알리바이를 먼저 밝히고 있었다.

"왜 그날 친정에 가신 거죠?"

"엄마한테 줄 건강식품을 샀거든요. 남편이 가는 저수지가 친정 근처니까요. 그것도 전해드릴 겸, 남편도 없는 집에 혼자 있는 게 무섭기도 했고요. 최근에 골반통도 잦아지고 해서 엄마 얼굴 보려고 간 거예요. 다음날 남편 차를 타고 집으로 돌아오면 되니까요."

"평상시에 친정을 자주 왔다갔다하셨나요?"

형사는 남편의 행적이 아닌 내 행적에 대한 질문을 계속 이어갔다.

"아뇨, 그날은 남편이 마침 기산 저수지에 간다고 해서요. 저수지는 친정 근처고요."

"그 저수지를 남편과 가보신 적이 있나요?"

"네, 연애할 때 남편과 간 적이 있어요. 주변에 그다지 데이트 할 곳이 없어서 바람도 쐴 겸."

"결혼 후에도요?"

"아뇨, 결혼한 후에 간 적은 없어요. 지금 사는 곳이 인천이라 굳이 바람을 쐬러 화성까지 갈 필요는 없으니까요."

형사는 서류 파일을 넘겨 보았다. 갈증이 심해졌다.

"물 좀 주실 수 있을까요?"

형사가 나를 뚫어지게 봤다.

"금방 끝납니다. 남편분 시신을 오전에 공의公醫가 일차로 검안했을 때 오른쪽 갈비뼈 쪽과 등뒤에 멍이 들어 있었는데 왜 그런지 알고 계신가요?"

"네? 멍이라고요? 아니요."

그런 멍이 있는지는 알지 못했다. 형사가 내 표정을 빠르게 살폈다.

"평상시 부부 관계가 어떤 편이셨죠?"

"평범했어요."

"멍이 오래되었다던데, 부부 관계 안 하신 지 꽤 됐나 봅니다."

형사의 질문이 불쾌하게 들렸다. 괜한 호기심처럼 느껴졌다.

"임신중이라서요. 저희가 좀 유별나게 조심해서 최근엔 각방을 썼어요. 남편 잠버릇이 험악한 편이라 혹시라도 배를 건드릴까 봐서요."

형사가 그제야 내 배를 쳐다봤고, 나는 힘든 기색을 내비쳤다. 형사는 마치 신문을 하듯 물 한 잔도 허용하지 않았다. 나는 목이 마르고, 조급해졌으며, 빨리 끝내고 싶어 형사가 묻지도 않은 걸 먼저 말하고 있었다. 얼른 이곳을 나가고 싶었다.

"남편분이 아이를 원했나요?"

"물론이죠. 남편은 아이를 간절하게 원했어요……."

남편과 나의 관계로 형사의 질문이 옮겨가자 대답에 자신감이 사라졌다.

"저, 형사님."

"네?"

"남편이 그날 만나기로 한 의사요……."

형사가 흥미로운 표정으로 나를 쳐다봤다.

"리베이트 관계가 있었을 거예요. 남편은 낚시를 할 줄 몰라요. 남편은 그날도 업무의 연장선에서 그 의사와 밤낚시를 하기로 한 거예요."

형사는 이미 알고 있다는 듯이 고개를 가볍게 끄덕였다.

"근데 김윤범 씨…… 그러니까 남편분이 직장에서 해고된 거 모르세요?"

처음 듣는 이야기였다. 남편은 어제까지 양복을 차려입고 출근을 했다.

"남편이 해고됐다고요?"

"모르셨구나. 한 달 정도 된 것 같네요."

시신으로 남편을 처음 맞닥뜨린 이 형사가 나보다 남편에 대해 더 많은 것을 알고 있는 것처럼 느껴졌다.

남편은 나를 감쪽같이 속이고 있었다. 남편은 몇 주 전에도 월급을 받은 양 생활비를 내놓았다. 거실엔 회사로부터 돈을 돌려받고 건네줘야 할 약 상자도 그대로였다.

"남편분이 평소에 일을 힘들어했나요?"

"글쎄요. 의사들 상대하는 게 힘들다는 얘기는 많이 했어요. 남편은 체질상 술을 못 마시는데도 매일 술자리에 따라가고, 술 취한 의사들 뒤치다꺼리까지 하곤 했거든요."

"어제도 남편이 힘든 기색을 내비쳤나요?"

"아니요. 차 안에서 남편은 뱃속의 아기 이야기만 했어요. 태어날 애가 어떤 아이였으면 좋겠다. 그런……."

두통과 어지럼증이 찾아왔다. 나는 작게 신음 소리를 냈다.

"좀 쉬었다 할까요?"

"나중에 다시 하면 안 될까요? 좀 힘들어서요."

형사는 잠깐의 틈에도 내 말과 행동을 주의깊게 보는 듯했다.

"그러시죠."

마주하고 있던 윤창근 형사가 뒤에 앉은 형사에게 눈짓하자 그가 이 답답한 시멘트 방의 문을 열었다.

"저, 근데……."

의자에서 일어서는 나를 형사가 불러 세웠다.

"남편분이 어떻게 돌아가셨는지는 안 물어보시네요."

순간 의자에 맥없이 주저앉을 뻔했다.

"아, 아까 경찰이 차에 탄 채로 저수지에 빠졌다고. 자세한 건 수사를 해봐야 알 거라고."

"네, 맞아요. 수사가 진행되는 대로 유족분들한테는 진행 사항 계속 알려드리겠습니다."

방을 나서는 내 뒷모습마저 놓치지 않으려는 형사의 시선이 느껴졌다. 나는 형사가 지금은 모든 사람을 용의자로 두고 의심하는 단계라고 생각했다. 그저 단순한 의심의 눈초리라고 여겼다.

경찰서를 나서자 이미 해가 진 저녁이었다. 나는 단순 참고인 조사를 받은 게 아니라 취조를 받았다는 생각이 들었다. 모든 일은 내가 원하는 대로 돌아가지 않는다. 세상은 약자의 편이 아니니까. 틈만 보이면 다들 맹수처럼 달려들어 갈가리 찢어놓을지도 모른다. 좀더 의연하고 강해질 필요가 있다.

경찰서 앞에서 정차한 택시에 올라탔다.

"인천 십정동으로 가주세요."

"인천요?"

화성에서 인천까진 오륙만 원은 나올 것 같다. 경찰에겐 친정으로 돌아간다고 했지만 인천의 내 집으로 가야 했다. 나는 남편이 직장에서 해고된 사실을 몰랐다. 내 딴에는 계속 시뮬레이션을 하며 준비했지만 남편의 비밀들이 변수로 작용하고 있었다.

"어이구, 무슨 큰일이라도 치르신 모양이네……. 힘드실 텐데 안전하게 모셔다드리겠습니다."

택시 기사가 뒤돌아서 나를 보더니 사람 좋은 미소를 지었다.

오늘 제대로 된 식사를 한끼도 하지 못했다. 생각보다 일이 복잡하게 돌아갈 것처럼 보였다. 부검을 진행한다니……. 예상은 했지만 동의서에 사인을 한 이후로 불안감이 가시지를 않았다.

택시가 출발하자 잠이 쏟아졌다. 길이 안 막히면 한 시간 남짓 걸릴 거리다. 나는 잠깐 눈을 붙이고 쉬기로 했다. 집에 도착해서 해야 할 일들과 생각해야 할 것들이 너무나 많았다.

4월 12일 화요일

주란

남편은 일요일 내내 경찰 조사를 받고 집으로 돌아왔지만 그에 대해서는 아무 말도 하지 않았다. 그저 아는 사람 문제로 가벼운 경찰 조사를 받았다고 대답할 뿐이었다. 나는 남편이 경찰서를 다녀온 일이 신경쓰였다. 하지만 남편은 구체적인 대답을 계속 회피했다.

4월 10일 새벽 2시. 남편에게 전화를 건 발신 기록이 내 핸드폰 통화 내역에 남아 있다. 만약 남편의 핸드폰이 집안에서 울렸다면 내가 못 들었을 리 없다. 남편은 집에 있을 때 핸드폰을 진동으로 해놓지 않는다. 일부러 시끄러운 벨 소리를 선택해 음량을 최대한으로 키워놓는다. 혹시나 병원이나 환자에게서 긴박한 연락이 올지도 모른다는 직업적인 강박관념 때문이다. 낚시를 가서 어쩔 수 없이 무음으로 해놓을 때도 남편은 핸드폰 액정이 잘 보이게 낚싯대 옆에 두곤 했다.

나는 아침 식사 설거지도 하지 않은 채 점심도 생략하고 소파에 누워 눈을 감고 확실하게 설명되지 않는 것들을 떠올렸다. 남편은 9일 밤 어디에 있었던 걸까. 남편 말대로 그날 남편이 집에 있었고 모든 것이 내 착각이라면 지워진 CCTV와 내 비게이션은 어떻게 설명해야 할까.

켜켜이 쌓인 생각들이 무너질 듯 아찔하게 흔들리고 있을 때 전화가 울렸다. 승재 담임선생이었다. 삼월에 학부모 총회와 반 모임에 참석한 이후로 담임이 따로 연락을 한 건 처음이었다.

"어머니, 승재 일로 잠깐 뵙고 싶은데요. 혹시 오늘 바쁘신가요?"

"오늘요?"

담임의 목소리는 단호하면서도 어떤 사명감이 묻어났다.

"네, 바로 뵐 수 있으면 좋을 것 같아요. 승재도 조퇴를 해야 할 것 같고요."

"네? 왜요? 승재가 어디 아픈가요?"

마음이 덜컥 내려앉았다. 내내 이상한 의심으로 시간을 보내는 내게 벌이라도 내린 걸까 하는 두려운 조바심이 일었다.

"아, 그건 아니에요. 시간 괜찮으시면 직접 뵙고 말씀드릴 일이 있어서요."

두려운 기분이 오히려 몸에 이상한 활력을 불어넣어 내내 늘어져 있던 정신을 맑게 만들었다. 전화를 끊자마자 나는 주저 없이 일어나 검정 핀턱 스커트와 플라워 패턴의 블라우스를 찾아 입었다. 긴 머리를 하나로 질끈 묶곤 십 분 거리에 있는 승재의 학교로 향했다.

수업이 없는 선생 몇몇이 자리를 지키고 있는 교무실은 한산했다. 승재 담임의 자리는 문에서 가까운 곳이었다. 정수기와 복사기 옆인데다 문서와 책이 쌓여 다소 산만해 보이는 자리다. 승재의 담임은 자리에 앉아 컴퓨터로 작업중이었는데 옆으로 바짝 다가섰는데도 인기척을 느끼지 못했다.

"선생님, 안녕하세요."

승재 담임이 그제야 하던 일을 멈추고 나를 올려봤다.

"아, 어머님. 오셨어요?"

짧은 단발머리에 안경을 쓴 선생은 평범한 맨투맨 티셔츠에 청바지를 입고 있었다. 발랄한 여대생을 마주한 기분이었다. 승재 담임은 대학을 졸업한 지 얼마 안 된 스물일곱의 젊은 여자 선생이었다. 학부모 모임에서 다른 엄마들은 수학 과목을 담당하고 담임까지 맡은 선생이 너무 어리다고 불평을 늘어놓았다. 하지만 젊은 만큼 의욕은 넘쳐 보였다.

"아……. 어디서 얘기를 드려야 하나……. 잠시만요."

선생은 자신의 자리만큼이나 부산한 움직임으로 일어서더니 슬리퍼를 끌며 교무실 한쪽의 작은 문을 열었다. 문에는 '상담실'이라는 안내판이 달려 있었다.

"저, 잠깐 여기 계시겠어요?"

선생이 안내한 상담실은 테이블 하나가 간신히 들어갈 만한 좁은 공간이었다. 한쪽 구석에 아이들 참고서가 잔뜩 쌓여 있는 걸로 보아 상담실이라고 마련해뒀으나 창고로 쓰이는 모양이었다. 조금 기다리고 있자니 선생이 에너지 드링크 두 개를 가지고 들어왔다.

"이거 드세요, 어머니. 학교다 보니 별게 없네요."

"네, 감사합니다. 근데 승재가 왜 조퇴를……."

나는 바로 본론을 꺼냈다. 선생은 자리에 앉더니 나보다 더 긴장한 듯 심호흡을 길게 내쉬었다.

"아, 그게……. 어머님, 승재가 집에서는 어때요? 음. 어머님한테 학교에서 있었던 일이나 사건을 잘 말하는 편인가요?"

"잘은 아니지만 그래도 곧잘 얘기하는 편이에요."

승재와 대화다운 대화를 해본 지가 몇 개월은 된 것 같다. 하지만 사실대로 이야기하기엔 자존심이 상했다. 직장에 다니는 엄마도 아닌데 아이와 거리감이 있다는 건 엄마로서 무능력함을 증명하는 것만 같았다.

초등학교에 다닐 때만 해도 항상 내 뒤를 쫓아다니며 종알종알거리는 귀여운 아이였다. 중학교에 들어간 이후로 말수가 부쩍 없어져 요즘은 의례적인 말을 제외하곤 거의 하지 않았다. 아이를 키우면서 중학교 2학년이 고비라는 말을 자주 들었다. 예외 없이 승재도 중학교 2학년이 되자 반항적인 태도를 보이기 시작했다. 나는 그저 아이가 평범한 사춘기를 보내고 있으며 언젠가 다시 귀여운 아들로 돌아올 거라 생각하고 있었다.

"왜요? 학교에서 무슨 문제가 있었나요?"

"승재는…… 학교에선 말수가 별로 없어요. 제가 몇 번을 되묻고 구슬려야 간신히 입을 떼더라고요. 근데 정말 똑똑해요. 아시겠지만 특히 수학을 잘해요. 나중에 경시대회에 학교 대표로 나갈 수 있을 만큼 상위권이에요."

승재는 특별히 선행 학습을 한 것도 아닌데 어려서부터 숫자에 대한 관심이 많았다.

"게다가 키도 크고 어머님을 닮아서 그런지 잘생겨서 여학생들한테 인기도 많아요. 왜 학교 다닐 때는 잘생기고 무뚝뚝한 남학생에 대한 로망이 있잖아요."

"근데 오늘 무슨 일 때문에…… 저를 부르셨는지?"

선생의 말이 아무래도 곤란한 말을 꺼내기 전에 상투적으로 늘어놓는 칭찬 같아 말이 길어지는 게 썩 기분 좋지 않았다.

"승재가요, 승재한테 문제가 있는데요⋯⋯."

문제라는 말에 신경이 곤두섰다.

"문제요?"

"네. 승재가 저희 반 여자애한테⋯⋯."

선생은 어떤 표현을 써야 할지 고민하는 것처럼 보였다.

"자기 성기를 보여줘서요."

"네?"

선생의 말이 이해가 되지 않았다.

"같은 반 여자애한테⋯⋯ 오늘 그래서⋯⋯ 여자애가 울면서 집으로 돌아갔어요. 여자애 어머님이 학교에 강하게 항의를 하셔서 저랑 주임 선생님이 승재한테 주의를 주긴 했는데⋯⋯. 어머님도 알고 계셔야 할 것 같아서요. 가정에서도 따로 주의가 필요할 것 같고요."

나는 선생의 말이 황당하다고 생각하는 동시에 수치심을 느꼈다.

"처음이니까요. 호기심도 많을 때고, 일단은 장난으로 치부하고 넘어가려고 하는데, 요즘 이런 문제로 사회가 민감하잖아요. 이런 일이 반복되면 이번처럼 그냥 넘어갈 순 없을 것 같아요."

귀여운 동생처럼 보였던 선생이 또박또박 말하면서 나를 협박하고 있다고 느꼈다. 다음에 또 이런 일이 일어나면 내 책임이라는 말이다.

"그리고 승재가……."

나는 고개를 들지 못하고 상담실에서 혼나는 학생처럼 앉아 있었다.

"승재가요, 그 일로 주임 선생님과 상담하던 중에…… 죽고 싶다는 말을 했어요."

"네?"

"잘못을 무마하기 위해 한 말이라고 생각하지만, 청소년 센터나, 아니면 아버님이 의사시니까…… 전문적인 센터에서 상담을 받아보면 어떨까 해요."

죽고 싶다는 말을 선생에게 했다니. 나의 모든 불행이 까발려진 듯이 부끄러웠다. 염려와 걱정을 담은 선생의 충고가 직격탄이 되어, 정신을 추스르지도 못한 채 한참을 멍하게 앉아 있었다.

선생이 승재가 있는 양호실로 나를 안내했고, 나는 시선도 마주치지 않고 그대로 승재를 데리고 학교를 나왔다.

뒤를 졸졸 따르는 승재에게 든 가장 큰 감정은 배신감이었다. 아이를 낳고 기른 모든 시간이 부서져 나를 찌르고 있었다.

4월 12일 화요일

"거짓말이야."

내 뒤를 따르던 승재가 나를 따라잡더니 먼저 말을 걸었다.

"거짓말?"

"걔 나 좋다고 쫓아다니던 애란 말이야."

"근데?"

아이는 자신의 핑계가 먹히지 않자 억울하다는 듯이 나를 쳐다봤다.

"다 거짓말이라고!"

"그럼 사실대로 얘기했어야지. 너만 나쁜 애가 됐잖아. 근데 넌 정말 잘못한 게 없어?"

"없어."

"정말 없어?"

"없어."

"엄마한테 잘못한 건? 엄마한테도 잘못한 거 없어?"

내 물음에 아이는 빤히 바라볼 뿐 대답하지 않았다. 아이의 눈에 눈물이 고였다. 억울해서 우는 걸까 미안해서 우는 걸까. 그 마음은 알 수 없었지만 나는 눈물에 무너져 그만 아이를 끌어안고 같이 울어버리고 말았다. 내가 눈물을 흘린 건 아이가 애잔해서도 아이에게 미안해서도 아니었다. 승재가 "죽고 싶다"란 말을 했다는 이야기를 들었을 때부터 나는 울 순간만을 기다렸다. 나는 파블로프의 개처럼 '죽음'이라는 단어에 언제나 눈물로 반응했다.

내가 스물세 살이던 2000년 4월에 사랑하는 언니가 갑작스럽게 곁을 떠났다. 언니를 죽음으로 이끈 사람은 나였다. 지금의 남편과 홍콩으로 여행을 가기 위해, 키우던 고양이를 돌보면서 2박 3일 동안 오피스텔에 머물러주기를 언니에게 부탁했다. 언니는 흔쾌히 내 부탁을 들어주었다. 매사에 감정 기복이 심한 엄마의 시중들기에 지쳐 있던 언니는 잠깐일지라도 혼자만의 공간이 주어졌다고 생각했던 모양이다.

당시 나는 영문과를 다니던 평범한 대학생이었다. 나보다 네 살이 많은 언니는 요가 매트와 짐 볼 같은 스포츠용품을 만드는 회사에서 근무했다. 당시 언니가 받던 월급은 150만 원이었는데, 그중 3분의 1을 나에게 용돈으로 건넸었다. 나는 무슨 허영이 들었는지 나만의 공간이 갖고 싶었던 터라 아무런 미안함 없이 언니의 용돈을 덥석 받아서는 월세 40만 원의 오피스텔을 얻어 독립했다.

대학가에 위치한 오피스텔은 풀 옵션의 신축 건물이었다. 월세가 비싼 건물이었지만 1층이라는 조건 때문에 비교적 싼 월세로 들어갈 수 있었다. 방범창이 달려 있었지만, 이제 와 생각하면 그 방범창 때문에 언니가 창문으로 도망치지 못한 건 아니었을까 하는 생각이 든다.

4월 12일 화요일

나는 핸드폰을 처음으로 갖게 돼서 항상 소지하고 다녔지만 해외여행을 가면서 로밍을 하지는 않았다. 전원을 끈 채 가방에 넣어두었을 뿐이다. 공항에 도착해서 핸드폰을 켜자 엄마로부터 전화와 메시지가 와 있었다. 언니와 연락이 되지 않는다는 메시지였다. 대수롭지 않게 여기고 지금의 남편과 공항 근처에서 햄버거를 먹은 뒤 집으로 갔다. 선물로 구입한 색조 화장 키트를 받고 좋아할 언니 모습을 상상하며 들뜨기도 했다. 아이섀도부터 립스틱까지 여러 색이 들어 있는 상품이었다. 돈을 아끼느라 화장품 하나 제대로 산 적 없는 언니가 분명히 좋아했을 선물이었다.

하지만 오피스텔 문을 연 순간 선물을 건넬 수 없으리란 걸 깨달았다. 언니는 바보같이 바닥에서 눈을 뜬 채로 죽어 있었다.

사건을 담당한 형사는 언니가 성폭행을 당한 뒤 목이 졸려 죽었다고 했다. 범인은 잡을 수 없었다. 거리에서 언니를 보고는 따라 들어와 범행을 저질렀을 확률이 크다고 했다. 범인은 면식범이 아니라고만 했다. 언니 손에 끼워져 있던 금반지와 목에 걸고 있던 백금의 아가타 목걸이가 사라졌다. 금반지는 가족 모두 함께 맞춘 가족 반지였다. 강아지 모양의 아가타 목걸이는 언니가 번 돈으로 자신을 위해 쓴 유일한 사치품이었다.

이 일은 우리 가족이 해결하기엔 역부족이었다. 결국 범인은 잡히지 않았지만 당시 경찰서에 드나들면서 수사 과정을 전해주고 조치를 취해준 사람이 지금의 남편이었다.

적극적으로 일을 처리하는 남편의 모습은 굉장히 믿음직했다. 그 일 이후로 곧장 남편과 결혼했다. 그래야만 언니의 죽음에서 헤어날 수 있을 거라 여겼다. 그 뒤로는 아이를 낳아서 키우면 헤어날 수 있을 거라 여겼다. 하지만 나는 아직도 언니의 죽음을 애도하고 있다. 여전히 죽음의 무게를 감당하지 못하고 있다. 만약 내가 그때 여행을 가지 않았더라면 언니는 죽지 않았을 텐데⋯⋯. 후회가 시도 때도 없이 나를 괴롭혔다.

나는 마리아상 앞에 무릎을 꿇었다.

'사람의 구원을 기뻐하시는 하느님, 저희와 함께 주님을 섬기고 서로 사랑하며 구원의 길을 걸어온 저희 형제를 위하여 주님의 자비를 간구하오니 저희 기도를 들으시고 형제가 주님의 나라에서 영원한 행복을 누리게 하소서.'

늦은 저녁이 되어 남편이 돌아오는 소리가 들렸다. 남편은 우편함에 있던 선거공보를 들고 내일 있을 국회의원 선거 장소를 살펴보고 있었다. 그런 남편의 평범한 행동이 눈에 거슬렸다.

4월 12일 화요일

"내일 아침 일찍 선거하고 오자고. 야당이 승리해야 할 텐데."

남편은 전형적인 야당 지지자는 아니었다. 몇 년 전에는 여당에 표를 던졌지만 최근 여당이 하는 꼴이 가관이라며 야당 지지를 선언했다. 남편은 자신을 합리적인 중도라고 말했다.

"여보, 당신도 여기 2번으로 다 찍으면 돼. 알았지?"

내가 아무 대답도 하지 않자 남편은 그제야 이상한 분위기를 눈치채고 나를 쳐다봤다. 거실 마리아상 앞에 놓인 초를 발견한 듯했다.

"당신…… 울어?"

남편이 구석에 웅크리고 앉아 있는 나에게 다가와 고개를 억지로 들어올렸다. 지금은 울고 있지 않았다. 눈물이 말라붙어 눈가가 따가울 뿐이었다.

"왜? 왜 또? 무슨 일인데?"

"아니, 그냥 언니를 위해 기도했어."

"그래, 그랬겠지."

남편의 체념 섞인 대답이 나를 자극했다.

"그랬겠지라니! 그런 식으로 말하지 마!"

"미안, 미안. 그래, 다다음주……." 남편은 달력을 쳐다봤다. "그 주 주말에 승재랑 장모님 모시고 다 같이 가자고. 처형 보러."

"거짓말하지 마."

"어?"

남편은 황당하다는 표정을 지었다.

"당신 일요일에 경찰서 간 거…… 언니 일이야, 그치? 요즘은 성범죄자 DNA를 저장해서 오래전 범인도 다 잡힌다는 거 알고 있어."

"아……. 난 또 뭐라고. 그거 아니야."

"근데 왜 말을 안 해줘. 왜 경찰서까지 끌려갔으면서 무슨 일이 있었는지……. 왜 4월 9일 CCTV가 지워져 있었는지 왜 말을 안 해주는데……."

순간 남편의 얼굴에 잔인한 미소가 스쳤다. 그러고는 곧바로 미간을 찡그리고 입을 앙다물며 동정하는 표정을 지었다. 내가 제일 싫어하는 표정이었다.

"그게, 당신이 알 필요 없는 일이니까. 굳이 말할 필요도 없었던 거야."

내가 못 미더운 눈빛으로 쳐다보자 남편은 입을 열었다.

"우리 병원이랑 거래하던 제약 회사 직원 한 명이 죽었어. 아무래도 자살 같은데……. 그 일로 조사받은 것뿐이야."

"근데 왜 당신을?"

"지난 토요일에 같이 낚시 가기로 약속을 했었거든. 근데 당신도 알다시피 그날 나는 낚시 취소하고 집에 내내 있었고."

"당신이랑 낚시를 하기로 했던 사람이 죽었다고?"

4월 12일 화요일

"어. 왜 그때 갑자기 집에 와서 당신 놀라게 했다던……."

"당신한테 낚시 가방을 준 남자? 그 남자가 죽었다고?"

남편이 고개를 끄덕였다.

"당신한테 아는 사람이 죽었다는…… 그런 우울한 얘기는 하고 싶지 않았어."

"그냥 말해주지 그랬어. 그걸 왜 숨겨. 그 남자가 나랑 무슨 상관이라고 내가 우울해해?"

남편이 내 표정을 살폈다.

"내 입장에선 조심해서 나쁠 게 없으니까. 가뜩이나 얼마 전까지 집에서 이상한 소리가 들린다고, 이상한 냄새가 난다고 예민해져 있는데 사람 죽었다는 얘길 어떻게 해."

"그 남자는 어떻게 죽었는데……? 자살이라면 목을 맨 거야?"

"아니, 차에 타고 저수지에 빠져 죽었어. 발견했을 때 차량 기어가 드라이브에 놓여 있었다더라고."

"아니, 어떻게 그런 일이……. 안됐네."

"안됐지. 아직 삼십 댄데."

"여보……. 근데…… 나 잘 알지도 못하는 사람의 죽음에 반응할 정도로 엉망은 아냐."

"그래, 알지. 그래도 조심해서 나쁠 건 없잖아. 그렇지?"

"……저녁 먹어야지?"

"응, 잠깐 이것만 확인하고."

남편은 다시 선거공보로 시선을 돌렸다. 나는 자연스럽게 침실로 들어와 가방 안에 넣어둔 지갑을 꺼내 그 남자의 명함을 찾았다. 김윤범! 그 남자의 이름이다.

그날 밤 김윤범이라는 남자와 정사를 나누는 꿈을 꾸는 동안 그가 죽었다. 그리고 그날 남편은 그 남자와 낚시를 가기로 했었다. 남편은 분명 내 옆에서 잠을 잤다고 했지만 내 생각은 달랐다. 남편은 다음날 새벽에 집으로 돌아온 것만 같았다.

상은

수첩에 적어둔 메모를 확인했다.

이런 습관은 남편과 내가 비슷한 부분이다. 남편은 모든 것을 계획하고 기록해야 안심하는 사람이었다. 남편의 수첩에 적힌 일과표를 보면 삼십 분 단위로, 때로는 십 분 단위로 시간을 나누어 해야 할 일을 적어뒀다. 나 역시도 내 기억보다는 기록을 믿었고 하루를 쪼개 계획을 세우는 데 익숙했다. 남편은 미래를 위해 계획을 세웠다면 나는 시간을 버티기 위해 계획을 세웠다. 보이지 않는 시간을 사는 일이 고통스러웠다. 같은 행동에도 남편과 나의 의도는 이렇게 정반대였다. 그래서였을까? 모든 것을 계획하고 수행하는 서로의 습관에 대해 우리는 서로 비난하고 혐오했다.

4월 12일 화요일 오후 8시 부평역 카페 185 송정수

집에서 삼십 분 전에 나온 탓에 약속 시간까지 십 분이 남아 있었다. 나는 부평역 일대를 괜히 어슬렁거리며 약속 시간인 8시에 정확히 맞추고자 했다. '카페 185'라는 커피숍은 결혼 정보 회사와 미용실 간판이 크게 보이는 건물의 1층에 위치해 있었다. 8시 일 분 전에 카페로 들어서자 구부정한 자세로 서류를 훑어보는 익숙한 남자가 보였다.

"아! 제수씨 오셨네요. 아이고, 제가 집 앞으로 찾아뵀어야 하는데 이렇게 여기로 오시게 해서 죄송하고 미안하고 그러네요."

남자는 남편과 대학 동기였다. 둘 다 전문대 전자과를 나왔지만 남편은 제약 회사 영업사원이, 이 송정수라는 남자는 보험 설계사가 되었다.

"많이 힘드시죠? 그래…… 윤범이 일은 어찌되고 있답니까? 하……. 세상 너무 힘들고 슬픕니다, 정말."

"정수 씨도 잘 지내셨죠? 제가 경황이 없어서 남편 소식을 바로 전하지 못했어요. 아직 장례 치르기도 전이고."

"아이고, 됐습니다. 괜찮습니다. 근데 그럼 장례는 언제나

하게 되는 겁니까?"

"부검이 끝나야 장례를 치를 수 있을 것 같아요."

"네, 저한테 연락 주십쇼. 제가 대학 동창들 연락책입니다. 혹시 친구들 도움 필요해도 연락 저한테 주시고요."

카페에는 빈자리들이 꽤 있었는데 남자는 소란스러운 계산대 맞은편에 자리를 잡았다. 옆으로는 커피를 갈고 내리는 소리가 시끄러웠다.

"참……. 진짜……. 아……. 하……."

남자는 천장을 바라보고 회한에 젖은 표정을 지었다. 나는 남자가 감정을 추스를 시간을 주고 기다렸다. 슬픈 표정을 짓는 남자의 미숙한 연기는 형편없었다.

"제수씨, 제가 이 일 하면서 진짜 항상 생각하는 게 사람 앞일 모르고, 당장 내일 모른다는 건데……. 그렇게 말하면서 고객들이랑 계약도 하고 그랬지마는 근데 윤범이가 이리될 거라고는 정말 생각도 못 했습니다. 윤범이가 저도 도와줄 겸 이벤트로 보험 들고 싶다고 그래서……. 우리는 정말 가볍게 생각하고 작성한 거였거든요."

나는 남자의 말에 고개를 끄덕였다.

"진짜 사람 앞일 모르는 겁니다. 지금 제수씨가 앉은 자리요. 윤범이가 그 자리에서 사 개월 전에 이 서류에 서명했거든요. 근데 제가 또 지금은 이런 일로 여기서 제수씨랑 이렇게 똑같은 자리서 마주하고 있네요."

불쾌감이 밀려왔다. 고개를 들어 정수라는 남자를 쳐다봤다. 남자의 슬퍼하는 눈이 나를 살피고 있었다. 남자는 나를 일부러 이 자리에 앉힌 거다. 대학 동창과 보험을 체결한 똑같은 곳에서 동창 부인과 보험금에 대한 이야기를 나누었다는 남자의 서사를 위해 이용된 기분이었다.

"남편이 이런 보험을 들었는지 몰랐어요. 경찰 수사에 도움이 될까 하고 남편 수첩을 읽다 우연히 알게 됐어요. 그래서 이 보험이 어떤 건지 자세히 알고 싶어요."

물론, 거짓말이다. 남편은 임신 사실을 알자 괜히 가장의 사명감에 도취해 보험을 들더니 큰 소리로 떠들며 자신의 행동을 인정받고 싶어 했다. 이 보험은 내 뱃속 태아를 기념하기 위해 남편이 든 보험이었다.

"아, 네……. 이게 보장성 보험이에요. 그중에서 정기보험이고, 만기 환급금이 없는 보험이고요. 한 달에 이만 원만 납입하면 질병 상해랑…… 아…… 이런 설명 귀에 안 들어오시죠? 다 필요 없죠, 뭐. 그냥 까놓고 제수씨한테 필요한 것만 말씀드릴게요. 피보험자, 그러니까 윤범이가 사망 시 직계비속이 일 순위로 사망보험금을 받게 되는 보험입니다. 직계비속으로 제수씨 뱃속에 있는 태아도 인정이 되고요."

나는 모르는 척 남자의 말을 가만히 듣고 있었다. 남자는 내 표정을 틈틈이 살폈다.

"피보험자 사망 시 직계비속이 받는 보험금 금액이 이억입니다."

보험에는 종류가 많고 보장받는 금액도 천차만별이었을 텐데……. 남편은 자신의 생명보험금으로 이억 원을 보장해주는 보험에 가입했다. 남편은 자신의 목숨값을 이억으로 책정한 거다.

한 무리의 여자들이 카페에 들어왔다. 남자와 내가 앉은 테이블 바로 옆에 서서는 메뉴를 쳐다보면서 무엇을 먹을지 서로 추천하며 시답잖은 대화를 나누었다. 여자들의 웃음소리와 커피 내리는 소리가 뒤섞여 머리가 어지러웠지만 이억이라는 단어는 명료하게 각인됐다.

"저 근데 제수씨, 이게 자살은 인정이 안 돼요."

"네?"

"경찰 수사에서 자살로 결론이 나면 보험금 못 받아요. 아시겠지만 경찰서에서 확인받은 사망 원인 서류를 보험 회사 측에도 제출하셔야 하는데 자살은 보장이 안 되는 보험이에요. 여기……."

남자가 내민 서류에 보장개시일로부터 2년 이내의 자살은 보험금이 지급되지 않는다는 글귀가 아주 작게 적혀 있었다. 미처 보지 못하고 확인하지 못한 부분이었다.

4월 12일 화요일

"근데, 재해나 사고로 인한 사망 시에는 또 보장받고요."

남편의 죽음이 사고사여야만 내가 보험금을 받을 수 있다는 말이다. 그러니까 남편은 실수로 기어를 건드려서 저수지에 빠졌다고 결론이 나야 했다. 그런 실수로 맞이한 죽음도 사고사에 속할까? 이런 궁금증으로 머릿속이 뒤엉켰다. 하지만 남편이 한 달 전 해고를 당했다는 사실이 떠올랐다. 경찰이 자살이라고 판단하는 정황증거로 작용할 수도 있을 것 같았다. 너무 많은 사람들이 해고를 당한 뒤 자살을 선택해온 탓이다. 남편이 나에게 밝히지 않은 정보들의 변수가 일으키는 파장이 컸다. 남편의 해고 사실을 알았다면 그 부분에 대한 준비를 할 수 있었을 텐데.

좀 전까진 남편의 죽음이 자살로 결론 나도 내가 잃을 것은 없다고 생각했다. 하지만 이제 그렇게 되면 이억의 손해를 본다. 이억! 그 돈이라면, 나와 아기가 풍족하진 않아도 부족하지 않게 한동안 살 수 있다.

다시 계산을 짜맞추고 사실관계를 확인하느라 머릿속이 복잡하게 굴러갔다. 남편은 사고사이거나 그날 만나기로 한 의사에게 살해당한 것이어야 했다. 그 개연성의 퍼즐을 경찰이 맞출 수 있도록 내가 할 수 있는 걸 찾아야 한다.

"뭐, 암튼 제가 도움이 될 수 있는 일은 팔 걷고 도와드릴 테니까요……. 언제든지 연락 주십시오……. 하, 참……."

남자의 말이 공중으로 흩어져 귀에 들어오지 않았다. 테이블 옆에서 메뉴 때문에 우왕좌왕하며 웃고 떠드는 여자의 플레어스커트가 손에 살짝 닿았다. 기분 좋은 부드러움이었다. 한편으로는 그 부드러움이 씁쓸했다. 저 여자들과 나는 이렇게 같은 공간에 있지만 다른 세계의 사람같이 느껴졌다. 아무 걱정 없이 웃어본 게 언제였더라. 기억하려고 애썼지만 떠올릴 수 없었다. '희망'이란 걸 갖기 시작한 것도 바로 최근의 일이니까.

눈앞의 테이블에 놓인 서류를 처음 목격한 순간, 나는 한편으론 두려웠지만 설렜다. 이 서류로 인해 처음으로 새로운 삶이 펼쳐질지도 모른다는 희망이 생긴 거다. 그 희망이 다시 좌절될지도 모른다. 역시 세상 사는 일은 녹록치 않았다.

집으로 돌아오면서 머릿속으로 계속 계산기를 두들겼다. 이 년 전 남편과 내가 가지고 있는 돈 오천만 원에 오천만 원을 대출받아, 열 평짜리 빌라에서 지금의 24평 아파트로 이사했다. 하지만 전세 계약 만료를 앞두고 집주인은 시세에 따라 오천만 원을 올린 일억 오천만 원을 재계약 조건으로 내걸었다. 남편의 죽음은 분명 경제적으로 마이너스였다. 남편이 벌어오는 돈이 소비하는 돈보다 많았다. 하지만 보험금 이익을 받는다고 계산하면……. 남편으로부터 벗어난 뒤의 시간을 금액으로 환산하면 남편이 죽는 것이 나에겐 모든 면에서 이득이었다.

출산 이후 나는 임대 아파트를 신청할 수도 있고 다시 작은 원룸으로 이사를 할 수도 있다. 문제는 출산 전후로 내 경제력이 제로가 된다는 점이었다. 아기를 키우기 위해서는 생각보다 많은 돈이 필요했다.

"106동 802호 사모님이시죠?"

아파트 입구의 경비실에서 급히 나오는 경비 아저씨가 보였다.

"안녕하세요."

"아이고, 참 뭐라고 말씀을 드려야 할지. 힘내세요."

틀에 박힌 위로와 격려의 인사에 피곤이 급격히 몰려왔다.

"네, 감사합니다."

의례적으로 흘러나온 내 대답에 하마터면 웃음이 터질 뻔했다. 무엇이 감사하단 말인지.

"저기 다름이 아니라……. 아까 낮에 경찰들이 왔었는데, 그땐 제 근무시간이 아니라서…… 꼭 해야 했던 이야기를 못했거든요."

나는 경찰들이 아파트에 왔었다는 이야기에 갑자기 신경이 곤두섰다.

"이리로 들어와보세요."

백발의 경비 아저씨가 중대한 걸 알려주겠다는 어투로 나를 강하게 끌어당겼다.

경비실에 들어서자 모니터에는 주차장 CCTV 영상이 재생되고 있었다. 영상에 등장하는 검은색 차량이 익숙했다. 남편의 검은색 스포티지였다. 서서히 아파트 단지 내로 들어오는 남편의 차량을 따라 두 대의 오토바이가 차단기 옆 인도를 통해 들어왔다.

"자, 그리고 이거 보세요."

지하 주차장에 주차하려는 남편의 차량 근처로 따라 들어온 오토바이 두 대가 서더니, 헬멧을 쓴 남자 둘이 긴 각목을 들고 남편의 차량 근처를 맴돌았다. 남편은 차에서 나오지 못했다. 한동안 차를 위협하는 남자들과 차 안에 꿈쩍 않고 있는 남편의 대치가 이어졌다. 잠시 후 문이 열리면서 남편이 운전석에서 나오는 모습이 보였다. 헬멧을 쓴 남자들에게 뭐라고 말을 하는 듯이 보였고, 그러고 나자 남자들은 각목으로 남편을 폭행하기 시작했다. 쓰러진 남편을 향해 가차없이 발길질을 해댔다. 무전기를 들고 경비 아저씨가 주차장으로 내려오는 모습이 보이자 그제야 헬멧을 쓴 남자들은 오토바이를 타고 주차장을 빠져나갔다.

"제가 이상하다 싶어 주차장에 내려가봤더니 이런 일이 벌어진 겁니다. 제가 경찰에 신고한다고 소리치니까 이 새끼들

이 줄행랑을 치더라고요. 제가 봤을 때 기껏해야 스무 살이나
됐을까⋯⋯. 딱 봐도 어린놈들이었어요!"

"이게 언제 있었던 일이죠?"

경비 아저씨가 시선을 돌려 화면을 살폈다.

"4월 3일 오후 10시 45분부터 57분 사이에 일어난 일이
네요."

나는 4월 3일을 떠올려봤다. 일요일이다. 나는 집에 들어온
남편에게서 이상한 느낌을 받지 못했다. 다음날도 그리고 그 이
후로도 남편이 폭행을 당했다는 낌새는 알아채지 못했다.

"근데 이상한 건⋯⋯ 제가 경찰에 신고하겠다고 하는데도
아저씨가 극구 괜찮다고 하시더라구요. 근데 좀 이상하고 위
험하다 싶어서 그 이후로도 차 들어오고 빠질 때 유심히 관찰
했죠. 근데 아니다 다를까⋯⋯."

"저 영상 지우지 말고 저장해주시겠어요?"

"아, 그럼요. 물론이죠!"

나는 핸드폰 카메라로 정지된 화면의 오토바이 탄 남자들
을 찍었다.

나는 거실 불을 켜고 집안으로 들어왔다. 다시 혼자가 되었
다. 이 공간에, 지금도 그리고 앞으로도 나 혼자뿐이라는 사
실에 위안을 받았다. 어떤 사람에게는 혼자라는 사실이 큰 두

려움일지도 모르지만 나는 오로지 혼자 남기 위해 힘든 시간을 버틸 수 있었다.

나는 가지고 다니던 가방 지퍼를 열고 파우치를 집어 안에 든 분홍색 스마트폰을 꺼냈다. 삼성 갤럭시 핸드폰으로, 출시된 지는 조금 오래된 기종이다. 핸드폰 액정은 반이나 깨졌고 투명 젤리 케이스가 씌워져 있다. 케이스에는 자잘하고 조잡한 스티커들이 지저분하게 붙어 있었다. 이렇게 자신이 가진 물건에 스티커를 붙이면서 끊임없이 흔적을 남기려는 종류의 사람들을 안다. 이 세상에서 먼지처럼 사라질까 두려워 누구에게든 인정받기를 갈구하는 십 대 아이들이다.

—기껏해야 스무 살이나 됐을까?

남편을 뒤쫓던 사람들이 십 대일지도 모른다는 경비 아저씨의 말을 떠올렸다. 어쩌면 이 핸드폰과 오토바이를 탄 남자 아이들이 연결되어 있을지도 모른다.

친정에 가기 위해 차가버섯 엑기스 상자를 들고 주차장으로 내려왔을 때 남편은 스포티지 차량의 문을 다 열어놓은 채 내부를 샅샅이 살펴보고 있었다. 남편은 내가 관찰하는지도 모르고 뭔가에 열중해 있었다. 의자 틈을 살피기도 하고 발판 매트를 들어보기도 하다가 결국 보조석의 글러브 박스를 열고 안에 무언가를 집어넣었다. 에어컨 필터를 교체하는 건가 잠깐 생각하기도 했지만 그렇게 보이진 않았다. 글러브 박스를 닫고 나서야 뒤에 서 있던 나를 발견한 남편은 크게 놀라며 당황했다.

그날 남편은 평소와 달리 연거푸 실수를 저질렀다. 사이드 미러를 펴지 않은 채로 한참을 달리더니 미리 차선을 바꾸지 못해 진입해야 할 지하 차도로 들어서지 못하고 고가로 빠져버려 길을 한참 돌아가기도 했다. 나는 남편의 실수들을 못 본 척 넘어갔고, 남편은 내 침묵에 성질을 냈다.

"너 오늘 이상해. 니가 이렇게 얌전한 척한다고 속을 줄 알아? 돈 냄새를 맡고 이런다는 거 다 알아."

"돈 냄새?"

나는 킁킁대며 차 안의 냄새를 맡았다.

"방향제 냄새밖에 안 나는데?"

나는 으슬으슬 추위가 느껴져 히터를 틀기 위해 버튼에 손을 갖다 댔다.

"야! 뭐하는 거야! 씨발, 손 떼!"

남편이 버럭 소리를 질렀다. 나는 남편이 에어컨 필터 칸에 무언가 넣었기 때문에 이렇게 예민하게 군다고 생각했다. 내가 순순히 버튼에서 손을 떼고 신경질에도 대꾸하지 않자 남편은 이상하다는 듯이 고개를 돌려 쳐다보고는 티나게 비웃음을 지었다.

"너 나한테 잘해야 돼, 알아? 너 내가 밖에서 얼마나 개고생하는지 아냐? 너 한 번이라도 집에서 나한테 져준 적 있냐고. 내가 밖에서 벌어오는 돈으로 생활하면서…… 뭐? 이혼하자고?"

남편은 몇 달 전 자신이 분노했던 일을 맥락 없이 끄집어냈다. 남편은 나를 자극해 내 감정을 엉망으로 만들고 싶을 때마다 이런 식으로 행동했다. 작은 말다툼을 더 큰 싸움으로 이끌고 결국 그 싸움에서 승리해 그동안 쌓인 스트레스를 풀려고 했다. 나는 알고 있었다. 남편이 나에게 원하는 게 무엇인지. 가정의 패배자. 나는 남편에게 약자이자 패배자이어야 했다.

"왜 몇 달 전 얘기를 꺼내. 나 이혼 포기했다니까."

"포기? 야, 씨발. 너 임신한 거 나한테 말 안 하고 이혼하자고 했던 거 기억 안 나냐? 나 그거 절대 못 잊어."

남편은 자신의 상처를 무기로 폭력을 휘둘렀다. 나는 고아니까……. 나는 열심히 일하고 있으니까……. 네가 이 정도는 받아들이고 양보해야 돼…….

"당신한테 좋은 와이프가 아닌 건 맞아. 근데 한 가지는 약속할 수 있어. 내 아기는 잘 키울 거야."

나는 남편에게 내 진심을 전했다. 오늘 꼭 해주고 싶은 말이기도 했다. 하지만 남편은 의미를 알 수 없는 미소를 지었다.

4월 12일 화요일

"그날 유난히 흥분해서 헉헉대더니, 끝나고 그렇게 소리지르면서 울고불고한 거 기억 안 나냐? 너 내 말 들어서 손해 본 게 있냐? 너도 애가 생기니까 모성애가 생기잖아."

남편의 말에 사지가 바르르 떨려오면서 다스릴 수 없는 분노가 차올랐다. 그렇게 내가 소리지르고 울고불고한 날은 남편이 이혼을 원하는 나를 성폭행한 날이다. 그날 나는 아이를 임신했고, 결국 이혼은 무산됐다. 사람들은 이혼을 준비하면서 남편과 관계를 갖고 임신을 한 나를 철없다 여겼다. 성폭행이었다고 말을 해도 아무도 내 이야기를 듣지 않았다. 나와 아기를 책임지겠다는 남편의 책임감 쪽에 사람들은 마음을 더 빼앗겼다.

분노를 숨기기 위해 나는 창으로 고개를 돌렸다. 차는 영동고속도로로 진입했다. 창에 비친 내 얼굴을 보면서 내가 했던 생각은 단 한 가지였다. 엄마네 아파트에 주차하고 나면 수면제를 탄 주스를 남편이 마시게 해야 한다는 것. 오로지 계획이 틀어지지 않게 행동해야 한다는 것이었다. 그때까지는 남편이 원하는 굴복하는 아내가 되어야 했다.

걱정한 것과는 달리 남편은 몸에 좋다는 말에 수면제가 든 주스를 눈앞에서 벌컥벌컥 들이켰다. 엄마 핑계를 대고 잠시 주차장에 기다리게 했는데 남편은 십 분이 지나자 졸기 시작했다.

남편이 정신을 잃고 깊이 잠에 빠져들자 괜한 호기심이 일었다. 남편이 몰래 숨기려 한 물건은 무엇이었을까? 나는 글러브 박스의 벌브를 동전으로 돌려 에어컨 필터가 있는 내부를 들여다보았다. 히터를 틀려고 했을 때 남편이 예민하게 반응한 이유가 있을 것 같았다. 돈 냄새 운운하던 남편이 정말 이곳에 돈을 숨겼을지도 모른다. 밤낚시는 핑계고, 의사한테 돈을 빌미로 이상한 짓이라도 꾸미고 있는 걸까 하는 의심도 들었다.

이 차량은 곧 저수지에 빠뜨려야 했기에 남편이 돈을 숨겼다면 미리 꺼내야 했다. 하지만 그 안에 기대한 돈은 없었다. 찾아낸 건 배터리가 방전되어 켜지지 않는 분홍색 스마트폰이었다. 분홍색이라면 여자 핸드폰일 확률이 높았다. 바람이라도 피운 걸까? 남편의 외도 따위엔 전혀 관심이 없었다. 나는 별생각 없이 스마트폰을 가방에 넣고 다음 계획을 위해 움직였다. 그리고 잠시 잊고 있었다.

나는 침대 옆에 둔 충전기를 찾았다. 그리고 배터리가 다 된 분홍색 핸드폰을 연결했다. 어제까진 이 핸드폰을 살필 시간적 여유가 없었다. 이제야 겨우 이것이 누구의 핸드폰이며, 남편이 왜 그날 그렇게 숨기려 들었는지 확인할 틈이 생겼다.

경쾌한 멜로디와 함께 부팅 화면이 스크린에 떴다. 이내 통

신망이 연결되고 와이파이가 잡히자 문자와 카카오톡 메시지 그리고 부재중 전화 알람이 동시에 수십 통 뜨기 시작했다.

사진첩을 보니 앳된 십 대 소녀가 장난스러운 표정으로 남긴 셀카가 수백 장은 있었다. 입술에 새빨간 틴트를 바르고 커다란 눈을 토끼처럼 뜨고 있다. 사랑받고 자란 아이처럼 해맑고 티가 없는 얼굴이었다. 그런데 최근까지 읽지 않은 카톡 메시지는 온통 아이의 행방을 묻는 내용들뿐이었다.

—너 어디야? 이수민. 전화 안 받아?

—수민아, 제발 연락해. 용태 오빠랑 태경 오빠가 너 찾고 난리야.

남편이 필사적으로 숨기려 했던 이 핸드폰 주인의 이름이 이수민인 듯했다. 이수민. 이 아이는 도대체 누구이며, 남편과 무슨 관계일까? 내가 알지 못했던 남편의 비밀이 다시금 내 계획을 어지럽혔다. 그때 이수민이라는 아이의 핸드폰으로 새로운 메시지 알람이 울렸다.

—안양, 두 시간 10만원. 사진 선교환 원함. 미자는 사양.

나는 무슨 뜻인지 해독하기 위해 메시지를 한참 동안 가만히 들여다봤다. 뒤이어 연달아 들어온 메시지를 보고서야 이 메시지가 무엇을 뜻하는지 어렴풋이 이해할 수가 있었다.

—범계역. 한 시간 10만원. 뚱뚱 스탈 안 받아줌. 후장 가능?

천박한 단어들에 얼굴이 찌푸려졌지만 이제야 남편이 강조하던 돈 냄새를 이 핸드폰에서 맡을 수 있었다.

갑자기 초조한 긴장감이 찾아왔다.

4월 13일 수요일

주란

오늘은 20대 국회의원 선거가 있는 공휴일이다. 일어나자마자 우리 부부는 투표를 했고, 투표장인 초등학교 근처의 카페테리아에 앉아 커피를 마셨다. 승재가 자신은 잘못이 없다고 극구 부정하며 아빠에게만큼은 비밀을 지켜줄 것을 요청했지만, 어제 학교에서 있었던 일을 남편에게 말해버렸다. 혹시나 이 일로 아이에게 피해가 갈지도 모른다는 걱정이 들었고, 남편에게 무슨 뾰족한 수라도 있기를 바랐기 때문이다.

"뭘 고민해. 걔 나이에 그럴 수도 있지. 여자애 부모한테 사과 전화나 한 통 넣지? 딸 가진 부모는 다르게 받아들일 수 있는 거니까."

남편은 불편한 이야기로 화제가 이어지는 게 싫은지 대수롭지 않게 넘기려 했다. 하지만 당사자인 승재에겐 매우 심각한 일일 터였다.

"그래도…… 애가 이 일로 학교에서 놀림이라도 받으면?"

"괜찮아. 지가 어쩔 건데. 그런 일 때문에 학교를 안 갈 거야 어쩔 거야. 승재는 내가 구슬릴 테니까 당신은 신경쓰지 마."

남편은 투표를 하기 위해 초등학교 앞에 줄 선 사람들 쪽으로 시선을 돌렸다.

"어, 오늘 그래도 다들 투표한다고 많이들 나왔네. 야당이 이겨야 할 텐데."

남편은 승재 문제보다 오늘 선거가 더 중요하게 여겨지는 모양이었다.

나는 집으로 돌아와 승재 담임에게 받은 여자아이 학부모의 핸드폰 번호를 꾹꾹 눌렀다. 신호음이 한참 울리도록 상대는 전화를 받지 않았다. 전화를 끊어버릴까 생각할 때, "여보세요" 하는 여자의 목소리가 들려왔다.

"안녕하세요. 다은이 어머님 핸드폰 맞나요?"

"네, 그런데요. 누구세요?"

"아, 네. 저는 박승재라고 다은이랑 같은 반……."

"아……. 네."

4월 13일 수요일

여자는 아이의 이름이 나오자마자 누군지 알겠다는 식으로 어투와 억양을 바꿨다.

"지금 통화 괜찮으세요?"

"네, 말씀하세요."

여자의 말투가 묘하게 나를 하대하듯이 느껴져 불쾌했지만 계속 말을 이어갔다.

"네, 어제 학교에서 승재랑 다은이 사이에 불미스러운 일이 있었다기에 그 일 사과드리려고 전화드렸어요."

"아……. 네. 근데 애들 사이의 불미스러운 일이 아니고요, 승재가 일방적으로 잘못한 거죠."

여자가 내 말을 정정했다. 여자는 나를 가르치려 들었다.

"네, 다은이가 많이 놀란 것 같아서 사과드리려고요. 앞으론 그런 일이 안 생기게 제가 승재한테 말을 잘 해둘게요."

"어휴……."

여자는 깊은 한숨을 쉬었다.

"이게 참……. 애가 한 짓이라 뭐라 하기도 그렇고. 다은이가 놀라가지고. 당장 내일 학교에 가야 하는데 다은이는 이게 무슨 피해예요, 도대체! 애 교육 좀 잘 시키세요!"

여자의 말에 수치심으로 피가 거꾸로 솟았다.

"아, 네. 죄송합니다."

"끊겠습니다. 참……."

여자는 다시 한숨을 쉬며 전화를 끊었다. 여자의 태도에 분노가 일었다. 이 여자는 학부모 모임이나 총회에서 본 적이 없었다. 맞벌이부부인 걸까? 승재가 임대 아파트에 사는 아이라고 생각하고 나를 하대한 건 아닐까? 이 여자가 총회에 한 번이라도 나와서 나를 봤다면, 남편의 직업을 알았다면, 이렇게까지 무시하는 태도로 전화를 받을 수 있었을까 하는 생각이 들었다.

다은이가 승재를 쫓아다니다 거짓말을 해서 자신을 곤경에 처하게 만든 거라는 승재의 말이 떠올랐다. 아이 말을 믿어주고 아이를 변호해줬어야 하는데 이렇게 멍청하게 사과를 해버리다니……. 내 어리석음에 더 화가 일었다.

나는 거실로 나와 남편을 찾았다.

"여보!"

당신 말대로 했다가 내가 어떤 수모를 당했는지 알아? 다은이라는 여자애 엄마가 얼마나 몰상식하고 예의가 없는지 내 얘기 좀 들어봐. 나는 남편에게 할말이 많았다. 하지만 거실에는 남편의 모습이 보이지 않았다.

뒷마당 화단 앞에 서 있는 남편 모습이 주방의 창 너머로 보였다. 남편은 화단에 묘목을 옮겨 심고 있었다. 사람을 불러서 해도 될 텐데……. 남편은 해보지도 않은 일을 하느라 굵은 땀방울을 흘리고 있었다.

4월 13일 수요일

제라늄과 데이지 그리고 작약과 튤립이 이제야 제자리를 찾은 듯, 화분에 갇혀 있을 때보다 싱싱해 보였다.

나는 바나나와 아로니아를 갈아 만든 주스를 가지고 나가 남편에게 건넸다.

"금방 죽을지도 모르겠어."

남편이 주스를 마시며 화단을 바라봤다.

"어, 뭐가?"

"내가 그만 뿌리를 삽으로 건드렸거든. 올해는 어쩔 수 없지. 이거 한번 심으면 또 이 구근에서 다시 꽃이 나고 하는 거니까 내년을 기대해볼까? 이것 때문에 휴일이라고 어디 나가지도 못하고. 올해는 도다리 잡으러 한 번을 못 갔네."

아마 낚시 얘기를 하는 듯했다. 왠지 나 들으라고 꺼낸 말처럼 들렸다.

"맥주 있지? 맥주 마시면서 개표 방송이나 볼까? 투표율이 얼마나 됐으려나?"

"꽤 높대. 젊은 층이 작정하고 투표했다는데. 들어가서 샤워해."

남편은 목에 두른 수건으로 이마에 땀을 닦더니 스트레칭을 했다. 오전에 국회의원 선거 투표를 마치고 화원에서 화분을 몇 개 더 산 뒤 내내 화단을 가꾸고 싶느라 지친 표정이었다.

"여보."

"왜?"

나는 좀 전에 다은이 엄마란 사람에게 당한 수모를 이야기하려다 말았다. 남편이 너무 피곤해 보였다.

"당신 피곤해 보여."

"피곤하지. 오후 내내 땡볕에서……. 이거 다시는 못 하겠다."

남편이 한숨을 쉬며 힘든 기색을 보일 때 나는 어떤 대답을 해야 하는지 알고 있었다.

"고마워, 나 때문에. 우리 여보, 수고했어요."

나는 남편을 안고 등을 토닥였다.

"당신 흙 묻어." 남편은 나를 떼어놓으며 그제야 웃어 보였다. "어때, 맘에 들어?"

"그럼, 나는 당신이 여기에 철근을 심었어도 맘에 들지."

남편은 화단을 가꾸느라 쏟은 노동과 고생을 보상받았다는 표정으로 만족스럽게 집안으로 들어갔다.

화단은 아름다웠다. 어릴 때 놀이동산에서나 보던 빨갛고 노랗고 주황의 색을 띤 튤립이 우리집 마당에 피어 있다. 새빨간 제라늄과 샛노란 수술을 가진 하얀 데이지는 모두 나의 것이었다. 원하면 언제든 꽃을 꺾어서 화병에 꽂아둘 수도 있다. 이 꽃들은 모두 나를 위해 피어나 나를 즐겁게 해주기 위해 여기 심어졌다.

나는 화단으로 다가가 숨을 크게 들이마셨다. 흙냄새와 풀

냄새가 섞인 달콤한 꽃향기가 났다. 화단에서는 더이상 악취가 나지 않았다.

잠깐의 달콤한 기분을 방해라도 하려는 듯 어디선가 담배 냄새가 풍겼다. 나는 신경질적으로 고개를 들고 옆집의 2층 발코니를 쳐다봤다. 그 여자였다. 오늘은 스팽글이 달린 촌스러운 티셔츠를 입고 포니테일로 묶은 머리를 세 갈래로 땋은 헤어스타일을 하고 있다.

내가 쳐다보자 여자는 발코니 난간에 담배를 끄더니 집안으로 들어갔다. 좀 전까지 땀을 흘리며 화단을 가꾸던 남편을 훔쳐보기 위해 나와 있었던 모양이다. 옆집 주인은 도우미가 담배 피우는 걸 알고 있을까? 나는 옆집 발코니를 계속 쳐다봤다. 아니, 노려보았다. 왠지 여자가 숨어서 창 너머로 나를 훔쳐보고 있을 것만 같았기 때문이다.

그때 내 눈에 들어온 건 옆집 2층 발코니 코너에 설치된 카메라였다.

이 동네에 카메라를 설치한 보안업체는 모두 똑같았다. 저 카메라도 우리집과 같은 방식으로 녹화되고 비슷한 화각을 가진데다 삼 주 동안의 영상을 저장할 수 있는 기종이었다.

나는 남편을 의심하는 아내이고 싶지 않았다. 남편을 의심하지 않기 위해서라도 저 영상을 봐야 했다.

옆집 도어 벨을 누르자 오늘은 퉁명스러운 조선족 여자의 목소리 대신 상냥한 주인의 목소리가 들렸다. 공휴일이라 여자도 오랜만에 집에 있는 듯했다. 내 손에는 바나나 푸딩과 레드 벨벳 케이크가 담긴 접시가 들려 있었다. 백화점 지하 식품 코너에 생긴 매그놀리아 베이커리의 컵케이크와 푸딩 레시피를 보고 월요일에 만들어놓은 케이크였다. 이틀 동안 냉장고에 넣어둬서 크림이 딱딱하게 굳었지만 빈손으로 방문하는 건 예의가 아닌 것 같았다.

이사하기 전, 그리고 일요일에 가볍게 인사한 것을 제외하면 옆집과는 교류가 없었다. 나도 딱히 의지를 보이진 않았지만 옆집 주인도 바쁜지 얼굴을 도통 볼 수 없었다. 현관문을 열고 나타난 여자는 베이지색 롱스커트에 민소매 차림이었다. 사월에 적절해 보이는 옷차림은 아니었다.

"안녕하세요. 아니, 뭐 이런 걸. 저는 드릴 게 없는데."

"제가 만든 거라 맛은 별로 없을지도 몰라요."

"어머! 이걸 직접 만드셨어요? 대박이네요."

큰 목소리로 말하는 여자가 경망스럽게 보이기도 했다. 나는 현관에 들어서자마자 집 내부의 인테리어를 살폈다. 옆집의 외관이 노출 콘크리트로 지어져 있어서 내부도 꽤나 모던하게 인테리어가 되어 있을 거라 예상했지만, 고급 앤티크 가구와 싸구려 MDF 가구가 혼재되어 집주인의 취향을 가늠할 수 없었다. 게다가 바닥에는 중동에서 구입한 것처럼 보이는 거대한 양탄자가 깔려 있었다. 히잡을 쓴 여자가 낙타 위에서 악기를 연주하는 그림이 그려진 양탄자였다.

거실 한가운데 놓인 테이블 위로 잔뜩 어지럽게 쌓인 서류들이 보였다. 힐끔 보니 공공 기관에서 쓰이는 문서 같았다.

"일하시는 중인데 제가 방해한 건 아니죠?"

"아, 네. 그냥 일하는 척하는 중이었어요. 이렇게 폼 잡고 커피 마시면서. 근데 마침 케이크가 도착했네요. 하하하."

여자는 지나치다고 느껴질 정도로 호탕하게 웃었다. 소파에 놓아둔 멀버리 백에서 명함첩을 꺼내더니 명함을 건넸다. 명함에는 "법무법인 선명. 변호사 구은하"라고 적혀 있었다.

"어휴, 바빠서 제대로 인사할 기회가 없었네요. 저번 일요일에는 죄송해요."

"아니에요. 저희도 급히 나가느라……."

나는 명함을 건네받고 변호사라는 여자의 직함을 보자 괜히 위축되는 기분을 느꼈다. 나는 건넬 명함이 없었다.

"커피 드실래요, 녹차 드실래요? 사실 커피밖에 없어요. 하하하."

"아, 네. 커피 주세요."

여자는 포크로 케이크를 한입 크게 떠먹고는 소파 옆에 놓인 커피메이커에 물을 채우기 위해 주방으로 들어갔다. 2층으로 통하는 계단에서 인기척이 들려 쳐다보자 항상 우리집을 염탐하던 여자가 내려오고 있었다. 여자는 나를 흘끗 보더니 주방으로 들어가 주인을 도우려 했다.

"괜찮아요. 내가 할게요."

은하라는 여자는 마흔이 넘어 보였는데, 도우미로 일하는 여자에게 존댓말을 했다. 이 큰 집에 또 누가 살고 있는 걸까? 집안 가구나 분위기를 봤을 때 아이들이 있는 것 같지는 않았다. 사적인 궁금증이 생겼지만 예의가 아닌 것 같아 선뜻 물어보진 못했다.

"아, 이쪽은 저희 집에서 함께 살고 있는 윤미령이라고 해요."

은하는 여자를 빤히 쳐다보는 내 시선을 눈치채곤 도우미를 소개했다.

"안녕하세요."

여자는 조선족 억양을 숨기려 하지 않고 당당히 나에게 인사를 했다.

"두 분은 근데 어떻게……. 가족은 아니신 것 같고……."

나는 미령이라는 여자가 도우미라는 걸 알고 있었지만 우회적으로 궁금증을 풀기 위해 모르는 척 되물었다.

"아니에요. 저 여기서 일하는 사람이에요."

미령이 내 말에 빠르게 대답했다.

"아, 여기는 원래 저희 아버지 집이에요. 판교에 오래 사셔

가지고 저희는 협의자택지를 여기로 받아서 집 지은 거거든
요. 근데 아버지가 아프셔서 미령이 간병인으로 도와줬어요.
보시다시피 제가 너무 바빠서. 하하하. 아버지는 작년에 돌아
가셨는데 미령이 집안일해주면서 그렇게 둘이 같이 살고 있어
요. 동거인이에요. 하하하."

나는 왜 도우미로 일하는 여자에게 숙식까지 제공하는지
이해할 수 없었다. 이 집은 여자 둘이 살기엔 너무 커 보였다.
게다가 일에 바쁜 은하가 집을 비울 때면 이 집은 온전히 미령
이라는 여자가 차지하고 있다는 말처럼 들렸다. 이 집은 미령
에게 과분한 집이다.

"근데 무슨 일로?"

은하가 커피를 건네고 소파에 앉았다. 웃고 있었지만 내 존
재가 일에 방해가 된다는 듯 묘한 압박감을 주는 미소였다.

"네…… 제가 뭣 좀 부탁드리고 싶은 게 있어서요."

여전히 주방에 앉아 내 말을 같이 듣고 있는 미령이 신경쓰
였지만 비켜달라고 요구할 수는 없었다.

"네, 말씀하세요."

"저……. 여기 2층에 설치된 카메라요, 그러니까 앞쪽 도로
로 향한……. 그거 영상을 잠깐 볼 수 있을까요? 누가 대문으
로 쓰레기봉투를 던졌는데 그때 저희 집 카메라가 작동을 안
해서요."

"쓰레기봉투를요?"

당연히, 누가 우리집에 쓰레기봉투를 무단으로 버린 적은 없었다. 내가 알고 싶은 건 4월 9일 밤에 남편이 차를 몰고 대문을 나섰는지 여부였다.

"음……. 글쎄요. 언제를 보고 싶으신 거죠?"

대화의 틈이 생길 때면 크게 웃으면서 그 간극을 메우려 했던 은하가 냉랭하게 되물었다.

"지난주 토요일요. 4월 9일 밤 동안 그런 것 같아요."

"음……."

은하는 잠시 생각에 잠긴 듯 손으로 턱을 괬다.

"이렇게 하시죠. 제가 그날 영상을 확인하고 이상한 점이 있으면 알려드리죠. 근데 쓰레기 무단 투기로 신고를 하지 그러세요?"

"아뇨. 그게……. 문제를 크게 만들고 싶진 않아서요."

"하하하, 그러시구나. 그래도 공적인 일은 공적인 통로로 접근하시죠. 저희 집 카메라 영상엔 사생활도 담겨 있는데 그냥 보여드릴 순 없죠. 제가 확인해보고 연락드릴게요."

당연히 저장된 영상을 보여줄 거라 여겼던 예상과 달리, 논리정연한 거절의 대답을 듣자 수치심에 나도 모르게 얼굴이 달아올랐다. 어쩔 줄 몰라 하며 당황하는 나를 미령이 빤히 쳐다보았다. 곤경에 처한 쥐를 흥미롭게 바라보는 고양이의

4월 13일 수요일

눈빛이었다.

나는 인사를 하고 도망치듯 집으로 돌아왔다. 그들에게 무능하고 어리석은 사람으로 각인돼버렸다. 난 그들에게 동경을 받고 싶었지, 이런 식으로 우스꽝스러워 보이고 싶진 않았다. 자존감이 꺾인 나는 유명 베이커리의 컵케이크를 흉내내는 것 말고는 아무것도 할 수 없는 사람처럼 여겨졌다.

어찌 보면 나는 미령이라는 여자와 다를 바가 없었다. 미령과 나는 같은 동네의 비슷한 수준의 집에서 똑같은 가사일을 하는 처지다. 미령은 돈을 받기 위해서 일을 하고 나는 남편과 아이의 행복을 위해 일한다는 차이가 있을 뿐이다. 이 동네의 좋은 집에 무임승차한 미령에게도, 미령을 자신의 집에 살게 한 은하에게도 짜증이 일었다. 미령이라는 여자는 내가 가진 모든 것을 한순간에 하찮게 만들어버렸다.

남편은 소파에 앉아 개표 방송을 보고 있었다. 스포츠 중계를 볼 때처럼 테이블에 나초와 맥주 캔이 놓여 있다.

"어디 갔다 와? 당신 맥주도 냉장고에 넣어뒀어. 지금 선거 결과가 새누리랑 더민주가 거의 반반이야. 국민의당이 호남에서 선전한 모양인데?"

즐거운 표정으로 앉아 있는 남편을 바라봤다. 마흔아홉의 남편은 청년보다는 노년에 가까운 모습이었다. 관자놀이 근처에 검버섯도 작게 보이기 시작했다. 핸드폰을 볼 때는 가끔 쓰고 있는 안경을 이마 위로 올릴 때도 있었다. 흰머리가 조금 보이긴 했지만 머리숱이 풍성하고 여전히 검다는 게 다행처럼 여겨지는 나이였다. 여전히 이십 대 때 즐겨 듣던 B.B. 킹이나 스티비 레이 본처럼 고인이 된 옛 기타리스트들의 연주를 즐겨 들었고 영화도 최근 개봉 영화보다 오륙십 년대 미국 영화들을 즐겨 봤다. 텔레비전으로는 익스트림 스포츠 프로그램을 가끔 봤지만, 정작 시간이 날 때면 혼자 조용히 낚시를 즐겼다. 그러니까 남편은 고전적이고 정적인 활동에 열중하는 사람이었다.

처음 남편을 만났을 때를 기억한다. 남편은, 내 베스트 프렌드가 사귀던 남자의 학교 선배였다. 열 살이나 많은 남자와 소개팅을 하고 싶진 않았지만 친구가 간곡하게 부탁해서 저녁 시간이나 때울 심정으로 자리에 나갔다. 나중에 알게 된 사실이지만, 친구와 함께 찍은 내 사진을 보고 남편이 간절하게 소개를 부탁했다고 했다.

남편은 베이지색 니트에 남색 면바지를 입고 나왔다. 말수가 없어 그저 웃으며 내 얘기를 들어줬던 기억이 난다. 남편과 함께 있으면 난 정말 재치 있고 아름답고 기발한 여자가 된 것만 같았다. 흔한 유행을 좇지 않고 자신의 취향이 뚜렷한 남편의 여유도 좋았다. 그러니까 남편은 레스토랑에 가서도 어떤 메뉴를 시켜야 하는지 고민하는 사람이 아니었다. 항상 뚜렷한 자신의 기준과 취향이 있었다. 나는 그런 남편의 기준을 통과한 여자였다.

남편의 취향을 맞춰주되 심기를 거스르지 말 것. 나는 너무 당연하게 이 명제를 받아들이며 살아왔다. 남편이 말해주지 않는 것에 대해 꼬치꼬치 묻지 않았다. 낚시가 취미인 남자는 위험하다는 친구들의 충고를 수준 낮다고 여겼다. 나는 그렇고 그런 수준으로 묶여 남편을 의심하고 잔소리하는 경박한 여자가 되고 싶지 않았다.

남편은 말수가 없는 편이었다. 나는 마트에서 어떤 올리브유를 살까 고민했다는 이야기까지 모든 것을 남편에게 말했지만 남편은 병원에서 어떤 일이 있었는지 얘기하길 꺼렸다. 간호사를 해임하고 고용하는 일이 있어도 나에게 아무런 말도 하지 않았다. 새로 들어온 간호사를 마주하면 나는 놀라는 표정으로 어색한 인사를 건네야 했다. 간호사들은 병원 일에 대해 아무것도 모르는 나를 바보 같다고 여기는 것 같았다. 내가 이런 일로 수치심을 느꼈다고 말을 하면 남편은 이해하려 들지 않고 대뜸 사과만 했다. 그런 일은 반복되었고, 나는 쓸데없는 것까지 신경쓰는 까다로운 여자가 될 뿐이었다. 남편은 좋아하는 영화의 내용에 대해서는 나에게 설명해줬지만 환자에게 고소를 당했을 때 일이 어떻게 진행되는지는 알려주지 않았다. 이제 와 생각하니 은하라는 여자와 남편의 태도가 별반 다를 바 없었다. 중요한 문제에서 나를 배제시키는 남편의 태도는 자상하고 친절한 고용주와 비슷했다.

"당신이 일부러 그런 건 아니었을 거야."

"응?"

남편이 맥주를 마시며 나를 쳐다봤다.

"다 나를 위해서였다고 생각해."

"뭐야, 왜 이렇게 진지한 표정을 하는 거야?"

"당신 그날 집에 없었어. 내가 새벽에 일어나서 당신한테 전화를 걸었는데 받지 않았어. 근데 집안 어디에도 벨 소리가 울리지 않았고."

"아, 난 또 뭐라고. 또 그 얘기야."

남편은 지친 표정을 지었다.

"나도 알아야 해. 그것 때문에 내가 힘들어."

"당신 옆에서 자고 있었다니까. 내가 어떤 말을 해주길 바라는 거야, 도대체!"

"당신 김윤범이라는 남자 이날 만난 거지? 그리고 우연히도 그날 그 남자가 죽은 거고? 그래서 집에 있었다고 거짓말하는 거잖아, 그렇지? 혹시라도 김윤범을 죽인 사람으로 의심받을까 봐. 그런 거지?"

텔레비전에는 환호하는 야당의 선거 본부가 나왔다. 선거 결과가 야당에게 유리한 쪽으로 진행되고 있었다. 남편은 내 말에 관심을 끊고 텔레비전에 시선을 고정했다.

"당신이 잠깐 일어나서 나에게 전화를 걸었나 보지. 내가 옆에 없다고 착각한 모양이고. 그냥 당신은 내가 없다고 생각하고 싶은 거야."

"아니야. 내가 분명 손을 뻗쳐서 이렇게 침대를 더듬으면서 봤어."

"꿈을 꾼 건 아니고?"

꿈? 꿈일 수도 있다. 하지만 핸드폰에 전화를 걸었다는 증거를 남기는 꿈은 없다.

"제1당이 드디어 바뀌겠군."

남편은 결과가 만족스러운지 가볍게 박수를 쳤다.

"당신 내가 하는 말, 행동…… 모든 게 다 우습지?"

남편은 맥주 캔을 흔들더니 남아 있는 맥주를 마저 마셨다. 그러고는 나를 정면으로 쳐다봤다.

"여기로 이사하면 당신이 좋아질 거란 생각에 승재도 전학을 감수했고 나도 당신 때문에…… 매일 고속도로 위에서 출퇴근 전쟁을 치르고 있어. 당신이 혼자 울고 예민하게 구는 건 괜찮아. 다 참고 받아들일 수 있어. 근데 이런 식으로 피해 주면 안 돼. 남한테 피해를 주면서까지 자기 고통을 전시하면 안 된다고."

"뭐라고?"

고통을 전시하면 안 된다는 남편의 말에 말문이 막혔다. 그동안 고통을 함께 아파하고 나누고 있었다고 생각했던 것이야말로 나만의 착각이었다.

"당신 말이 옳다면, 이 집 2층에 물소리를 내거나 창문을 열어두는 귀신이 살고 있는 거고, 화단에는 동물 사체가 있는 거고⋯⋯. 집에 멀쩡하게 있었던 내가 없었던 거고⋯⋯."

남편은 손에 쥐고 있던 캔을 우그러뜨렸다. "당신, 재작년 기억 안 나? 윗집 사람 살인자로 몬 일⋯⋯."

남편이 꺼낸 이야기는 내 자존감을 한순간에 무너뜨리고, 간신히 잡고 있던 이성의 끈마저 놓게 만들어버렸다.

"그 얘기 하지 마! 왜 그 얘기를 여기서 꺼내. 그 얘기 하는 거 싫다고 몇 번을 얘기해! 왜 또 그 얘기를 꺼내!"

남편이 그 이야기를 꺼내는 건 내가 정상이 아니라고 말하기 위함이라는 것을 알고 있었다. 그래서 그 이야기가 남편의 입에서 나오자마자 감정을 주체하지 못하고 소리를 질러버렸다. 남편은 그런 나를 침착하게 바라봤다. 그리고 말없이 일어나 침실로 들어가버렸다. 남편은 나와 싸우지 않는다. 나는 분에 못 이겨 눈물을 흘리며 화를 참아내야 했고, 그 분노는 배출되지 못한 채로 몸속에 차곡차곡 쌓였다. 이럴 때는 똑같이 소리 높여 싸워주길 바랐다. 이런 식으로 혼자 남아 있으면 정말 미친 사람이 된 것만 같았다.

남편이 말한 일을 물론 기억하고 있었다. 그리고 알고 있다. 나는 나를 믿으면 안 된다는 것도.

재작년 이맘때로 기억한다. 그때도 언니의 기일을 앞두고 있었으니까. 우리 가족은 개포동 S아파트 16층에 살고 있었다. 내가 누군가를 의심하기 시작했던 건 17층에 새로운 사람들이 이사 오면서부터였다. 남편이 출근을 하면 어김없이 위층에서 전기드릴 소리가 들려왔다. 처음엔 액자를 걸기 위해 벽을 뚫고 있나 보다 생각했다. 하지만 소음은 매일 계속됐고, 기분 나쁜 드릴 소리는 바로 우리집 천장을 향하고 있는 것처럼 들렸다. 금방이라도 드릴로 천장에 구멍을 낼 것만 같았다. 천장에 구멍을 뚫고 카메라를 설치해 우리집을 염탐하려는 건 아닐까 하는 의심도 들었던 것 같다. 그런 불안한 의심과 매일 들리는 시끄러운 소음을 견뎌내기 힘들어 참다못해 17층으로 올라가 벨을 눌렀지만 아무도 대꾸하지 않고 마치 사람이 없는 척 굴었다. 내가 다시 집으로 돌아오면 놀리기라도 하는 듯이 끊겼던 전기드릴 소리가 들려왔다.

17층에 누가 살고 있는지 알게 된 건 일주일이 지나서였다. 1층에서 엘리베이터를 함께 타면서 사십 대 부부가 17층에 이사 왔다는 걸 알게 됐다. 그들은 이상하게도 16층에 도착해

마당이 있는 집

내가 엘리베이터에서 내려 현관 도어 록의 비밀번호를 누를 때까지 닫힘 버튼을 누르지 않고 멈춘 엘리베이터 안에서 나를 지켜보곤 했다. 그후로도 이상하게 엘리베이터에서 그 부부를 마주치는 일이 잦았다. 항상 검은색 운동복을 입고 짧게 자른 스포츠머리를 하고 있던 위층 남자는 별다른 직업이 있는 것 같지 않았는데, 만날 때마다 몸에서 다른 향수 냄새가 났다. 어느 날은 우편함 앞에 아무런 움직임도 없이 가만히 서 있는 걸 본 적도 있었다. 이상한 건 남자의 시선이 우리집의 우편함 쪽을 향하고 있었다는 사실이다. 그 뒤로 우편물이 없어지거나 택배가 잘못 배달되는 자잘한 사건들이 연이어 일어났다.

남자가 내 주변을 맴돈다는 생각이 들기 시작하면서 위층 부부에 대한 경계심을 강하게 갖기 시작했다. 그러던 어느 날 승재를 학교에 데려다주고 돌아와 지하 1층에서 엘리베이터를 기다리는데 기척도 없이 등뒤에서 그 부부가 갑자기 나타났다. 마치 나를 어디선가 훔쳐보다 기회를 보고 동시에 나타난 것처럼 보였다. 그들과 함께 엘리베이터를 타는 게 두려웠지만 내색하고 싶지도 않았다.

엘리베이터 안에 부부의 싸구려 향수 냄새가 진동했고, 여자가 신은 검은색 힐의 굽이 눈에 띄게 닳아 있는 게 보였다. 여자는 갈색 얼룩이 묻은 하얀색 블라우스에 보풀이 일어난 검은색 펜슬 스커트를 입고 있었다. 여자는 이 아파트와 어울리지 않았다. 어쩌면 둘이 부부가 아니라 애인 사이일지도 모른다고 생각했던 것 같기도 하다. 나는 엘리베이터 벽에 붙은 거울로 얼굴을 보는 척하면서 힐끔힐끔 둘을 계속 쳐다보았다. 그런데 그 둘도 나를 쳐다보고 있었다! 여자는 자신의 목에 걸린 목걸이를 보라는 듯이 손으로 잡고 있고, 남자는 나를 보면서 히죽거리며 웃고 있었다.

나는 그 목걸이를 바로 알아봤다. 십육 년 전 나의 언니가 잃어버린, 아니, 범인에게 빼앗긴 백금의 아가타 목걸이였다.

모든 것이 명료하게 설명이 됐다. 왜 남자가 계속 내 주변을 맴돌며 나를 지켜보고 있었는지……. 남자는 나를 위협하며 조롱하고 있었다. 우리 언니를 죽인 범인이 분명했다.

나는 당시에 최대한 이성을 찾기 위해 애쓰며 언니 사건을 담당했던 형사에게 전화를 걸었다. 신고를 마치고 드디어 범인을 잡았다는 흥분과 분노에 휩싸여 위층으로 올라가 그들이 도망가지 못하게 문 앞에서 지키고 서 있었다. 나는 살인범이 두렵지 않았다. 목숨을 내놓고 싸울 각오가 되어 있었다.

하지만 뒤늦게 도착한 경찰들이 잡은 건 남자가 아닌 내 팔목이었다. 손에 들고 있던 부엌칼을 빼앗곤 나를 남편에게 인도하고 나서야 자신들이 할 일을 다 했다는 식으로 일을 마무리짓고 돌아갔다.

내 분노가 진정되자, 당시 인기 있던 드라마에서 여주인공이 아가타 목걸이를 차고 나온 탓에 전국적으로 유행이 돌았다고 남편이 설명해줬다. 거리에 다니는 여자 열 명 중 한 명은 차고 있다고. 여자는 거울에 자신의 목걸이를 비춰 봤을 뿐이며, 나를 훑어보고 쳐다본 건 미인이라 자꾸 눈길이 간 거라고 했다. 남자는 한때 대치동에서 유명한 학원 강사였고 여자는 국세청 공무원이라고 덧붙였다.

이 일은 삽시간에 아파트에 소문이 돌았다. 나는 평범한 부부를 살인자로 오해하고 난동을 부린 정신이상자가 되었다.

남편은 이 일로 이사를 결심하고 서울이 아닌 경기도에서 살 만한 곳을 찾았다. 멀리 떨어지지는 않지만 그래도 행정구역이 서울과 경기도로 분명하게 나뉘는 이곳으로 이사해 심신의 안정을 취하자고 설득했다. 그런 남편의 제안에 내가 개입하여 의견을 낼 수 있는 여지란 애초부터 없었다. 문제의 시발점이 나였으니까.

나는 분노가 사그라지길 기다리며 소파에 가만히 앉아 있었다. 이렇게 감정이 엉망이 되고 스스로를 자제하지 못하면 후회하고 손해 보는 건 언제나 내 쪽이다. 나는 남편에게 자꾸 재촉하며 물어보는 대신 옆집 여자의 답변을 기다리는 쪽이 현명하다고 판단했다.

처음엔 단순히 남편이 거짓말을 하는 게 싫었다. 그날 김윤범이란 사람이 죽었단 걸 알고 난 뒤에는, 남편이 가정에 닥친 이 문제를 나와 함께 의논하며 해결하기를 바랐다. 지금은 내가 꿈과 현실을 혼동하며 제대로 사리 판단도 못 하는 사람이 아니란 걸 증명하고 싶었다. 내가 본 것과 내가 들은 것과 내가 느낀 것이 맞을 수도 있다는 걸 증명하고 싶었다.

일단 나는 남편에게 소리친 것에 대해 사과하기로 했다. 사과하기로 한 마음 이면에는 남편이 나를 구제불능 취급하며 떠날지도 모른다는 두려움도 있었다.

침실로 들어갔지만 남편이 보이지 않았다. 욕실 문 너머로 물소리가 들렸다. 나는 침대에 앉아 남편이 욕실에서 나오기를 기다렸다.

그때 문자 수신음이 들렸다. 남편의 핸드폰이었다. 수신음은 명료하고 정확하게 들렸지만 이게 내 착각이면 어쩌지 하는 생각이 문득 들었다. 나는 남편의 핸드폰을 집어 들었다.

'아무 메시지도 안 왔으면 어쩌지?'

다행히도 남편의 핸드폰에는 메시지가 도착해 있었다.

하지만 메시지를 보고는 생각과 논리가 다시 제멋대로 엉켜버렸다. 멍해졌다.

너무도 생경한 메시지와 사진이 남편의 핸드폰에 도착해 있었다.

십 대로 보이는 여자아이가 오프 숄더 블라우스를 입고 하얀 어깨를 내민 채 사진 속에서 환하게 웃고 있었다. 사진 밑에는 이런 메시지가 함께 도착해 있었다.

—박재호 선생님, 저를 알고 계시죠?

4월 15일 금요일

상은

가구 숍의 엘리베이터에 올라타자 검은색 정장을 입은 남자 직원이 나를 알아보고 당황했다. 고객에게 인테리어 제안을 하고 상담을 하는 코디네이터였다. 남자는 뭔가 말하려 했지만 내가 모른 체하자 말하기를 관두었다.

2층 침실 매장에 내리자 익숙한 냄새에 괜한 반가운 마음이 들었다. 고객에게 편안함을 주기 위한 향이 매장 전체에 은은하게 배어 있다. 벌써 여름을 준비하듯 홑이불이 종종 보였다. 화사하고 시원한 컬러와 무늬가 가득했다. 내가 지나갈 때마다 직원들의 표정이 어둡게 굳어지는 게 느껴졌다. 모두가 알고 있는 듯했다. 남편이 죽었다는 걸. 다들 어떤 위로를 할까 고심중인 걸까? 나는 그들의 고민을 덜어주고 싶어 일부러 모른 체하고 잰걸음으로 그들을 지나쳤다.

내가 일하던 침실 코너에는 낯선 여자가 나를 대신해 고객들을 맞이하고 있었다. 여자의 가슴에는 금색에 검은 글씨가 박힌 정식 명찰이 달려 있다. 임시 직원에겐 정식 명찰을 제공하지 않는다. 여자는 나를 대신해 매트리스 회사에서 고용한 직원이었다. 우습게도 이곳에서 나를 알아보지 못하는 유일한 사람이기도 했다. 나는 지난주까지 내가 판매하던 매트리스에 고객으로서 앉아보았다. 항상 옆에 두고 앉아보지 못했던 침대에 일을 관두고 나서야 편히 앉을 수 있다는 사실이 우스웠다.

"고객님, 누워보세요. 독립 스프링을 사용해서 누우셨을 때 몸의 굴곡에 따라 스프링의 경도가 다르다는 걸 느끼실 수 있으실 거예요."

여자는 내가 하던 말을 똑같이 읊고 있었다. 나는 여자의 추천에 따라 침대에 누웠다.

"어떠세요? 보시면 이 제품은 양모 백 프로 원단으로 천연 라텍스를 사용했어요. 지금 이십 프로 세일중이니까 이 기회를 놓치지 마시고 구입하시면 만족하실 거예요."

나는 경도를 느껴보려고 침대 스프링을 손으로 눌렀다.

"글쎄요, 그런 독립 스프링의 차이 같은 게 전혀 안 느껴지는데요?"

"아니에요. 여기 이렇게 눌러보시면요, 어때요? 다른 게 느껴지시죠? 촉감도 보시면, 백 프로 양모라 세균 번식이 잘 안되고……."

"아뇨, 전혀요."

나는 힘을 줘서 다시 침대에 풀썩 앉았다. "이게 왜 편안한 매트리스라는 거죠?"

여자는 애써 미소를 지었다.

"여기서 하룻밤 주무시면 숙면을 취하시는 데 굉장히 도움을 받으실 거예요. 요즘은 잠자리가 중요하잖아요. 화학섬유로 만든 매트리스의 경우 세균 번식도 잘되는데 이건 천연섬유로 만든 매트리스라 그런 걱정하실 필요가 없죠. 또 이렇게 몸의 굴곡에 따라서 스프링 경도가 다르니까……."

"그 얘긴 아까도 했잖아요. 매트리스만 바꾼다고 편안하게 잘 수 있다고요? 이 매트리스에서 자봤어요?"

"그럼요. 저희도 판매하기 전에 다 사용해보고 고객님께 추천해드리는 거지, 안 그러면 상품 설명 못 하죠."

"거짓말."

"네?"

"여기에 앉아보지도 못했으면서. 모르는 건 모른다고 해요. 애써 꾸며서 팔려고 하지 말고. 그렇게 애써 열심히 할 필요 없어요. 여기가 평생직장도 아닌데."

"네?"

여자가 순간 당황한 표정을 지었지만 다시 의식적으로 미소를 지었다. 어떤 이상한 손님을 만나더라도 미소 짓고 친절하게 응대하라. 내가 가장 처음으로 받은 교육이었고, 이 여자도 그 교육을 반복적으로 받았을 거다.

"상은아!"

고개를 돌리자 경희 언니가 나를 보고 손을 흔들고 있었다. 언니는 여자와 가볍게 목례를 했다. 여자도 그제야 내가 누군지 알아챈 눈치였다. 자신이 여기 일하게 된 이유가 내 남편이 죽어서라는 걸.

"그래, 회사에서 뭐래?"

경희 언니는 머들러를 연신 저으며 카페 모카의 하얀 생크림을 녹였다.

"처음엔 무급 휴가를 제안하더니 이젠 계약을 해지하겠다네요."

남편의 죽음을 알리며 며칠 휴가를 요구하자 내가 소속된 네이젠 침구 회사는 난색을 표했다. 별로 당황할 만한 일도 아니었다. 어차피 내 배가 더 부르면 그들은 자연스럽게 나를 해고했을 일이었다.

"이런 개…… 에휴…… 됐다. 욕하면 뭐해. 내 입만 더럽지. 아니, 그래도 그것들은 인간에 대한 예의도 없고 도덕도 모르나……. 개새끼들! 위로는 못 하고 도움은 못 줄지언정 계약을 해지한다고 그따위 말을 나불거려!"

"임시 직원을 구하기 애매하니까요. 요즘은 그런 식으로 공고를 내면 일하러 오겠다는 사람이 없대요."

"알바를 쓰면 되지! 별 이상한 핑계를 다 댄다!"

대신 화를 내는 경희 언니의 반응에 왠지 모르게 마음이 편해졌다.

"제가 그 침구 회사에서 일한 지 이 년이 다 돼가니까……. 정규직으로 바꿔줄 일도 없고……. 겸사겸사 자른 거겠죠. 안 그래도 각오하고 있었어요."

"아니, 그래도 자기처럼 진짜 꾀 안 부리고 할 일 하는 사람이 어디 있다고. 계약 기간이 끝나가더라도 당장 지금은 아니지. 이건 너무하네, 진짜."

"저 지금 임신중이에요. 이제 오 개월이 다 돼가요."

경희 언니는 놀란 표정으로 나를 보며 말을 잇지 못했다. 한동안 침묵이 이어졌다. 언제나 화제를 바꿔가며 끊임없이 말을 하는 언니의 침묵이 낯설기도 했지만, 진심처럼 여겨지기도 했다.

"아니…… 나는…… 참…… 에휴……."

마당이 있는 집
140

경희 언니는 말이 많고 참견이 많아 피곤한 스타일이지만, 남에게 잘 보이기 위해 자신을 포장하는 사람은 아니었다. 자신이 느낀 대로 말하고 행동해서 가끔 싸움을 일으키지만 또 쉽게 상대방을 포용했다. 아이가 넷인 경희 언니는 임신이라는 말에 더 크게 동요하는 듯했다.

언니는 한참 말을 못 잇더니 조심스럽게 종이 가방을 내밀었다. 가방 안에는 내가 신던 검은색 단화와 머리핀, 양치 컵과 칫솔, 파우더 팩트와 립스틱, 향수 들이 들어 있었다. 하지만 내가 오늘 이곳에 온 이유는 겨우 이런 것 때문이 아니었다. 과거 보험 설계사로 일했던 경희 언니의 지식이 필요했다. 나는 남편이 들었던 보험의 확약서를 꺼내 테이블 위로 꺼내 놓았다.

"실은 언니한테 뭐 좀 물어보려고요."

경희 언니는 의아해하며 내가 내민 문서를 가져갔다. 쓰고 있던 근시용 안경을 벗더니 문서를 눈앞에 가까이 대고 보기 시작했다.

"당장 남편 장례 치를 돈도 힘들어요. 직장도 잘린 상태라 생계도 막막한데……"

사망보험금을 받기 위해 보험 설계사들끼리 공유하고 있는 팁 같은 게 있을지도 모른다.

"이거 때문에 경찰이 왔나?"

경희 언니는 이제야 이해가 된다는 듯 고개를 끄덕였다.

경찰? 경찰이라니.

"네?"

"아니, 며칠 전에 경찰들이 와서는 사람들한테 이것저것 물어보더라고. 내가 자기랑 제일 가깝게 지냈다니까 나한테 자기에 대해서 묻기에 이상하다 싶었지."

"경찰이 뭐라고……?"

"뭐라 그랬더라. 자기가 성실했느냐서부터 사람들이랑 마찰이 있지는 않았는지……. 혹시 남편과의 관계에 대해서 불만을 얘기한 적이 있었는지. 돈 문제가 있었는지……."

나는 이곳에 경찰이 다녀간 사실을 알지 못했다. 경찰이 몰래 내 뒷조사를 하고 있다고 생각하니 섬뜩한 기분이 들었다. 뭔가 잘못되어가고 있다는 생각뿐이었다.

"그게…… 이렇게 사망보험금이 걸려 있으면 제일 먼저 조사가 들어가지. 그럼. 제일 먼저 의심받는 상대가 보험 수급자야."

경찰이 나를 의심할지도 모른다는 생각은 하고 있었지만, 내가 일하던 곳까지 찾아와서 뒷조사를 했다는 사실에 새삼 충격을 받았다. 동시에 경찰이 어떤 증거를 획득한 건 아닐까 하는 불안이 엄습했다.

"걱정하지 마. 나는 그냥 사실대로 얘기했어. 자기가 아주

성실했고 문제를 일으키는 사람도 아닌데다가 남편이랑도 사이가 좋았다고. 뭐, 돈이 풍족하지 않아서 여기서 일하는 거니까 부자라고는 말 못 했어. 그래도 궁색하지는 않다고 했지."

"네, 죄송해요. 괜히 그런 걸 다 조사받고."

그때 마침 핸드폰 진동이 울렸다. 발신자는 김미숙 형사였다. 핸드폰을 보고 망설이는 내 모습을 앞에 앉은 경희 언니가 호기심이 가득한 눈으로 쳐다보았다. 나는 최대한 자연스럽게 행동해야 한다고 생각하고 전화를 받았다.

"여보세요."

"네, 여보세요. 김미숙 경사입니다. 잠깐 댁에서 뵐 수 있을까요?"

"저희 집에서요?"

"네, 괜찮으시죠?"

나는 잠시 망설였지만 의심을 살 행동은 하지 말아야 한다고 재차 생각했다.

"네, 그러세요. 근데 경찰서에서 멀지 않으세요?"

"그건 걱정 마세요. 그 근처에 일이 있어서요."

"네, 근데 제가 집에 도착하려면 한 시간은 걸리는데요."

"그럼 한 시간 뒤에 어떠세요? 지금이 2시니까 3시에 뵙죠."

김미숙 형사는 거침없이 약속을 잡고 전화를 끊었다.

"경찰이구나?"

4월 15일 금요일

경희 언니가 걱정하는 표정으로 쳐다보았다. 나는 경찰이 우리집 근처에 일이 있다고 한 말에 신경이 쓰였다. 지난번 경비 아저씨를 탐문한 것도 그렇고, 이번에도 나를 의심하고 주변을 맴돌고 있는 것 같았다.

경희 언니는 내 복잡한 표정을 살피더니 보험 확약서를 다시 내 앞으로 밀었다.

"있지……. 자기야, 일단은 장례부터 치르고 나서 보험을 알아보는 게 좋을 거 같다……. 그렇지? 그게 맞는 거 같아……."

나는 경희 언니 말에 고개를 끄덕였다. 성급함이 모든 걸 망칠 수도 있다는 생각이 들기 시작했다.

"익사입니다."

윤창근 형사가 짧고 굵게 남편이 죽은 원인을 말했다. 윤창근 형사는 처음 마주했을 때보다 나를 더 적극적으로 관찰하고 있었다. 나는 나도 모르게 형사의 시선을 피해 손톱을 쳐다봤다. 길게 자란 손톱이 지저분했다. 이들이 돌아가면 부끄러운 손톱부터 잘라야겠다고 생각했다.

"자세한 부검 결과는 일주일쯤 뒤에 통보가 갈 겁니다. 고인의 부검은 무사히 마쳤고, 공식적인 서류가 나오기 전에 전달받은 사실을 알려드리려고 왔습니다. 큰 문제 없이 장례 진행하실 수 있게 되셨어요."

내 어깨로 따뜻한 온기가 느껴졌다. 어느새 옆으로 다가온 김미숙 형사의 손길이었다. 제복이 잘 어울리던 형사는 청바지와 티셔츠를 입고 있었다.

윤창근 형사는 고개를 숙인 나에게서 시선을 거두더니 거실 여기저기를 살피는 듯했다.

"저것들은 뭡니까?"

윤창근 형사는 거실 창가에 쌓아둔 약상자를 가리켰다.

"남편이 가져온 물건이에요."

나는 상자에 대해서 형사들에게 할말이 있었다.

"남편 회사에서 받아주질 않고 있어요. 그 약들은 유진제약으로 가야 해요. 저는 돈을 돌려받아야 하고요. 약국에서 약값을 환불해줄 때 남편은 사비를 털어 돌려줬어요. 그러니까……"

"감기약에 보통 졸린 성분이 포함되어 있죠?"

윤창근 형사는 상자를 뜯더니 그 안의 내용물을 보고 있었다. 누구나 쉽게 구입할 수 있는 감기몸살약이었다.

"김윤범 씨가 생전에 욕심이 많은 스타일이셨습니까? 그러니까 1등에 집착한다든지……. 남한테 지는 걸 못 참는다든지……"

형사의 질문이 남편에 대한 내 생각을 묻는 건지 아니면 객관적인 평판을 묻는 건지 잠시 생각했다. 남편은 무엇이든지 잘하고 싶어 하는 사람이었다. 무엇이든지 남들보다 잘해내서 평범한 삶을 쟁취하고 싶어 하는 사람이었다. 하지만 그만큼 성과를 내진 못했다. 항상 반에서 1등을 하고 싶다는 강한 욕망을 가지고 노력도 하지만 10등 정도에 머무르는 학생 같았다.

"네, 언제나 실적에 스트레스를 받았어요."

김미숙 형사가 윤창근 형사에게서 받은 감기몸살약 뒤쪽에 적힌 성분표를 유심히 보더니 핸드폰으로 무언가를 검색하는 듯 보였다. 그러고는 박스들을 열고 안에 든 약을 살피기 시작했다.

"왜 그러시죠?"

내 질문에도 아랑곳하지 않고 박스들을 뒤지던 김미숙 형사가 원하는 걸 찾았다는 미소를 지었다. 그 약은 로잘민이라는 수면 유도제였다. 형사는 수면 유도제의 성분표를 살피기 시작했다.

"김윤범 씨가 이런 수면제를 평소에도 종종 드셨나요?"

"글쎄요……. 이 약들은 회사로 다시 반납해야 하는 거라서 저희가 뜯거나 먹진 않았어요."

"만약 반납할 생각이 없었다면요?"

"네?"

"김윤범 씨는 실적이 깎일까 봐 약들을 회사에 반납하지 않은 것 같네요. 회사는 이 약이 여기 이렇게 쌓여 있는 줄 몰라요. 알아봐야겠지만 회사가 반납을 거부했을 수도 있고…… 어쨌든 김윤범 씨는 이 약을 꺼내서 먹을 수 있죠. 반납할 게 아니었으니까."

나는 잘 이해가 가지 않는다는 표정을 지었다. 그러자 윤창근 형사가 덧붙여 설명했다.

"김윤범 씨 혈액에서 독실아민이라는 성분이 다량으로 나왔어요. 여기 수면 유도제 성분표에도 나와 있는. 물에 빠지기 전에 수면제를 먹은 거죠."

"아니에요. 남편은 수면제의 도움으로 잠드는 사람들을 한심하다고 생각했어요."

실제로 남편은 약에 의존하는 사람들을 비웃었다. 남편은 모든 면에서 강해지고 싶어 했다. 약을 파는 일을 했으면서도 감기에 걸리면 바이러스와 싸운다고 약을 거부하기도 했다. 남편은 바이러스에 강해졌을지 모르지만 대신 약에는 민감하게 반응했다. 남편은 연한 커피에 함유된 소량의 카페인만 섭취해도 영향받는 사람이었다. 그래서인지 수면 유도제 스무 알을 먹고 내 예상보다도 빨리 십 분 만에 곯아떨어졌다.

"저희가 보니까 남편분이 전세 보증금 담보대출을 받으셨더군요. 알고 계셨습니까?"

"네, 이 집으로 이사할 때 보증금이 모자라서……. 근데 그

건 보증금 담보가 아니라 직장인 대출이었어요."

"아, 그거말고 다른 은행에서 보증금 담보로 오천만 원을 또 받으셨어요. 일 년 가까이 됐어요. 김윤범 씨가 해고당한 것도 리베이트 관련해서 회사의 권고 사항을 무시하고 불법을 자행했던 게 컸답니다. 그후로 이전에 거래했던 의사들을 찾아가 돈을 요구했다는 진술도 있었습니다. 아무래도 김윤범 씨는 해고되고 나서 자신이 접대했던 금액을 돌려받으려 했던 것 같습니다. 최근에 협박죄로 민사소송을 앞두고 있기도 했어요. 알고 계셨나요?"

또 다른 대출이라니. 나는 머리가 어지러웠다. 죽은 남편이 나에게 복수를 하고 있는 것 같았다.

"형사님은 그래서 남편이 자살했다고 생각하시나 봐요. 남편은 자살할 사람이 아니에요."

남편이 자살한 게 아니라고 항변하는 나를 김미숙 형사가 안쓰럽게 처다보았다. 그 표정에서 나는 두 형사가 남편의 죽음을 자살로 추정하고 있다는 걸 알아챘다.

"수사가 진행중이니까 좀더 기다려보시죠."

수사가 진행중이라는 형사의 말이 곧 수사가 끝날 거라는 말처럼 들렸다. 나는 조바심이 일었다.

"남편이 의사들을 협박하러 다녔다고 하셨죠? 그날, 남편이 죽은 날도 남편은 박재호라는 의사를 만나러 간다고 했었어요. 남편과 거래하던 소아과 원장이라고 했어요. 그 사람은 요? 그 사람은 왜 수사하지 않는 거죠? 왜 남편 차량은 다음 날이나 되어서야 주민한테 발견이 된 거죠? 남편이 발견됐을 때, 저수지 위로 남편 차의 트렁크가 보였다면서요. 왜 그 의 사는 경찰에 신고하지 않은 거죠?"

이 얘기를 꺼내는데 약간의 용기가 필요했다. 어설프게 말 을 꺼냈다 오히려 꼬리가 밟히는 일이 발생할지도 모른다는 두려움 때문이었다. 하지만 막상 말을 꺼내자 정말 그 의사가 범인이라도 되는 듯이 저절로 감정이입이 되어 순간 분노가 일기까지 했다.

"물론, 저희도 바로 수사했습니다. 남편분이 마지막으로 연 락했던 사람이 그 의사였고, 핸드폰 통화 내역과 메시지로 그 날 약속하고 만나기로 한 걸 확인했으니까요."

"근데요? 의사는 구속됐나요?"

"의사는 그날 그곳에 오지 않았어요."

"네?"

"그날 9시 이후로 저수지에 들어온 차량은 김윤범 씨 차량 이 유일했습니다."

나는 그날 박재호라는 의사가 저수지에 11시쯤 도착해서 남편의 차량을 보고 도망쳤다고 생각했다.

"왜 오지 않은 거죠? 확실한 건가요? 택시를 타고 왔을 수도 있잖아요."

"네, 확실합니다. 그 시각에 박재호 씨는 저수지가 아니라 서울에 있었던 게 확인됐으니까요."

분명, 의사는 약속을 취소한다는 연락을 남편에게 하지 않았다. 왜 남편과의 약속을 지키지 않은 걸까? 상대가 너무 하찮아서 취소 연락을 하지 않아도 괜찮다고 생각한 걸까?

"2일장으로 장례를 치르신다고요?"

머릿속으로 복잡한 문제들을 생각하느라 옆에 두 형사가 있다는 걸 순간 깜빡하고 있었다.

"저희가 조사 차원에서 약상자들을 가져가도 될까요?"

"네……. 그러시든지요. 근데요……."

나는 두 형사를 번갈아가며 간절하게 쳐다봤다. 부디 내 진심이 전해지길 바라며.

"제 남편은 분명 살해당했어요."

단호한 내 어투에 두 형사는 아무 대답도 하지 않고 나를 쳐다볼 뿐이었다. 남편은 분명 살해당했다. 아이러니하게도 이것만큼은 내가 분명히 말할 수 있는 진실 중 하나였다.

4월 16일 토요일

주란

멀리 항만의 거대한 컨테이너들과 매연을 내뿜는 거대한 공장들이 불길한 친숙함으로 내 앞에 나타났다.

내가 태어나고 유년 시절을 보낸 곳은 이곳 인천이었다. 나는 연안 부두 근처의 아파트에 살았다. 당시 아버지가 항만 회사에 다녔기에 우리 가족은 자연스럽게 아버지 회사 근처에 터전을 잡았다. 아버지가 암으로 돌아가시고도 우리는 계속 아버지 직장 근처에 살았다. 나는 내가 살던 곳이 싫었다. 아버지가 돌아가시자 한순간에 나는 똑똑하고 예쁜 아이에서 아버지가 없는 불쌍한 아이로 전락했다. 내가 아버지를 잃은 아이라는 걸 모두가 알고 있는 그곳을 떠나고만 싶었다.

"굳이 같이 올 필요 없잖아."

남편이 운전을 하며 무심하게 내뱉었다.

"토요일이니까 이렇게 오랜만에 당신이랑 드라이브도 하고 좋은데, 왜."

멀리 공장들 사이로 지는 해가 보였다. 창문을 열자 익숙한 바다 향이 나는 것 같기도 했다.

"나 당신이랑 이렇게 드라이브하는 거 진짜 좋아하는데. 예전에는 당신 따라서 진짜 많이 다녔어. 대천, 춘천, 설악, 여수, 통영……."

내비게이션에서 도착지를 안내하는 음성이 나왔다.

"저긴가 보다. 입구가 어디지?"

인하 대학교 장례식장을 표시하는 화살표가 보였다. 나는 김윤범의 장례식장이 인천이라는 걸 알고 남편을 무작정 따라나섰다. 기분 나쁜 공통점이었다. 김윤범도 인천에서 태어나고 자란 사람일까. 단지 꿈속에서 정사를 나눴을 뿐인데도 이상하게 김윤범과 내가 원래 알고 있던 사람처럼 하나의 끈으로 묶여 있는 관계라고 여겨졌다.

영정 사진으로라도 그의 얼굴을 다시 확인하고 싶었다. 우리집 마당에 나타났다 사라진 이후로, 김윤범이라는 사람이 실재하는 사람인가에 대해서도 혼란스러웠다. 물론 그는 실재하는 사람이었다. 나에게 명함을 건넸고 말을 건넸으며 내 앞

에서 웃었다. 그의 얼굴을 다시 보고 싶었다. 남편과 만나기로
약속한 그날, 죽은 남자를 말이다.

장례식장은 한산했다. 유진제약과 W 플래그 숍, 네이젠 침
구의 근조 화환이 보였다. 남편과 나는 방명록에 이름을 적고
조의금 봉투를 건넨 뒤 빈소로 들어섰다.
남자의 영정 사진이 보였다. 눈가에 주름이 잡히도록 환하
게 웃고 있는 사진이었다. 하지만 사진 속에서도 남자는 웃는
연기를 하는 사람처럼 보였다. 웃는 표정이었지만 고단하고 지
쳐 보였다.
김윤범의 영정 사진을 향해 남편과 인사를 하고 상복을 입
은 그의 아내와 마주했다. 키가 작고 삐쩍 마른 여자였다. 나
는 남편을 이제 막 잃은 여자의 얼굴이 궁금해 모습을 살폈
다. 삼십 대 초반으로 보이는 여자는 김윤범과는 인상이 딴판
이었다. 호감형이었던 남편과 달리 여자의 얼굴은 조화롭지
못했다. 쌍까풀이 진 눈은 지나치게 큰데 반해 코는 너무 작
고 입은 너무 컸다. 상중이라고는 해도 심하게 메마르고 날카
로워 보였다. 푸석한 머릿결과 피부가 여자의 인생을 얘기해
주는 것 같기도 했다.
"얼마나 애통하십니까."
인사를 하고 고개를 들었다. 여자는 내 남편을 큰 눈으로

빤히 쳐다보았다.

"박재호 선생님이시죠?"

여자가 갑작스럽게 남편의 이름을 불렀다.

"아……. 네……."

남편의 이름을 말하는 여자의 눈에 생기가 비쳤다. 남편은 그런 시선에서 벗어나려는 듯 급히 자리를 피했지만 여자는 집요하리만치 남편의 뒷모습을 쳐다보고 있었다.

남편은 누가 봐도 평범한 조문객이었다. 남편은 빈소를 찾아 조의금을 내고 헌화를 했으며, 지금은 다른 조문객들 틈에 앉아 상조 회사에서 만들어 내놓은 달달하고 짜고 딱딱한 음식을 먹고 있었다. 그런 남편 앞으로 삼십 대로 보이는 젊은 남자가 친근하게 인사를 건넸다.

"오셨어요? 형수님도 같이 오셨네요."

"어, 왔어. 여기 강인섭이라고 내 후배. 이비인후과 하고 있어, 부천에서."

"형수님, 안녕하세요. 근데 선배님은 어떻게 오셨어요? 다들 꺼리는 눈치던데."

남자는 조심스럽게 작은 목소리로 말했다.

"알고 지내던 사인데 오는 게 당연하지. 왜, 무슨 일이라도 있었어?"

"모르셨어요? 김윤범이가 좀 불쾌하게 굴었잖아요."

남자는 주변의 눈치를 다시 살폈다. 아무래도 고인의 장례식장에서 할 말은 아닌지라 망설이는 것처럼 보였다.

"리베이트 목록을 다 가지고 있다고, 경찰에 넘길 거라고 하면서 돈을 요구하고 다닌 거 모르셨어요? 이 일 관련해서 경찰 조사받은 의사들도 꽤 될걸요."

"아, 그래? 그런 일이 있었어?"

남편은 자신도 경찰 조사를 받았으면서 처음 듣는 얘기인 척 행동했다.

"네, 처음엔 협박하다 안 먹히니까 구걸 수준으로 돈 달라고 괴롭혔대요."

"그렇다고 이런 자리까지 피하는 것도 뭔가 켕기는 게 있는 거겠지. 넌 어떻게 왔어?"

"저야 개업한 지 얼마 안 돼서, 김윤범이랑 일적으로 부딪힐 건 없었죠. 병원 내는 데 순수하게 사람 소개도 받고 도움을 받아서. 저야, 뭐."

병원을 내는 데 브로커를 소개받은 걸 두고 남자는 "순수하게"라고 표현했다. 어쩌면 경찰 눈에 가장 띄고 싶지 않은 사람만이 장례식장에 온 건 아닐까 하는 생각이 들었다.

"자살이래요."

남자는 비밀이라도 말하는 듯 속삭였다. "회사에서 팽당하고 빚도 많고 그래서 자살한 거래요."

남편은 남자의 말을 별로 귀담아 듣지 않는 눈치였다.

"그래? 그렇게 결론이 난 거야?"

"제가 아는 경찰한테 물어봤는데……."

남자는 수다스럽게 말을 늘어놓다 순간 입을 다물었다. 김윤범의 아내가 우리 쪽으로 다가왔다. 여자는 나를 흘낏 쳐다보고는 남편 쪽으로 시선을 돌렸다.

"잠시 얘기 좀 나누실 수 있을까요?"

남편은 당황한 듯 선뜻 대답을 하지 못했다.

"아, 예. 무슨 일로……. 음, 그러시죠."

"선생님과 할 얘기가 있어서요."

여자는 이번엔 나를 보고 얘기했다. 단둘이 할 얘기라고 나에게 양해를 구하는 듯했다.

남편은 자리에서 일어나 여자의 뒤를 따라 빈소 밖으로 나갔다. 남편 앞에서 한껏 수다를 늘어놓던 강인섭이라는 남자의 뒷이야기가 궁금했지만, 남자 역시 그 얘기를 나에게 할 필요성을 못 느끼는지 자리를 떴다. 나는 혼자 남겨져서 앞에 놓인 빨간 육개장을 나무젓가락으로 휘휘 저었다.

남편과 여자가 나눌 이야기가 궁금했다. 남편 후배가 들려주던 경찰 수사의 뒷이야기도 궁금했다. 하지만 아무도 나에게 중요한 정보나 이야기를 들려주지 않는다. 어른들의 이야기에서 소외된 소녀가 된 기분이었다. 내가 끼어들 수 있는 일들은 제한적이었다. 어떤 음식을 할 것인가, 언제 마트를 갈 것이며 청소를 어디부터 시작할 것인가 하는 것들. 그러니까 내가 결정하는 문제들은 옆집 도우미가 결정하고 개입하는 일들과 별반 다르지 않았다.

이십여 분이 지났을까. 여자는 다시 돌아와서 조문객을 맞이했지만 남편은 돌아오지 않았다. 여자는 슬픈 표정을 짓지도 않고 무표정으로 일관하며 상조 회사 사람들에게 이것저것 지시했다. 여자는 남편의 죽음 앞에서도 이성을 잃지 않고 침착해 보였다. 우왕좌왕하는 쪽은 혼자 앉아 있는 나였다.

남편에게 전화를 걸었다. 아는 사람과 이야기중이라고 남편은 퉁명스럽게 대답했다.

이곳에 혼자 남아 있는 건 싫었다. 차라리 차 안에 있는 편이 나았다. 장례식장에는 조문객이 뜨문뜨문 방문했고, 초라한 빈소에 여자 혼자 앉아 있는 모습이 사람들의 주의를 끄는 것 같았다. 나는 더이상 기다리지 못하고 일어섰다.

"김주란 씨죠?"

김윤범의 아내가 어느새 내 옆으로 다가와 내 이름을 말했다.

"아, 네. 제 이름을 어떻게?"

"방명록을 봤어요. 박재호 선생님 옆에 씌어 있는 이름을.

제가 아는 이름이라 좀 놀랐어요."

"네? 제 이름을요?"

"네, 남편이 좋아하던 이름이에요. 뱃속의 아기가 딸이면 이름을 주란으로 짓자고 남편이 그랬었거든요, 김주란."

나는 그 이야기에 섬뜩한 느낌이 들어 멈칫했다. 여자는 상복으로 가려진 자신의 부른 배를 가리켰다. 임신중인 듯했다. 아이를 임신하고 상복을 입은 여자라니.

"남편이 사모님에 대해 종종 얘기한 적이 있어요."

종종? 나는 김윤범을 한 번밖에 본 적이 없다. 여자의 말이 불쾌했다. 난 이 사람들의 입에 오르내릴 사람이 아니다. 여자는 남편을 잃은 사람 같지 않게 호기심으로 가득차 생기 있는 눈빛으로 나를 쳐다봤다.

"남편이 죽은 날 박재호 선생님과 밤낚시 약속이 있었던 거 알고 계시죠?"

이제 단도직입적으로 질문하는 여자가 공격적으로 느껴졌다.

"그래요? 그 얘길 왜 저한테 하시죠?"

"제 남편은 살해당했어요."

"네?"

"전 당신 남편이 제 남편을 죽였다고 생각해요. 조만간 경찰도 그렇게 생각하게 될 거예요."

여자는 살짝 미소를 지어 보였다. 남편 장례식장에서 미소를 짓다니. 그 미소는 불경스럽고 불쾌했다.

지금은 그날 남편이 저 여자의 말대로 저수지에 갔는지 여부도, 김윤범이 살해당했다는 사실도 별로 중요하게 느껴지지 않았다. 이 보잘것없는 여자의 태도가 나를 분노케 했다. 나에게 턱을 들고 자신이 할 말만 또박또박 전달하는 여자의 눈빛에는 나에 대한 무시가 감돌았다. 어디서 감히 너 주제에! 나는 들고 있던 백으로 여자의 얼굴을 후려치고 싶었다.

상은

어젯밤 내내 장례식을 앞두고 남편의 컴퓨터를 뒤졌다. 느려터진 노트북에는 철 지난 영화 파일과 문서, 사진이 일목요연하게 정리되어 있었다. 누군가 당신 남편은 어떤 사람인가 질문한다면 나는 이렇게 표현했을 거다. 정리정돈을 잘하는 사람. 그 덕에 나는 남편이 정리해둔 엑셀 문서를 어렵지 않게 찾았다. 날짜, 의사 이름, 장소, 내용, 쓴 돈이나 물건. 항목별로 정리해둔 이 문서를 가지고 남편은 의사들을 찾아다니며 돈을 돌려달라고 협박한 모양이다. 남편은 나에게는 지독하게 굴더니, 실은 순진하기 짝이 없는 인간이었던 거다. 아무런 증거와 효력도 없는 일기장 같은 문서를 들고 돈을 내놓으라고

하다니. 돈을 내놓는 사람이 이상하게 여겨질 정도다.

나는 그 문서를 프린트해 지니고 있었다. 오늘 장례식장에 경찰들이 오면 내밀 작정이었다. 물론 이 문서가 어떤 효력도 갖지 못한다는 건 알고 있다. 나는 경찰 수사를 어떻게든 연장시키기만 하면 된다고 생각했다. 물론 경찰의 시선을 다른 곳으로 돌릴 필요도 있었다. 나는 조금 초조한 심정으로 경찰들의 방문을 기다리며 상복을 입고 빈소를 지켰다.

연신 빈소의 입구를 살피고 있을 때, 중년의 남자와 좀 어려 보이는 여자가 함께 빈소로 들어오는 게 보였다. 나는 남자의 얼굴을 단박에 알아봤다. 인터넷 홈페이지의 병원 소개 페이지에서 인자하게 웃고 있던 박재호. 박재호는 상반신만 나온 사진으로 짐작한 것보다 훨씬 다부진 체격을 가지고 있었다. 큰 키에 전체적으로 체격이 큼직큼직했다. 의사라는 직업을 알지 못했다면 엔터테인먼트나 음지의 세계 쪽에 더 어울리는 사람처럼 보였다.

검은 양복을 입은 그가 남편의 영정 사진 앞에 서서 헌화를 한 뒤 나에게 가볍게 고개를 숙여 인사했다. 옆에 있는 여자도 남자를 따라 침통한 표정으로 서 있었다. 왜 부인까지 대동하고 나타난 걸까.

어깨까지 내려오는 흑발을 한 여자의 나이는 가늠이 되지 않았다. 하얀 피부에 유독 붉은 입술이 눈에 띄었고, 검은색 원피스를 입은 단정한 모습이 아름다웠다. 여자가 나를 빤히 쳐다보며 살폈다. 마치 동물원에서 신기한 동물을 보듯이.

"박재호 선생님이시죠?"

내가 이름을 말하자 커다란 덩치의 남자가 당황했다. 더 이상한 건 남자보다 남자의 아내가 더 크게 동요하는 것처럼 보였다는 사실이다. 내가 이름을 말했을 뿐인데도 두 사람은 범죄 현장에서 발각된 공범처럼 놀란 표정이었다.

나는 박재호가 장례식장에 오리라고 생각하지 못했다. 그는 남편이 죽은 뒤 가장 먼저 경찰의 수사를 받은 사람이었으니까.

남편의 죽음과 찝찝하게 연결되어 있다고 느낀 탓인지 박재호와 그의 부인은 최대한 자연스럽게 보이려고 행동했다. 자연스러운 행동의 연장선에서 박재호는 식사까지 할 모양이었다. 둘은 장례식장 입구 쪽으로 등을 돌리고 벽을 향해 나란히 앉아 식사를 시작했다. 내 눈엔 두 사람의 모든 것이 어색하고 이상했다. 두 사람이 테이블에 앉을 때 그런 식으로 앉는 경우는 본 적이 없다. 어쩌면 무의식적으로 나에게 등을 돌린 채로 앉고 싶었을지도 모른다. 멀쩡한 어른 둘이 저렇게 구석자리에 나란히 앉은 모습을 보자 웃음이 나올 뻔했지만 참았다. 그들은 나에게 너무도 뜻밖의 손님이었다.

나는 지난 며칠 동안 분홍색 핸드폰 안에 담긴 내용들을 뒤지고 또 뒤졌다. 분명 남편이 핸드폰을 숨긴 채 박재호를 만나려고 한 이유가 있을 거라 생각했다.

나는 산발적인 정보들을 하나로 꿰려 노력했다. 왜 남편이 이 아이의 핸드폰을 가지고 있었으며, 이 아이는 누구며, 남편은 박재호를 만나기 전 핸드폰을 왜 숨기려 했는지. 그런 생각을 거듭하다 핸드폰으로 박재호를 협박하려 한 건 아니었을까 추측했다. 부인을 위해 손수 나무젓가락을 갈라주는 저 남자가 이수민이라는 아이와 관계가 있는 게 아닐까?

그날 유독 흥분했던 남편의 얼굴이 떠올랐다. 뻔한 리베이트 목록을 들고 씨알도 먹히지 않는 방식으로 의사들을 협박하다가 마침내 정말 협박다운 협박을 할 만한 기회를 얻었을지도 모른다. 핸드폰을 차 안에 숨겼던 건, 박재호에게 제압당해 핸드폰을 빼앗기지 않기 위해서였을 것이다.

내 생각이 맞는지 확인하고 싶었기에 박재호의 핸드폰으로 아이의 사진을 전송했다. "박재호 선생님, 저를 알고 계시죠?" 라는 문구와 함께.

박재호는 아무런 답도 하지 않았다. 기다리던 반응이 돌아오지 않아 나는 그 핸드폰의 가치를 잠시 유보해두고 있었다. 그런데 오늘 그가 장례식장에 나타났다. 박재호의 등장은 메시지에 대한 대답처럼 여겨졌다.

이수민이라는 아이의 핸드폰에는 '실톡'이라는 앱이 깔려 있었다. 평범한 채팅 앱처럼 보였지만 조금만 들여다봐도 조건 만남을 위해 이용되는 앱이라는 걸 알 수 있었다. 한눈에 봐도 십 대인 이 아이는 무슨 이유에서인지 조건 만남을 해오고 있었던 듯했다. 박재호는 그런 데 흥미가 있는 변태성욕자일지도 모른다.

아무것도 모르고 순진한 표정을 한 저 여자는 남편이 변태성욕자란 걸 알면 어떤 태도를 보일까. 욕실 문에 샤워 타월을 걸고 자살을 할지도 모르겠다. 그런 추악함을 견딜 수 없을 거다. 여자는 자신에게 미소 짓는 사람들에 둘러싸여 아름다운 것만 보라고 강요당하며 살아왔을 테니까.

부부에게 다가갔다. 부부는 맞은편에 등을 구부정하게 숙이고 앉아 과일을 집어 든 더 멍청해 보이는 남자의 말에 귀를 기울이고 있었다.

"잠시 얘기 좀 나누실 수 있을까요?"

내가 어깨에 손을 올려놓자 박재호는 소스라치게 놀라며 돌아봤다.

"아, 예. 무슨 일로……. 음, 그러시죠."

박재호의 아내가 테이블에 젓가락을 내려놓았다. 따라 나올 심산인가. 오늘밤 여자가 욕실에 목을 매길 바라지는 않았다. 남자와 단둘이 해야만 하는 얘기였다.

"선생님과 할 얘기가 있어서요."

"네, 그러세요."

여자는 실망한 기색이었다. 가까이서 보니 여자의 하얀 피부가 빛났다. 좋은 피부 관리 숍에서 한 달에 몇백씩 쓸지도 모르겠다. 나는 이런 부류의 여자를 고객으로 종종 맞닥뜨렸다. 항상 자신이 사랑받고 있다는 걸 확인받고 싶어 하는 부류 말이다. 돈이 많다는 건 살면서 많은 선택지를 가지고 있다는 거다. 이런 여자들은 수많은 선택지 중에서 한 가지를 택한다. 자신을 사랑해줄 돈 많은 남자. 나에게 많은 돈이 있다면 훨씬 더 괜찮은 선택을 하며 살 텐데……. 어쨌든 여자는 내 남편의 장례식장엔 어울리지 않았다.

장례식장 주차장 앞에서 남자는 구부정한 자세로 나를 내려다보았다.

"상심이 크시겠어요."

매우 애석한 표정과 말투를 지어내려 했지만 남자의 눈은 웃고 있는 것처럼 보였다.

"제가 왜 선생님을 뵙자고 했는지 짐작하세요?"

남자는 잠시 생각하는 표정을 지었다. 이 상황을 즐기고 있는 것처럼 보이기도 했다.

"글쎄요. 경황이 없으실 텐데, 무슨 이유 때문인지……."

"제 남편이 어떻게 사고가 났는지 알고 계시죠?"

"아, 예. 경찰한테 전해 듣기는 했지만 정확한 이유는 제가 알 수가 없죠."

"남편은 자살한 게 아니에요."

"네, 고인이 편히 눈감을 수 있게 분명하게 밝혀져야 할 텐데요."

남자는 능청맞은 말투로 대화를 이어갔다. 눈가에 잡힌 주름은 세월을 헤치고 이 자리에 있게 한 능글맞음의 징표 같았다.

"남편은 저를 친정에 내려주고 기산 저수지로 향했어요. 그때 저에게 중요한 거라면서 준 물건이 있어요."

남자는 고개를 끄덕였다. 이야기를 듣고 있다는 걸 보여주는 조금은 과장된 리액션이었다.

"경찰엔 그 물건에 대해 말하지 않았어요."

물건이라는 단어를 듣자 남자는 급격하게 무표정해졌다.

"아, 뭐라고 불러야 할까요? 제가…… 성함이…….."

"이상은입니다."

"아, 그 괴상한 문자도 상은 씨가 보내셨군요."

며칠 전 분홍색 핸드폰의 주인인 수민의 사진과 함께 보낸 문자를 말하는 듯했다.

"상은 씨도 돈이 필요한 거죠?"

남자는 단박에 내 의도를 눈치채고는 모든 걸 알고 있다는 듯이 물었다. 남자는 긴 설명을 필요로 할 정도로 멍청하지는 않았다.

"그 핸드폰은 주인을 잃은 핸드폰일 뿐, 그 이상의 의미는 없어요. 윤범이 그걸 어디서 주워 와서는 저와 연관시키더니…… 돈을 달라고 막무가내로. 그날 저수지에서 윤범이를 좀 구슬려보려고, 그러니까 의사들 협박하고 다니는 일 좀 그만하게 하려고 했는데, 막상 당일이 되니 나가기가 좀 뭣해서 안 나간 겁니다. 윤범이 직장에서도 해고된 상태고 왠지 당시에 좀 폭주하는 상태처럼 보여서……."

남자는 자신과 핸드폰이 아무런 관계가 없는 것처럼 굴었다.

"그럼 그 핸드폰은 저한테도 아무 소용이 없네요. 경찰한테 보내야겠어요."

나는 남자에게 가볍게 고개를 숙여 인사하고 뒤돌아섰다.

"남편분이 왜 죽었을까요?"

박재호가 돌아선 나를 향해 물었다.

"김윤범은 계속 잘못된 선택을 해서 죽은 겁니다."

그 잘못된 선택에 내가 포함됐다는 듯이 박재호는 나를 빤히 쳐다보았다. 남편이 내뿜던 기운과는 다른 폭력의 기운이 느껴졌다. 남편은 자신의 나약함을 감추기 위해 약자에게 더 센 척하는 부류의 사람이었다면, 박재호에게는 좀더 상대하기 힘든 잔인함이 있었다.

남편은 자신이 바라는 이상적인 삶의 모습이 확고한 사람이었다. 34평 아파트를 소유하고 두 명의 아이를 둔 가장이 되길 바랐다. 아내가 자신을 위해 식사를 차리고 깨끗하게 정돈한 집으로 퇴근한 뒤 가족이 모여 함께 저녁을 먹고, 피곤함에 지쳐 잠에 들어도 가족이 있기에 내일이 기대되는 삶을 살고 싶어 했다. 누군가에게는 평범한 일상일 뿐이지만 남편은 그런 안락한 일상에 집착했고, 그 꿈이 멀어질수록 폭력적으로 변했다.

결혼 초반 남편은 지나칠 정도로 임신에 집착했다. 임신이 안 되자 자기 관리를 못해서라며 모든 문제의 원인을 내 탓으로 돌렸다.

박재호의 말처럼 애초에 나를 아내로 선택한 것이 잘못이었을지도 모른다. 나는 불행하게도 결혼과 동시에 이혼을 바랐다. 결혼을 하고 얼마 지나지 않아, 이 결혼으로 인해 내 인생이 송두리째 사라질 거라고 예상했다. 나는 간섭받고 봉사하고 참고 버티며 살고 싶지 않았고, 남편의 인생을 뒷받침하며 살고 싶지도 않았다. 아마도 김윤범의 아내란 이름으로 불리기 시작했을 때부터 악몽이 시작됐던 것 같다. 김윤범의 아내란 명칭에 자부심을 갖기에 남편은 너무 한심한 종자였다.

남편은 동료의 남자친구였다. 당시 나는 이마트의 수입 화장품 코너에서 상품을 홍보하는 도우미로 일하고 있었다. 짧은 치마에 무릎까지 올라오는 흰 스타킹을 신고 십 센티미터가 넘는 통굽을 신은 채로, 일본 애니메이션의 여자 주인공처럼 양쪽으로 갈래머리를 하고 아토피에 효과가 좋은 화장품에 대해 연신 떠들었다. 동료는 내 옆에서 아기용품을 판매하고 있는 도우미였다. 씀씀이가 헤픈 아이였는데, 하루 종일 서서 일하는 게 억울하다며 퇴근 후엔 마트를 한 바퀴 돌며 자기가 번 돈보다 더 많은 돈을 썼다. 그런 행동이 어리석어 보였지만 뭐라 충고할 만큼 애정이나 관심은 없었다. 그러던 중 그 아이가 퇴근 후 클럽에 가야 한다면서 주변 사람들에게 오만 원, 십만 원씩 빌리기 시작했고, 귀찮아지겠다는 생각에 거리를 두려 했다. 하지만 그 아이는 동갑이었던 나에게 유독 과한 친근감을 표했고, 나는 어떻게 하면 떼어놓을까 고심하던 때였다.

한겨울에 퇴근해서 목도리를 칭칭 동여매고 마트의 뒷문으로 나오던 중, 얇은 양복을 입고 바들바들 떨며 여자친구를 기다리던 남자가 눈에 띄었다. 내가 한심하게 여기던 동료의 애인이었다. 그후로 몇 번 눈인사를 하다 자연스럽게 셋이서 저녁을 먹을 기회가 생겼고, 그 남자를 제대로 관찰할 수 있었다.

제약 회사 영업직이던 남자는 유머 수준은 최악이었지만 잘

생긴데다 성실해 보였다. 나는 허영이 가득한 동료와 사귀는 남자가 불쌍했고 연민을 느꼈다. 여자를 잘못 만나 당장 패가 망신이라도 당할 것 같아 불쌍히 여겼던 것 같다. 나는 남자를 동정했다. 내가 구해줄 수 있을 거라 생각했다. 남자 역시 유행이 지난 옷을 입고 화장을 안 한 내가 다른 여자들과 달리 검소해 보였다고 했다.

남자는 자신의 무능을 성실함으로 포장했을 뿐이고, 나는 검소한 게 아니라 쓸 수 있는 돈이 없어서 궁색하게 살고 있었을 뿐이다. 우리는 서로에 대해 잘못된 환상을 키우며 연애를 시작하여 일 년이 안 돼서 결혼에 골인했다.

남편은 같잖은 도덕성으로 무장한 사람이었다. 잘못한 사람은 벌을 받아야 한다는 신념에 이상하게 집착했는데, 결혼 후 나에게만 엄격하게 잣대를 들이밀며 폭력을 정당화했다. 남편은 자신의 확고한 윤리 의식대로 작동하지 않는 나를 벌한다는 명목으로, 폭력을 행사하고도 단 한 번도 사과하지 않았다. 리베이트를 받은 의사들을 협박하거나 박재호에게 돈을 요구한 것도 그들이 잘못했다는 믿음에서 나온 행동이었을 것이다. 우습게도 남편은 비뚤어졌으나마 절대적인 도덕의 한계선을 가지고 있었다. 그 우스운 윤리 의식 때문에라도 남편은 미성년자와 성매매를 할 사람이 아니었다.

하지만 박재호는 남편과는 다른 부류처럼 보였다. 그에게는 도덕성의 하한선이 없어 보였다. 소아과 의사이지만 미성년자와 돈을 주고 성매매를 하면서도 전혀 죄책감 없이 성욕을 채울 수 있는 사람처럼 여겨졌다. 자신을 위해서라면 못 할 것이 없는 사람. 그러니까 박재호는 나와 비슷한 부류의 사람처럼 보였다.

그런 남자와 살고 있는 여자가 궁금해졌다. 그래서 방명록을 넘겨 박재호의 이름을 찾았다. 그 옆에 적힌 여자의 이름을 보기 위해서였다. 김주란. 익숙한 이름이었다.

남편이 아기가 딸이면 이름을 김주란으로 짓고 싶다고 했다. 나는 그 궁상맞은 이름이 싫었다. 그 이름은 남편이 생각하는 이상적인 여자, 아니 아내의 이름처럼 들렸다. 나는 그 '완벽한' 아내의 이름을 절대로 내 아기에게 주고 싶지 않았다.

김주란이라는 궁상맞은 이름을 가진 여자가 주위를 두리번거리며 남편을 찾고 있는 것처럼 보였다. 잠시라도 혼자 남겨진 자신의 상황에 두려움을 느끼는 어른 여자. 남편의 상상 속에서 가장 이상적인 자리를 차지하고 있던 여자였다.

"김주란 씨죠?"

나는 여자에게 알은체를 했다.

"아, 네. 제 이름을 어떻게?"

"방명록을 봤어요. 박재호 선생님 옆에 씌어 있는 이름을.

근데 제가 아는 이름이라 좀 놀랐어요."

"네? 제 이름을요?"

"네, 남편이 좋아하던 이름이에요. 뱃속의 아기가 딸이면 이름을 주란으로 짓자고 남편이 그랬었거든요, 김주란."

나는 이름을 말함으로써, 여자를 나와 남편의 세계에 끌어들이고 싶었다. 이 장례식장이 다른 세계인 양 눈을 똥그랗게 뜨고 순진한 표정을 짓고 있는 이 여자를.

"남편이 사모님에 대해 종종 얘기한 적이 있어요."

여자는 순간 불쾌한 표정을 숨기지 못했다.

"남편이 죽은 날 박재호 선생님과 밤낚시 약속이 있었던 거 알고 계시죠?"

여자의 표정이 흔들렸다.

"그래요? 그 얘길 왜 저한테 하시죠?"

나는 박재호보다 이 여자를 자극하는 일이 더 재밌게 느껴졌다.

"제 남편은 살해당했어요."

"네?"

"전 당신 남편이 제 남편을 죽였다고 생각해요. 조만간 경찰도 그렇게 생각하게 될 거예요."

여자의 표정이 일그러졌다. 주변 사람을 의식하지 않는 표정이었다. 좋은 사람인 척 노력하며 억지 미소를 짓던 여자의 눈에 분노가 서렸다. 그 분노가 나를 향한 건지 자신의 남편을 향한 건지는 알 수 없었다. 확실한 건 여자가 자신의 남편을 백 프로 신뢰하고 있지 않다는 사실이었다. 어쩌면 여자는 자신의 남편을 쉽게 살인범으로 의심할지도 모르겠다. 나는 남편을 대신해서 박재호에게 돈을 받아내야 한다. 그 일이 보험금을 타는 것보다 더 쉽게 느껴졌고, 가능하게 여겨졌다. 그 희망에 나도 모르게 웃음이 새어 나왔다.

4월 17일 일요일

주란

나는 명랑하고 즐겁고 긍정적인 사람이고 싶었다. 이십 대의 부정적이고 비관적인 생각들은 멋있어 보일 수도 있지만, 삼십 대의 그런 생각들은 스스로를 패배자라고 낙인찍는 꼴에 지나지 않는다고 생각했다. 그래서 나는 더 긍정적인 이미지를 떠올리려고 애써왔지만, 언제나 내 근처를 어슬렁거리는 건 '언니의 죽음'이었다. 나는 과거의 나쁜 이미지에 사로잡힌 패배자가 되고 싶진 않았다. 하지만 그 불쾌한 이미지에 하나의 이미지가 덧붙어버렸다. 남편이 누군가를 죽이는 이미지가.

나는 남편의 커다란 손을 좋아했다. 남편의 손을 잡고 만지며 보는 것을 좋아했다. 중지에 박힌 굳은살을 만져보고, 손금의 모양새를 관찰하고, 납작 눌러 우스꽝스러운 손톱을 보는 것 말이다. 투박하고 커다란 손은 나를 안심시켰다. 하지만 그 커다란 손으로 누군가를 죽일 수도 있다는 생각이 들자 끔찍한 이미지로 변해버렸다.

작고 삐쩍 마르고 까만 여자의 한마디가 머릿속을 헤집어놓았다. '당신 남편이 제 남편을 죽였다고 생각해요.'

남편은 그날 집에 없었다는 사실을 숨기기 위해 나에게 거짓말을 했을지도 모른다. 나는 모든 상황에 화가 났다. 화가 나서 미칠 지경이었다. 남편이 나에게 아무 이야기도 하지 않는 것에 화가 났다. 그날 김윤범을 죽였을지라도 남편은 나에게 이야기하고 상의해야만 했다. 나는 언제나 남편의 편에 설 준비가 되어 있었다. 그날 나와 이야기하고 상의했더라면, 남편의 알리바이를 만들어주기 위해서 무엇이든 했을 거다. 아니, 내가 할 수 있는 일이 없더라도 지금보다 더 강하게 남편을 사랑하고 믿어줬을 거다.

하지만 남편의 거짓말이 내 강건한 의지와 마음을 옅게 흐려놓았다. 남편을 향한 긍정의 에너지를 의심하는 데 소진해버리고 말았다. 나는 남편을 의심하는 부정적인 사람이 되어버렸다.

장례식장에서 본 화환을 떠올렸다. W 플래그 숍 서인천점. 장례식장에는 초라한 화환 세 개만이 있을 뿐이었다. 유진제약과 W 플래그 숍과 네이젠 침구 회사. 나는 인터넷으로 전화번호를 검색한 뒤 W 플래그 숍 서인천점으로 전화를 걸었다.

"안녕하세요. 뭣 좀 물어보려고 하는데요. 혹시 거기 근무하는 직원 중에 이상은 씨와 통화할 수 있을까요?"

"네, 무슨 일 때문이시죠?"

"반품하고 싶은 물건이 있어서요."

"아, 그러세요. 그건 저희 고객 센터와 통화하셔서 처리하시면 됩니다. 어떤 품목이시죠?"

"아니요, 전 이상은 씨와 통화를 해야겠어요. 그 사람을 통해서 물건을 샀으니까요."

"아, 그러세요. 잠시만요."

상대 여자는 '진상 고객'이라도 만났다는 듯이 당황하는 목소리였다. 이상하게도 이렇게 말해보니 정말 인격이 변하는 느낌이었다. 평상시 나는 고장난 물건을 사도 환불하고 따지는 절차가 귀찮아 그냥 사용하거나 새 물건을 다시 사곤 했다. 얼마 전까지 나는 이 세상의 아무와도 싸우고 싶지 않았다.

"저, 고객님. 죄송하게도 지금 이상은 씨는 현재 저희 매장에서 근무하지 않습니다."

"아……. 그럼 어느 매장으로 옮긴 거죠?"

4월 17일 일요일

"다른 매장으로 이동한 게 아니라 퇴직 상태입니다."

"저는 그 사람과 꼭 통화를 하고 싶은데요. 전화번호라도 받을 수 있을까요?"

"죄송하지만 고객님, 저희가 직원의 개인 정보를 알려드릴 순 없습니다. 불편 사항과 환불, 교환 건에 관해서는 고객 센터로 문의하시면 최대한 불편하시지 않게 처리해드리겠습니다."

나의 첫 번째 진상 고객 놀이는 실패였다. 평상시였다면 이런 상황을 부끄러워하고 이내 다른 곳으로 눈길을 돌렸을 테지만, 머릿속에서 이상은이라는 여자의 연락처를 구할 다른 방법이 하나 더 떠올랐다. 나는 침대 옆 협탁을 열어 작게 구겨진 종이를 꺼내 펼쳤다. 김윤범의 명함이었다. 명함에는 유진제약 영업부의 전화번호가 적혀 있었다.

"안녕하세요. 김윤범 씨 장례식에 참석을 못 해서 조의금을 부인께 전달하고 싶은데요. 혹시 김윤범 씨 가족의 연락처를 알 수 있을까 해서 이렇게 전화드렸어요."

"아, 예. 잠시만요."

이번에 전화를 받은 상대 남자는 호의적이었다. 남자는 나를 어떻게 해서든 김윤범의 가족과 연결해주는 일이 동료를 위한 일이라고 생각하는 것 같았다.

"저, 아내분 핸드폰 번호를 알려드릴게요. 이상은 씨고요.

010에 7×××에 5344입니다."

"네, 감사합니다. 근데 보낼 소포가 있어서 주소도 좀 알고 싶은데요. 아무래도 상을 당하신 분께 직접 얘기하기 어려워서……."

"네, 잠시만요!"

남자는 이어서 아무렇지 않게 김윤범의 집주소를 알려줬다. 사람들은 역시 부정적인 일보다 긍정적인 일에 적극적으로 반응하고 도움을 주고 싶어 한다. 전화를 받은 남자도 죽은 동료를 위해 자신이 할 수 있는 일을 최대한 해주고 싶어 하는 태도였다.

막상 메모지에 이상은이라는 여자의 핸드폰 번호와 집주소를 적자 내가 무얼 할 수 있을지 막막했다.

나는 그 여자의 상대가 될 수 없을뿐더러 남편은 죄가 없다고 항변할 필요도 없었다. 처음에는 "왜 제 남편이 당신 남편을 죽였다고 말한 거죠? 이유 좀 자세히 알려주시겠어요?" 같은 질문을 하고 싶었다. 하지만 핸드폰 번호를 손에 쥐고 나니 그 질문이 얼마나 어리석은 질문인지 깨달았다.

5344. 이 번호가 하나의 이미지처럼 내 앞에 나타났다. 4가 뒤에 연달아 붙어 있는 이 번호를 나는 기억하고 있다. 처음에 나는 이 번호가 수많은 스팸 문자의 번호 중 하나일 거라고 생각했다. 내 이메일과 문자로도 가끔 들어오는 질 낮은 스팸

문자들 말이다.

환하게 웃고 있던 오프 숄더의 십 대 소녀의 사진이 이 번호로 도착했다. 사진 밑에는 이런 내용의 문자도 있었다. "박재호 선생님, 저를 알고 계시죠?"

받는 사람의 이름까지 알고 보내는 스팸 문자는 드물었기에 나는 그 번호를 보고 또 쳐다봤다. 혹시나 하고 인터넷에 검색도 해봤다. 스팸 문자들의 정체는 검색만으로 쉽게 드러날 때가 있으니까. 하지만 이 번호의 주인은 이상한 곳에서 나타났다. 남편에게 여자아이 사진을 보낸 여자는 이상은, 김윤범의 아내였다.

나는 이 일에 대해 좀더 오래 생각을 하고 싶었지만, 그래서 어떻게든 이 상황을 이해하고 싶었지만, 그럴 수 없었다. 어머니와 승재가 들어오는 소리가 들렸기 때문이다.

승재의 손에는 하얀 박스가 들려 있었다. 자세히 보니 새 핸드폰 박스였다. 어머니가 승재에게 새 핸드폰을 사준 것 같았다.

"어머니, 애한테 또 뭘 사주신 거예요?"

나는 거실로 들어서는 시어머니를 향해 대뜸 불만을 표했다. 올해 일흔의 시어머니는 베이지색 투피스를 입고 있었다. 시어머니는 일흔의 나이치고는 혈색도 좋고 정정했다. 관리를 잘한 덕분에 사람들은 어머니를 예순 정도로밖에 보지 않았다. 은행에 근무했던 시아버지와 전업주부인 시어머니는 강남에 아파트 두 채와 십 층짜리 건물을 소유하고 있었고, 하남과 일산 일대에 토지를 소유하고 있었다. 평생 은행원이셨던 시아버지와 전업주부인 시어머니가 어떻게 이런 재산을 축적할 수 있었는지 결혼 당시에는 의문이었다. 부모에게 물려받은 재산이 많겠거니 생각했는데 아니었다. 부부가 직접 일군 재산으로, 시어머니는 전업주부였지만 주식과 투기에 있어서는 전문가 못지않은 식견을 지니고 있었다. 최근에도 위례 신도시에 아파트를 구입해 차익으로 벌써 일억 원의 이득을 보고 있다고 했다. 어머니는 모델하우스나 땅을 둘러보러 외출하는 경우가 잦았고 내가 함께 동행해주길 바랄 때가 많았다. 하지만 나는 그렇게 돈을 벌어들이는 방식을 좋아하지 않았다. 투기로 부자가 됐다며 주변 사람들의 구설수에 오를까 두려웠다.

　나는 남편과 결혼하면서 남편의 세계로 편입할 수 있다는 사실에 들뜨기도 했었다. 남편의 부모가 내 세계 안의 사람들, 그러니까 내 부모와는 다른 사람이란 생각에 그들을 대하기가 무척이나 어려웠다. 하지만 환상은 결혼 이후 바로 깨졌다. 시부모는 존경할 만한 사람들이 아니었다. 나는 시부모와 거리를 두고 남편을 그곳에서 *끄집어내* 내가 가꾸게 될 나의 영역으로 들이고 싶었다. 하지만 불가능한 바람이었다. 남편을 끄집어내기는커녕 승재마저 빼앗기기 일보직전이었다. 시부모는 물량 공세로 어린 승재의 마음을 빼앗고 어지럽혔다.

"애, 승재 핸드폰이 꺼져 있더라. 수리하나 새로 사나 그게 그거라더라."

"어머니, 집에 핸드폰 안 쓰는 거 많아요."

웃고 있던 어머니의 얼굴이 무표정으로 돌변했다. 이 주제의 대화를 멈추려는 듯 대뜸 주방으로 향하더니 인덕션 레인지 위의 양수 냄비 뚜껑을 열었다.

"애, 이거 언제 한 거니?"

시어머니는 조기찜으로 관심을 돌리려는 듯 숟가락으로 냄비 안을 휘휘 젓더니 생선살을 집어 맛을 봤다.

"잘했네. 딱 좋다. 승재 아빠도 좋아하겠어."

"어머니가 새로 뭘 사주실 때마다 애가 물건을 더 함부로 써요. 승재한테 너무 돈 쓰지 마세요."

거실에서 박스를 뜯고 있던 승재가 내 이야기를 들었는지 불만 섞인 표정으로 핸드폰을 들고 위층으로 올라갔다.

승재 방에는 어머니가 선물한 물건들이 가득했다. 승재는 갖고 싶은 물건이 생기면 제일 먼저 할머니를 찾았다. 그리고 쉽게 흥미를 잃었다. 주기는 점점 더 짧아졌다. 얼마 전 백오십만 원을 주고 산 전자 드럼도 지금은 관심 밖으로 밀려나

애물단지가 되어 창고에 나뒹굴었다. 돈이나 물건에 대한 가치관이 할머니 때문에 점점 더 나빠지고 있었다.

"승재가 학교에서 안 좋은 일이 있었다며……. 반 친구랑 싸웠다고. 그래서 그런지 애가 축 처져 말도 안 하고 걱정되니까. 그래도 저거 사주니까 좋아서 이것저것 말도 하고 내 핸드폰에 있는 것도 설명해주고. 애가 그렇게 좋아하는데 내가 그거 하나 사주면 어떠니."

"승재가 어머니한테 얘기했어요? 친구랑 싸웠다고?"

승재가 할머니에게 학교에서 일어난 일에 대해 말을 했다고 생각하니 배신감이 들었다.

"아니, 승재 아빠가……. 별일도 아닌데 네가 그것 때문에 신경쓰고 힘들어한다고 걱정하잖니. 얘, 여기 온 지 얼마 됐다고 전학 이야기를 꺼내고 그래. 네가 그러면 애가 더 주눅이 들잖니. 별문제도 아닌데 모른 척하고 넘어가면 될 걸 왜 긁어 부스럼을 만들고 걱정을 해. 얘, 밥 없니? 맛있게 잘했다. 아까 승재랑 점심을 먹었는데 또 배가 고프네. 나이 들면 이런다. 먹어도 먹어도 배가 고프고."

시어머니는 문제가 생길 때마다 자신이 하고 싶은 말만 일방적으로 전달하고 이내 다른 곳으로 시선을 돌려 화제를 바꿨다. 나는 압력밥솥을 열어 잡곡밥을 그릇에 담았다.

"모른 척하고 살면 편한 거야. 싸우려 들지 말고. 네 기분밖에 더 상하니?"

품위 있게 차려입은 어머니의 입가에 조기찜 국물이 묻었
다. 나는 말없이 티슈를 꺼내 어머니 입가의 국물을 닦았다.
어머니는 내가 닦은 곳을 다시 손으로 닦으며 민망한 표정을
지었다. 시어머니보다 우월하다는 걸 표현하기 위해서 내가 할
수 있는 일은 기껏해야 이런 정도였다.

남편은 스승의 정년 퇴임식에 참석한 후 가볍게 술을 걸치
고 대리 기사를 불러 밤 12시가 되어서야 집으로 돌아왔다.
나는 잡지를 뒤적이거나 텔레비전 채널을 돌리며 남편을 기다
렸다. 집으로 돌아오는 남편을 기다리는 일은 너무나 자연스
러운 일상이었다. 내가 책을 읽는 것도, 영화를 보는 것도, 집
안일을 하는 것도, 남편을 기다리는 과정에서 하는 일일 뿐이
었다. 이런 이야기를 친구들에게 하면 친구들은 구시대적이라
며 한심하다는 눈빛으로 쳐다보곤 했지만, 나는 남편을 기다
리는 일이 즐거웠고 곁에 내가 꾸린 가족이 있다는 사실이 흡
족했다. 하지만 오늘은 청소를 하고 잡지를 읽고 텔레비전을
보며 남편을 기다리는 일이 두려웠다. 남편을 마주할 시간이
가까워지고 있다는 사실이.

희미하게 술 냄새가 났다. 남편은 현관문을 열고 들어와서
는 소파에 털썩 주저앉았다. 이상했다. 나는 남편이 이상하다

는 걸 단박에 느꼈다. 평소라면 "나 왔어"라는 인사부터 건넸을 텐데 계속 침묵을 지켰다. 소파에 앉아서 거실 창문을 쳐다볼 뿐이었다. 나 역시 아무 말도 하지 않았다. 소파 옆에서 그런 남편을 쳐다볼 뿐 아무것도 먼저 묻지 않았다. 남편도 내가 이상했는지 고개를 돌려 나를 빤히 쳐다봤다.

"옆집 여자 뭐하는 사람이라 그랬지?"

남편이 말하는 여자가 주인 여자를 말하는지 아니면 도우미 여자를 말하는지 순간 생각했다.

"어떤? 머리가 짧은?"

"그래, 그 여자. 남자처럼 짧게 머리를 해가지고 좀 이상해 보이는."

"어……. 변호사래. 꽤 유명한 법무 법인 소속이라던데."

"그래? 꼴 같지 않게. 산만하고 정신 나간 사람처럼 보이더라니."

"근데…… 옆집은 왜?"

남편은 자신의 핸드폰으로 시선을 돌렸다. 쓸데없이 통화 목록과 메시지를 확인하고 있었다.

"방금 들어오면서 집 앞에서 만났어. 그 여자가 당신한테 전해달라던데. CCTV를 다 돌려봤지만 4월 9일 밤에 우리집 마당으로 쓰레기를 투기하는 사람은 없었다고."

며칠 전 옆집 여자에게 CCTV를 보여달라고 한 일이 떠올랐다. 은하라는 여자는 사생활을 함부로 보여줄 수 없다며 자신이 살펴보고 나서 이야기해주겠다고 했었다.

쓰레기 투기한 사람을 잡겠다는 빌미로 CCTV를 보려 했지만 내가 확인하고 싶은 사실은 그게 아니었다. 그날 밤 남편이 외출을 했는지 여부를 확인하고 싶었다. 그 사실을 알 리 없는 옆집 여자가 CCTV를 확인하고는 쓰레기 투기에 대한 사실만 남편에게 전달한 것이다.

"그런 일이 있었으면 나한테 얘기를 하지 그랬어? 당신이 혼자 뭘 어쩌려고."

남편은 소파에서 일어나 넥타이를 풀며 무심한 듯 한마디를 던졌다. 남편이 항상 하던 그 말에 따뜻함과 안전함을 느끼던 때가 있었다. 그 말을 들으면 혼자가 아니라고 느꼈고, 어떤 일이 닥치든 남편이 해결해줄 거란 생각에 안심했다. 하지만 지금 "당신이 혼자 뭘 어쩌려고"라는 말을 듣자 수치심이 밀려왔다. 내가 남편 세계에 속한 부속물처럼 여겨졌고, 이 집에 있는 어떤 것도 내 것이 아닌 것 같은 절망감이 들었다. 어쩌면 남편의 그 말은 너무도 정확했다. 혼자 뭘 어쩌려고.

나는 4월 9일 남편이 집에 있었는지 알아보려고 옆집까지 찾아가 부탁했지만 결국 실패하고 말았다. 남편이 그날 집에 없었다는 사실을 믿어줄 사람은 어쩌면, 그 여자, 김윤범의 아내라는 여자뿐일지도 모른다.

나는 혼자서 할 수 있는 일이 아무것도 없는 사람이 되어버렸다. 남편이 소파에서 일어난 뒤에도 한동안 거실 창에 비친 내 모습을 바라봤다. 창에 비친 내 모습은 너무도 불쌍했다.

4월 18일 월요일

상은

기대감으로 가슴이 뛰기 시작했다. 최근 들어 이렇게 설레고 기대되는 시간을 보낸 적이 있었던가. 나는 남편의 사망보험금만으로도 미래에 대한 꿈을 꿀 수 있었다. 아니, 어쩌면 남편이 내 앞에서 사라지는 것만으로도. 그런데 지금은 더 큰 돈이 들어올지도 모른다는 기대감에 마음이 부풀어 터질 것만 같았다. 어쩌면 작은 아파트를 살 수 있을지도 모른다. 돈이 남으면 작은 차도 구입할 거다. 나와 아기가 탈 차가 큰 차일 필요는 없다. 어린이집에 보내기 전까지 아기를 키우기 위해 필요한 돈 때문에 조바심 낼 필요도 없었다. 남편이 진 일억 원의 대출금을 갚고도 나와 아기는 돈 걱정 없이 몇 년은 살아갈 수 있을 거다.

나는 수민의 분홍색 핸드폰을 살피기 시작했다. 이번에는 면밀하고 자세하게 샅샅이. 핸드폰에 있는 모든 번호와 내용을 스캔하듯이 살폈다.

박재호의 전화번호 010-××××-1939를 통화 목록과 카톡 메시지와 문자메시지에서 찾기 위해 수민의 핸드폰을 뒤지고 또 뒤졌다. 하지만 박재호의 핸드폰 번호는 수민의 핸드폰 어디에도 남아 있지 않았다. 대포폰이라도 쓴 걸까. 어쩌면 박재호는 이런 지저분한 성매매 경험이 한두 번이 아닐지도 모른다. 그러니 치밀하게 다른 번호로 연락을 했을 거다. 그래서 내가 경찰에 알리겠다고 했을 때도 당당했던 것이다. 하지만 남편은 분명 이 핸드폰이 돈이 된다고 생각했다. 남편은 박재호가 쓰는 비밀 핸드폰의 번호를 알거나 그 증거를 가지고 있었던 걸까? 갑자기 남편의 부재가 아쉬웠고, 이런 생각을 하는 내가 우습고 혐오스러웠다.

수민은 카톡과 앱을 통해 상대를 물색하고 성매매를 한 뒤 돈을 받는 열다섯 살 여자아이였다. 하지만 사진첩 속의 수민은 평범한 십 대 아이로 보였다. 캐릭터 인형을 좋아하고, 자신의 침대에 누워 셀카를 찍고, 친구들과 장난을 치며, 빙수와 강아지를 좋아하는 그런 아이 말이다. 사진들만 본다면 이 여자애가 성매매를 한다는 사실을 믿기 힘들었다. 평범한 가정에서 평범하게 사랑을 받고 자라 평범한 생각을 하는 십 대 아이. 그렇게 보일 뿐이다.

도대체 이 아이는 어쩌다 성매매를 하게 됐을까……. 궁금증이 일었다. 하지만 그게 얼마나 어리석은 궁금증인지 알고 있었다.

넌 어쩌다 이렇게 불행해졌니? 이런 질문을 던지는 사람이란, 결국 상대방의 불행의 역사를 들으며 자신의 삶을 긍정하고 싶은 위선자일 뿐이다.

살펴보던 핸드폰의 비행기 모드를 해제하자마자 태경이란 아이에게서 또 부재중 전화 알림과 문자메시지가 왔다.

—엄마 어딨어? 배신 때리는 거임?

—죽었냐 도망갔냐? 엄마가 이러기냐?

태경이란 아이는 '엄마'라는 단어를 쓰며 수민을 찾고 있다. 나는 다시 사진첩을 살폈다. 수민이 또래로 보이는 남자아이와 찍은 사진이 보였다. 하얗고 앳된 얼굴에 파마머리를 한 남자아이. 이 아이가 태경일까? 남자아이 너머로 오토바이가 보였다.

얼마 전 경비 아저씨가 보여준 CCTV 영상 속 오토바이와 같은 배달용 오토바이였다. 수민의 친구들은 수민을 찾고 있지만 경찰에 신고하진 않은 듯했다. 남편 역시 남자아이들에게 폭행을 당하고도 경찰에 신고를 하지 않았다. 수민은 어디에 있는 걸까? 아니, 어디에 있기는 한 걸까?

순간 나는 이 핸드폰의 가치가 생각했던 것 이상일지도 모른다는 섬뜩한 예감이 들었다.

그런 예감에 동조라도 한다는 듯이 벨 소리가 시끄럽게 울리기 시작했다. 예기치 않은 인터폰 소리에 경계심을 갖고 화면을 쳐다봤지만 아무도 보이지 않았다. 나는 아무 응대도 하지 않고 화면을 계속 쳐다봤다. 잡상인이거나 별 대수롭지 않은 사안으로 동의 서명을 받으려는 아파트 사람이겠거니 했다. 다시 벨을 누르려는 듯 인터폰 화면 안으로 방문자가 나타났다. 나는 놀라서 한 발자국 다가가 뚫어지게 쳐다봤다. 그 여자였다. 김주란!

여자는 벨을 누르고 한 걸음 뒤로 물러섰다. 집에 없는 척할까도 생각해보았지만 이 재미있는 만남의 기회를 없애버리고 싶지 않았다. 나는 거울을 보며 상태를 한번 점검한 뒤 현관으로 뛰어갔다. 잠깐 사이에 김주란이 사라졌을까 봐 겁이 났다.

현관문을 열자, 두 손에 뭔가를 잔뜩 쥔 김주란이 크게 놀라며 뒤로 물러섰다.

"어…… 어……."

여자는 계속 "어…… 어……"만을 반복했다.

"안녕하세요."

"어……. 안녕하세요."

"여기는 어떻게 무슨 일로?"

"어……."

"들어오시겠어요?"

내가 먼저 인사하고 여자가 들어올 수 있게 옆으로 비켜섰
다. 여자는 자신이 나를 찾아왔으면서도 어쩔 수 없이 끌려온
사람처럼 머뭇거리고 당황스러워했다.

"들어오세요."

내가 다시 한번 권했다. 혹시 어디 아프거나 정신이 모자란
건 아닐까라는 생각이 들 정도로 여자는 어리숙하게 행동했
다. 구두를 벗고 들어선 여자는 거실을 살폈다. 여자에게 어디
에 어떻게 앉으라고 정해줘야 될 듯싶었다.

"저……. 이거 바디용품이에요. 제가 상은 씨 취향을 몰라
서, 이게 아무래도 제일 무난할 것 같아서요……."

여자가 건넨 선물 박스에는 아기와 산모가 함께 쓸 수 있는
바디용품과 영양제로 가득했다. 나는 여자에게 내놓을 만한
음식이 없어 살짝 고민이 들었다. 냉장고 안에는 흔한 주스도
없었다. 얼마 전 치킨을 시켜 먹었을 때 딸려 온 콜라만 있었
다. 선택지가 없기에 나는 묻지도 않고 생수를 컵에 따라 내밀
었다.

"여긴 어떻게 알고 오신 거죠?"

"어……. 그러니까…… 유진제약에 전화를 걸어서 물어봤어요."

"왜요?"

여자는 고민하는 표정이었다. 여기까지 제 발로 찾아와놓고 고민이라니……. 여자는 결심이라도 한 듯이 고개를 들어 나를 빤히 쳐다봤다. 이번엔 내 시선을 피하지 않고 맞서는 느낌이었다.

"음……. 그때…… 왜 그런 말을 한 거죠? 그러니까 장례식장에서…… 왜 제 남편을 살인자라고 한 거죠? 그 말 한마디가 의사인 제 남편에겐 치명적이에요. 명예훼손죄로 고소할 수도 있어요."

나는 웃음이 나올 뻔했지만 참았다. 이 여자는 자신의 의도를 숨기고 상대의 심중을 떠보는 대화를 해본 적이 없었을 거다. 그럴 필요조차 없었을 테지만……. 남자들에게 항상 구애를 받고 사람들이 베푸는 친절함을 당연하게 여기며 언제나 배려받고 살았을 테니까.

여자에게 하고 싶은 말들이 내 목을 간지럽혔다. '당신 남편은 변태성욕자입니다.' 하지만 장례식장에서처럼 하고 싶은 말을 바로 뱉지는 않았다. 지금은 더 신중해야 했다.

"아시겠지만, 그날 제 남편과 박재호 선생님이 약속을 했었으니까요. 기산 저수지에서 함께 밤낚시를 하기로. 그리고 그날 남편은 저수지에 빠져 죽었어요."

"하지만!"

여자가 내 말을 급히 가로막았다.

"하지만 제 남편은 그날 저수지에 가지 않았다고 했어요. 제 남편에게 혐의가 있으면 지금 경찰 조사를 받고 있겠죠!"

"그러네요."

나는 여자의 말에 순순히 동의를 표했다. 박재호가 그날 저수지에 왔는지 안 왔는지는 더이상 내 관심사가 아니었다.

여자는 나를 빤히 보더니 핸드폰을 꺼내 나에게 내밀었다. 내가 박재호에게 보낸 문자를 사진으로 찍어 가지고 있었다. 수민의 사진을.

"근데 이 사진은 뭐예요? 이건 왜 보냈어요? 얘는 누구고요?"

나는 여자를 쳐다봤다. 여자는 강하게 항의하듯 말했지만 표정은 도움을 요청하고 있었다. 제발 알려달라는 외침이 표정에 드러나 있었다. 하지만 모든 걸 순순히 말해줄 수는 없었다. 박재호의 더러운 일면이 까발려지면 내 협박도 효력이 상실될 테니까.

"글쎄요……. 남편분은 이 아이에 대해 뭐라고 했는데요?"

순간 여자가 남편에게 메시지에 대해 아무것도 묻지 않았음을 짐작했다. 여자는 혼자 끙끙 앓다 여기까지 찾아온 거다. 여자가 원하는 건 남편 입을 통해 나오는 말이 아닌 객관적인 진실이었다. 여자는 남편을 믿지 못하는 걸까. 하지만 박재호와 이 여자는 부부 사이다. 함께 침대를 쓰고 같은 집에서 재산을 공유하며 둘이 함께 낳고 기르는 아이가 있는.

"남편분이 저희 집에 찾아왔었어요. 돌아가시기 일주일 전쯤……."

여자는 자신이 알고 있는 정보를 스스럼없이 펼쳐놓았다. 자신의 남편을 살인자라고 말하는 여자 앞에.

"저희 집에 와서 낚시 가방을 주고 갔어요……."

낚시 가방……. 알 것 같았다. 그 낚시 가방에 대해. 낚시를 하지 않는 남편이 어느 날 낚시 가방을 사가지고 와서 치수를 재며 뭔가를 계산했다.

"이 낚시 가방에 만 원짜리를 가득채우면 얼마나 될까?" 남편은 웃으면서 그런 말을 했었다. 이제 와 생각하니 그 가방은 박재호를 협박하고 돈을 받기 위한 도구로 쓰기 위해 구입한 것 같았다. 남편은 그 가방에 돈이 가득차서 돌아올 거라 믿고 있었다. 하지만 그날 박재호는 낚시 가방을 가지고 저수지로 오지 않았다. 어쩌면 그날 박재호가 저수지에 제시간에 도착했다면, 지금처럼 내가 보험금을 받지 못할까 봐 전전긍긍하는 일도 생기지 않았을 거다. 지금쯤 박재호는 유력한 용의자로 구치소에 갇혀 있을지도 모른다. 박재호는 왜 남편과의 약속을 지키지 않은 걸까? 정말 박재호의 말대로 남편의 협박이 터무니없어서 무시했던 걸까?

"잠시만요."

나는 남편이 쓰던 작은 방으로 들어갔다. 남편이 가져왔던 낚시용품 관련 팸플릿을 어딘가에서 본 적이 있다. 그 팸플릿에 남편이 구입한 낚시용품 관련 사진과 자료 들이 있었다.

거실에 두고 온 내 핸드폰 벨 소리가 시끄럽게 울렸다. 금방 끊어지리라 생각한 벨 소리는 멈추지 않고 계속됐다. 나는 파일첩 사이에 꽂힌 팸플릿을 집어 들었다. 거실로 나오자, 김주란은 내 핸드폰을 든 채로 당황하고 있었다. 핸드폰은 그렇게 김주란의 손 위에서 끊임없이 울리고 있었다. 김주란에게 핸드폰을 건네받아 발신 번호를 확인한 나는 김주란만큼이나 놀란 표정을 지었다. 010-××××-1939. 박재호였다.

"여보세요."

"여보세요. 박재홉니다. 알고 있으시죠?"

전화기 너머로 차분한 저음의 음성이 들렸다. 전화를 받으며 쳐다보자 김주란은 놀란 나머지 입술을 바르르 떨고 있었다.

"무슨 일이시죠?"

"아시지 않나요?"

"생각이 바뀌셨나요?"

남자의 웃음소리가 전화 너머로 들려왔다.

"한번 뵐 수 있을까요? 인천 사시죠? 제가 퇴근하고 댁 근처로 가서 뵙지요."

"글쎄요. 정 그러시면 사람이 많은 커피숍도 괜찮으세요? 아무래도 전 선생님을 믿지 못하니까요."

"하하하, 저야 상관없죠. 모레 수요일 날 뵙지요. 괜찮으시죠?"

"네, 경찰한테 선생님이 저를 만나고 싶어 한다고 말해놔도 될까요?"

나는 박재호를 떠보고 싶었다.

"하하하, 그러세요. 근데 괜찮으시려나?"

"뭐가요?"

"경찰이 알면 좀 그런 비밀 이야기를 할까 했는데. 뭐, 편한 대로 하시죠."

능글능글한 박재호의 태도가 비열하게 느껴졌다.

"뭐, 상은 씨가 어떻게 하든지 제가 상관할 바는 아니죠. 그럼 그날 만나서 구체적으로 얘기하시죠."

용건만 주고받은 짧은 통화가 끝나고, 나 역시 앞에 앉은 김주란만큼이나 당황한 표정을 숨길 수 없었다. 김주란과 내가 같은 표정으로 서로를 쳐다보았다.

"남편이 왜⋯⋯."

나는 말없이 팸플릿을 펼쳤다. 검은색에 은색 스트라이프 무늬가 회오리치는 모양의 낚시 가방을 손으로 짚었다.

"남편이 준 게 이건가요?"

여자가 사진을 보더니 고개를 끄덕였다.

"맞아요, 이거. 안이 텅 빈 낚시 가방이라 이상해서……."

"이 가방이 아직 댁에 있나요?"

"글쎄요. 아마도……. 아…… 제가 남편 서재에서 보긴 했는데……."

사과 박스에 만 원권을 가득 담으면 일억 정도가 된다는 기사를 뉴스에서 본 기억이 났다. 일 미터가 넘는 낚시 가방에 만 원권을 가득 담으면 얼마나 될까? 삼억? 사억? 아니, 오만 원권이라면…….

남편이 가입한 보험의 사망보험금은 이억이었다. 미성년자 성매매를 빌미로 삼억 이상을 받을 수 있을까. 성범죄자에게 유독 관대한 이 나라에서.

분홍색 핸드폰의 주인인 수민은 죽은 게 분명했다. 내 앞에 앉아 아무것도 모른 채 걱정 근심만 가득한 이 여자의 남편 박재호가 이수민이란 아이를 죽인 게 분명했다.

"남편이 왜 상은 씨를 만나려는 거죠?"

나는 다시 수민의 사진을 김주란의 앞으로 내밀었다.

"그러게요. 얘가 누구냐고 물으셨죠? 그래요, 얘는 누굴까요? 그리고 지금 어디에 있을까요? 남편분에게 한번 물어봐 주시겠어요? 이 아이가 지금 어디 있냐고."

김주란은 나와 핸드폰 속 수민의 사진을 번갈아 쳐다봤다.

"지금 저를 놀리는 거죠!"

김주란은 벌떡 일어나더니 나를 내려다봤다. 눈빛이 제법 위엄을 갖추고 있었다.

"낚시 가방은 뭐고, 이 여자아이는 뭐죠? 지금 저한테 무슨 장난을 치는 거죠?"

장난이라니. 설사 장난이라고 해도 여기로 온 건 김주란 자신이다. 진실을 원하는 눈빛으로 자신에게도 역할을 달라고 아우성치고 있는 김주란 본인 말이다.

나는 메모지에 여자아이의 이름을 적었다. 이수민. 그리고 그 밑에 최태경이라는 이름과 핸드폰 번호를 적었다.

"이 아이가 누군지 저한테 묻지 마세요. 저도 모르니까요. 정말 궁금하다면 직접 알아보세요."

내가 김주란에게 베풀 수 있는 최대한의 호의였다.

"최태경이 누구죠?"

"주란 씨처럼 수민이를 찾고 있는 사람이죠. 저도 이거말고 는 아는 게 없네요. 제가 알고 있는 거라곤 이 아이와 관련된 모든 걸 박재호 선생, 그러니까 주란 씨 남편은 다 알고 있을 거라는 거. 그 정도예요."

4월 18일 월요일

"제 남편이요? 왜 제 남편이?"

"그러게요. 저도 그게 궁금해요. 저는 그래서 남편분을 만나면 물어볼 작정이에요. 주란 씨도 궁금한 걸 남편분께 물어보시는 게 더 빠르고 정확할 텐데요. 그러고 싶지 않다면 최태경한테 물어보세요. 제가 줄 수 있는 정보는 여기까지예요."

김주란은 하얗게 얼굴이 질린 채로 더이상 나에게 아무것도 묻지 않았다. 내가 건넨 물컵에는 입도 대지 않고 어깨를 축 늘어뜨린 채 돌아갔다.

솔직히 말하면 김주란이 무슨 생각을 하고 있을지 궁금하지 않았다. 남편이 살인자일지도 모른다는 걸 알게 된 여자의 상황이 흥미로울 뿐이었다. 하지만 이내 그 흥미도 점점 잦아들었다. 저런 여자들을 잘 알고 있다. 안락하고 편안한 생활을 해치지 않는 선에서만 스스로 결정을 내리는 여자들. 저런 여자는 위험을 감수해야 할 필요성을 느끼지 못한다. 며칠 뒤면 피트니스 센터에서 태워야 할 지방의 수치에 더 관심을 가질 게 뻔했다.

나는, 모든 걸 알게 된 김주란이 박재호에게 매달려 '그깟 돈 빨리 줘버려'라고 적극적으로 설득하고, 어서 빨리 부부의 평온한 일상으로 되돌아가길 바랄 뿐이었다.

주란

오늘밤에도 불면증은 여전했다. 뒤척이는 소리에 깰까 봐 남편이 깊게 잠들 때까지 가만히 누워 있어야 했다. 얕게 코 고는 소리가 들리자 나는 살며시 침대에 기대앉았다. 그러고 는 잠든 남편의 얼굴을 내려다봤다. 미간을 잔뜩 찡그린 채 로 자고 있는 남편의 얼굴은 불편해 보였다.

'이렇게 인상 쓰고 자면 주름살이 더 깊어질 텐데.'

손가락으로 얼굴의 주름살을 누르자 남편은 소리를 내며 여전히 미간을 찡그린 채로 돌아누웠다.

나는 침대에서 일어나 거실로 나왔다. 넓고 어두운 거실이 무섭기보다 편안하게 느껴졌다. 나는 불도 켜지 않은 채로 어 둠 속에서 소파를 찾아 웅크리고 앉았다.

'수민이라는 아이를 친구들이 찾고 있고, 김윤범이 죽었고, 남편은 수민이가 어디 있는지 알고 있다.'

어린시절 친구들이 내던 스무고개 같기도 했고, 스핑크스 가 내놓던 난센스 퀴즈 같기도 했다. 다시 퀴즈의 전제를 읊 어본다. 수민이라는 아이가 사라졌고, 김윤범이 죽고, 남편은 수민이 어디 있는지 알고 있으며, 수민의 핸드폰을 가지고 있 다는 상은을 남편이 만나고 싶어 한다.

나는 핸드폰을 켜고 수민의 사진을 들여다봤다. 새하얀 피 부에 아이라인을 길게 빼 그리고 컬러 렌즈를 끼고 있는 것처럼 눈동자 색이 옅었다. 생리를 시작한 지 이삼 년밖에 안 된데다, 가슴도 아직 완성되지 않은 몽우리 상태에 살집이 붙어 있어 청소년용 속옷이 간신히 맞을 정도로 마르고 작은 아이였다.

남편이 이 아이와 무슨 연관이 있는 걸까. 나쁜 예감을 물리치고 싶었지만, 불안감이 사라지는 대신 남편이 승재 문제를 대단치 않게 넘긴 일이 떠올랐다. 남편은 승재가 같은 반 여자아이에게 성기를 보여준 일이 별일 아닌 남자아이의 일이라고 했다. 승재가 자기 방 문을 걸어 잠그고 나와 멀어지고 있는 것도 다 남자아이들의 일이라고 했다.

남편은 어떤 사람일까? 나는 남편에 대해 어느 정도 알고 있는 걸까?

이런 의심 속에서 나는 놀랍게도 남편이 살인자일지도 모른다는 사실보다 남편이 나를 버리면 어떡하지 하는 두려움이 내 마음을 지배하고 있다는 사실을 깨달았다.

이상은이라는 여자의 집은 인천의 작은 아파트였다. 비좁은 거실에 비해 방은 세 개나 되고, 벽지는 뜯어진 채로 방치되고, 문이 열린 욕실에선 곰팡이 냄새가 났다. 사실 상은이라는 여자보다 그 여자가 살고 있는 세계가 더 두려웠다. 어느 것 하나 정돈되지 않은 삶. 나는 그런 삶을 잘 알고 있다. 그 세계가 너무 끔찍했다.

어린시절 살던, 항만 근처의 학교에 다니는 아이들은 모두 가난했다. 우리집도 가난하긴 마찬가지였지만 화장실이 딸린 집에 산다는 이유로 친구들에게 잘사는 아이라는 이야기를 듣곤 했었다. 다 무너져가는 아파트라도, 아파트라는 주거 형태를 부러워하던 시절이었다. 친구들은 언제나 나에게 먼저 다가왔고, 나는 다가오는 아이들과 곧잘 어울렸다.

국민학교 몇 학년 때였을까? 나에게 유독 친근함을 표시하며 매일같이 선물을 주던 친구가 있었다. 그 친구가 자기 집에 초대해서 나는 대수롭지 않게 놀러갔다. 친구네 집은 한참이나 흙길을 올라가서야 나오는 판잣집이었다. 당장이라도 쓰러질 것 같은 그 집에는 화장실이 없었다. 나는 소변이 급해서 발을 동동 굴렀지만 구더기가 가득한 푸세식 공동 화장실을 쓰긴 싫었다. 친구는 부엌으로 쓰는 공간의 수챗구멍에 쭈그리고 앉아서 소변을 봤다. 나에게도 아무렇지 않게 여기 앉아서 소변을 누라고 했다. 얇은 창호지 문을 사이에 두고 부엌과 연결되어 있는 방에는 친구의 아픈 할아버지가 누워 있었다.

나는 그 집에서 뛰쳐나와 울면서 집으로 돌아왔다. 그때는 소변이 너무 마려워 울었다고 생각했다. 하지만 지금 생각해보면 친구가 보여준 가난이 두려워서였던 것 같다. 나는 그날 이후로 학교에서 마주친 그 친구를 동등한 사람으로 여기지 않았다.

그후 내가 좀더 중심가에 있는 중학교로, 고등학교로, 그리고 서울 중심에 위치한 대학으로 진학하면서 깨달은 건 나 역시 가난하다는 것이었다. 내가 그 친구를 바라보던 시선으로 누군가 나를 바라볼지 모른다는 두려움이 내 안에서 점점 자라났다.

나는 아버지가 없었다. 엄마는 식당에서 허드렛일을 하며 돈을 벌었다. 언니는 대학 갈 돈이 없어서 상업고등학교를 나와 바로 취업을 했고, 나 역시도 등록금 때문에 아르바이트를 하며 대출 빚도 갚아야 했다. 당시 나는 같은 과 친구들에게 언니가 대학을 나오지 못했다는 말을 할 수 없었다. 친구들에게 대학은 당연한 삶의 과정 중 하나였다.

언니가 죽고 장례식에 친구들이 왔을 때, 나는 대학 친구들이 내 세계를, 내 가족의 민낯을 보게 된다는 것이 부끄러웠다. 그렇게 슬프고 황망한 심정이던 그때에도 말이다. 그래서 남편과의 결혼이 좋았고, 다른 세계로 편입한다는 사실이 행복했다. 나는 과거를 생각하고 싶지 않았다. 언니의 죽음을 기점으로 그 세계에 종말을 고하고 남편의 세계로 편입하고 싶었던 것이다.

우월하고 평온한 남편의 세계는 인간다운 삶을 영위할 수 있게 해준다고 믿었다. 나를 고결한 사람으로 만들어주리란 기대가 있었다. 이런 식으로 살인의 의심이 가득한 세계가 아니었다.

나는 누군가의 인생을 파탄 낸 채로 평온함을 가장하는 세계를 원한 적 없었다. 죽을 때까지 언니의 살인범을 저주하고 심판할 권리가 나에게 있다고 생각한 건 적어도 살인범보다 내가 도덕적으로 고결한 사람이라는 신념 때문이었다.

그런데 남편의 세계가 모든 걸 뒤흔들었다.

남편이 잠에서 깨어났는지 침실 문이 열리는 소리가 들렸다. 남편이 말없이 내 뒤로 서는 기척이 느껴졌다. 소파 맞은편 창문에 남편 얼굴이 비쳤다.

"당신 여기서 뭐해, 안 자고?"

남편이 옆으로 와서 앉았다.

"……."

아무 대답도 하지 않자 남편이 내 긴 머리를 한쪽으로 쓸어내리곤 어깨를 주물렀다. 머리 뒤쪽에 지압을 하고 목부터 어깨까지 천천히 누르며 안마를 시작했다.

"당신 요즘 이상해. 매일 뭘 그렇게 멍하게 생각해?"

"아니야, 아무것도."

"왜, 뭔데. 혼자 그렇게 끙끙 앓지 말고 얘기해. 혼자 또 병 나지 말고."

나는 다시 그날로 돌아가 남편에게 궁금한 걸 다시 되물어야만 했다.

"여보, 김윤범이란 사람이 우리집에 왔을 때, 나를 이상하게 쳐다봤거든."

"당신을?"

"응, 마치 알고 있는 사람처럼. 나를 좀 불쌍하게 봤던 것 같기도 하고. 나는 그 사람을 처음 봤는데."

"처음 봤다고? 우리집에 종종 왔었잖아."

나는 놀라 뒤돌아봤다.

"언제? 난 전혀 기억이 없는데?"

"내가 술 마시고 올 때 가끔 대신 운전해주고 그랬잖아. 당신이랑은 인사를 안 했나?"

"그 사람이 왜? 대리 기사도 아닌데."

"나한테 잘 보이고 싶으니까 그랬겠지."

"그 사람 집은 인천이잖아……."

남편의 손에 순간 힘이 들어가는 게 느껴졌다.

"그걸 당신이 왜 신경을 써. 당신 또 장례식장 다녀와서 그런 거야? 그래서 내가 따라오지 말라고 한 거야. 당신은 너무 취약하다니까, 죽음에."

"그럼…… 죽음에 취약하지 않은 사람도 있어?"

내가 쳐다보자 남편이 멈칫했다.

"그러게……. 그런가?"

남편은 시어머니를 닮았다. 중요한 부분에서 언제나 회피하고 어물쩍 넘어가려 했다. 진중한 대화는 나누려 하지 않고 언제나 중요한 대화에서 나를 소외시켰다.

"당신이 김윤범을 죽인 거야?"

나는 최대한 감정을 자제하고 나지막한 목소리로 물었다. 남편은 질문에 대답하는 대신 나를 애처롭게 쳐다볼 뿐이었다. 김윤범이 마당에서 나를 볼 때의 표정이었다. 나는 그 표정을 나에 대한 무시로 읽었다. 어린아이가 인형을 잃어버리고 상실감에 애통해하고 있을 때, 아빠들이 짓는 그런 표정 말이다. 겨우 인형 따위로 슬퍼하는 네가 정말 귀엽구나.

"당신이 김윤범을 죽였느냐고!"

남편의 표정에 답답함이 밀려든 나는 소리지르며 다시 물었다. 지키고 싶었던 감정의 탑이 무너졌다. 남편은 그런 나를 힘주어 안더니 등을 토닥였다.

"아휴……. 다음주에 처형 보러 갔다 오면 우리 여행 가자. 당신이 이맘때 항상 슬퍼하는 거 난 이해하니까. 당신 괜찮아……. 내가 있으니까 괜찮아……."

"그게 또 왜!! 당신이 사람을 죽였느냐니까!!"

나는 소리지르며 남편을 밀쳐냈다. 답답함이 가슴을 짓눌렀다. 남편의 애처로운 표정이 부술 수 없는 벽처럼 견고하게 눈앞에 버티고 있었다. 남편은 계속 괜찮다는 말만을 반복했고, 전혀 괜찮지 않은 나는 미친 사람처럼 소리를 질렀다. 남편은 전혀 동요하지 않고 계속 이 말만을 반복하고 또 반복했다.

"괜찮아……. 당신 옆엔 내가 있으니까 괜찮을 거야. 괜찮아……. 괜찮아……. 내가 있잖아……."

4월 19일 화요일

주란

눈을 떴지만 침대에서 일어나지 못하고 한참을 누워 있었다. 아침이 왔다는 사실만으로도 무기력함이 밀려왔다. 남편은 나를 깨우지 않고 조용조용 출근 준비를 했다.

남편의 차가 차고에서 빠져나가는 소리를 듣고서야 나는 침대에서 몸을 일으켰다. 거울을 보니 부족한 잠 때문인지 피부도 거칠고 다크서클이 짙게 내려와 있었다.

햇빛을 쐴 요량으로 마당에 나가자 역시 옆집 베란다 2층에서 미령이 담배를 피우고 있었다. 남편의 출퇴근 시간이면 미령은 배웅이라도 하려는 듯 우리집을 살피곤 했다. 미령이 저곳에서 남편을 보며 어떤 생각을 하고 있을지 궁금했다.

내가 빤히 쳐다보자 미령도 시선을 피하지 않고 나를 쳐다봤다. 우리는 상대가 먼저 말을 하기를 바라는 것처럼 서로를 탐색하듯 바라보았다. 미령에게 묻고 싶은 말이 있었다. 미령이 항상 무심하게 보고 있는 것이 무엇인지. 그 대상이 정말 내 남편 박재호라면, 그에게서 이상한 낌새 같은 걸 느끼진 않았는지.

아랑곳하지 않고 담배를 피우는 미령 뒤로 은하가 나타나더니 미령의 어깨에 손을 얹고 다정하게 무언가를 말했다. 둘은 내가 상상한 것보다 훨씬 친밀해 보였다. 자신들을 쳐다보는 내 시선에 은하가 당황하며 놀란 표정을 지었다.

"안녕하세요."

은하는 당황하며 인사를 먼저 건넸다. 그러고는 놀란 표정에 이어 나를 안쓰럽게 바라보기 시작했다. 저 지긋지긋한 동정의 표정.

"오늘 날씨가 선선하네요. 주란 씨, 오늘 컨디션은 괜찮으세요?"

미령과 은하가 내 안색을 유심히 살폈다.

"괜찮아요. 오늘은 출근 안 하세요?"

"아, 이제 나가려고요. 혹시라도 주란 씨…… 도움이 필요하면 언제든지 말씀하세요. 다른 의도는 아니고, 이웃지간이니까요."

은하는 아픈 환자를 대하듯 나를 대했다.

집으로 들어온 나는 어쩌면 은하가 정말 도와줄 수 있는 일이 있을지도 모른다는 생각이 들었다. 변호사라는 은하의 직업이 머릿속을 스쳐지나갔다.

나는 핸드폰을 찾아 들고 대문 앞에 서서 출근하는 은하가 나오길 기다렸다. 은하의 빨간 승용차가 나를 보고 멈춰 섰다.

"무슨…… 할말 있으세요?"

나는 가만히 핸드폰을 내밀었다. 핸드폰에는 수민의 사진을 띄워놓고 있었다.

"이 아이는 누구예요?"

은하가 사진 속 아이를 유심히 쳐다봤다.

"제 친구 딸이에요. 이름은 이수민인데……. 이 아이가 얼마 전에 가출을 했어요. 그래서 지금 어디 있는지 친구가 찾고 있는데 어떻게 해야 할까요? 아니, 어디 있는지 혹시 알 수 있는 방법이 있을까요? 그게, 친구가 경찰에 가출 신고를 했는데, 단순 가출은 수사를 안 해준다고 하고, 친구가 지금 수민이를 너무 걱정하고 있어서……. 변호사시니까 어떻게 알 수 있지 않을까 해서요. 이 아이의 인터넷 접속 기록 같은 거나……."

이야기를 주의깊게 듣던 은하가 내 안색을 살폈다.

"근데…… 전 상속 전문이라서……."

4월 19일 화요일

"불가능한 건가요?"

내 불안해하는 표정을 걱정스럽게 보던 은하가 사진을 다시 살폈다.

"뭐, 한번 알아볼게요. 아는 경찰이 있는데…… 가출 청소년을 찾으려면 어떻게 해야 하는지 물어볼 수는 있어요. 사진이랑 아이 이름 문자로 보내주시겠어요? 아이 인적사항이랑……. 아, 제 전화번호를 모르시죠?"

은하는 내 핸드폰을 가져가더니 자기 번호를 꾹꾹 눌렀다. "그러니까 이 아이 이름이 이수민이란 거죠. 집주소나 아이 핸드폰 번호 같은 것도 알려주세요."

물론 나는 이 아이의 집주소를 알지 못했다. 어떻게 은하에게 둘러대야 하나 잠시 생각을 하는 도중, 나를 관찰하듯이 바라보던 은하가 안심시켰다.

"아! 괜찮아요. 몰라도 괜찮아요. 음…… 혹시 모르니까 미령의 핸드폰 번호도 입력해놓을게요."

은하는 내 핸드폰에 도우미인 미령의 번호를 저장했다.

"언제든 도움이 필요하면 바로 연락주세요. 제가 전화를 못 받을 땐 미령한테 연락하면 도와줄 거예요."

나는 은하의 태도가 매우 이상하다고 느꼈다. 수민에 대해 도움을 요청했을 뿐인데, 마치 수민이 아닌 나를 도우려 애쓰고 있는 것 같았다. 은하는 핸드폰을 돌려주더니 내 신발을 흘끔 쳐다봤다. 은하의 시선에 당혹감이 들었지만 굳이 내색하진 않았다.

"아, 그리고 저번에 CCTV 확인해주신 거 감사해요. 남편한테 들었어요. 제가 정신이 없어서 바로 인사를 못 드렸네요."

"아…… . 네…… . 4월 9일 밤부터 다음날 아침까지 돌려봤지만…… 쓰레기 투기를 하는 사람은 없었어요. 하지만 뭐, 착각할 수 있죠! 그런 착각을 한다고 해서 잘못된 것도 아니고 이상한 것도 아니에요."

"네…… . 근데…… 혹시 저희 남편이…… 그날 집에서 나갈 때 수상한 사람을 봤다고 했는데, 그때 영상엔 정말 아무도 없었나요?"

은하는 CCTV 영상을 다시 떠올리는 듯했다.

"네, 남편분이 나가실 때 아무도 없었어요. 그때뿐 아니라 밤새 그 앞을 지나가는 사람은 없었어요. 지나가는 차들은 종종 있었지만…… ."

"아, 네…… ."

나는 은하의 말을 다시 되새겼다.

'남편분이 나가실 때 아무도 없었어요.'

아무도 없었다는 건 나에게 전혀 중요하지 않았다. 남편이 나갔다는 사실이 중요했다. 나는 오로지 이 한 가지 사실을 확인하기 위해 생각을 반복하며 집착해왔다. 내가 남편의 말대로 사리 분별을 하는 데 어려움을 겪고 있는 상태면 어쩌지 하는 불안감도 있었지만, 한편으로는 남편이 나에게 거짓말을 한 채 그날 밤 외출해서 무슨 범죄를 저질렀으면 어쩌지 하는 불안감과 맞서 싸워왔다. 옆집 여자의 말 한마디로 불안감의 추는 확실하게 한쪽으로 기울기 시작했다. 나는 이제 남편을 믿을 수 없었다.

"남편분이 주란 씨 걱정을 굉장히 많이 하시더라고요."

"네?"

"저희는 불편하거나 그런 거 없어요. 그러니 도움이 필요하면 연락 주세요."

구은하는 다시 한번 도움을 주겠다는 말을 강박적으로 반복하며 여전히 먼지투성이인 빨간색 승용차에 올라탔다. 차가 멀어지는 걸 보고 집으로 들어가기 위해 몸을 돌리자 옆집 대문 앞에 나와 있는 미령이 보였다. 그 여자도 은하처럼 내 발을 내려다보았다. 그제야 나도 시선을 아래로 돌려 발을 쳐다봤다. 나는 오른발에는 검은색 슬리퍼를 왼발엔 노란색 샌들을 신고 있었다.

상은

아침부터 집주인에게 전화가 왔다. 집주인은 전세 금액을 오천만 원이 아닌 사천만 원만 올려 받겠다고 했다. 구구절절 시세 탓을 했지만, 요점은 내가 불쌍하기 때문에 자신의 후한 인심으로 천만 원을 깎아주겠다는 이야기였다. 내가 묵묵히 듣기만 하고 고맙다는 인사를 하지 않자 집주인은 통화 말미에 역정을 냈다. 나는 집주인에게 전셋값을 깎아달라고 요청한 적이 없었다. 집주인 혼자 나를 불쌍히 여기고는 자신의 인정에 도취되어 깎아주겠다는 전화를 먼저 걸어놓고 감사의 말까지 듣고 싶어 했을 뿐이다.

나는 이곳에서 계속 살 생각이 없었다. 욕실의 물때는 아무리 닦아도 벗겨지지 않는데다 방문에 붙여놓은 시트지는 다 벗겨지고 방역이 제대로 되지 않아 수시로 벌레가 나오는 이 오래된 아파트에 애정은 남아 있지 않았다. 나는 새로운 곳에서 새롭게 살고 싶었다.

밖으로 나갈 채비를 하고 현관문을 닫자, 문에 새로 분양을 시작한다는 송도의 아파트 광고 전단이 붙어 있었다.

3000세대의 프리미엄 대단지에 바다 조망, 글로벌 교육 특구, 글로벌 투자 특구, 현대 프리미엄 아울렛과 롯데 복합 쇼핑몰 인접

광고 전단을 쓱 한번 훑어보곤 구겨버렸다.

4월 19일 화요일

나는 수민을 찾고 있었다. 수민의 핸드폰 속 오래된 메일들을 확인하여 아이가 구매한 상품의 배송지를 알아냈다. 수민에 대해 하나라도 더 알아야만 했다. 내일 저녁 박재호와 만나기 전까지 박재호보다 하나라도 더 유리한 위치를 점하고 싶었다.

수민네 집은 내가 살고 있는 곳에서 멀지 않았다. 택시는 십오 분을 달려 인천 간석동의 주택가 앞에 멈춰 섰다. 나는 652-5라는 번지수를 찾기 시작했다. 밀집한 다세대주택의 붉은 벽돌에 하얗게 지워지듯 적힌 652-5라는 숫자를 보고 이곳이 수민의 집임을 알았다. 사자 얼굴 손잡이가 달린 남색 대문은 활짝 열려 있었다. 나는 무턱대고 안으로 들어섰다.

낡은 삼 층의 다세대주택이었지만 계단마다 관리가 잘된 화분들이 빼곡히 놓여 있었고 현관문 앞에는 어린아이가 탈 법한 세발자전거도 놓여 있었다. 나는 커다란 거실 창을 통해 집안을 들여다봤다. 벽에 텔레비전이 걸려 있고 맞은편에 갈색 가죽소파가 놓인 평범한 풍경이었다. 살림살이가 많은 평범한 가정집의 거실. 나는 그런 집에 살아본 적이 없었으면서도 괜한 향수를 느꼈다.

어디선가 작은 강아지 한 마리가 달려와 짖기 시작하더니, 육십 대로 보이는 아주머니가 나를 보고 불쾌한 표정으로 현관문을 열었다.

"어떻게 오셨어요?"

"저, 여기 수민이란 아이가 살고 있지 않나요?"

"수민이? 수민이가 누구야? 요기 아랫집 사는 앤가? 중학교 다니는 애."

아주머니의 말에 아래를 보자, 1층에서 지하로 통하는 계단이 보였다. 단순한 지하 창고 문이라 생각했는데, 지하방이 수민의 집인 모양이었다.

"최근에 수민이 보신 적 있으세요?"

"글쎄……. 어휴, 몰라. 난 그런 거 잘 몰라. 가서 문 두들겨봐요. 사람 있을 거야."

아주머니는 귀찮은 기색으로 급히 문을 닫았다. 나는 1층 집의 현관 앞에 한동안 가만히 서서 고민했다.

괜히 나섰다가 무슨 함정에 빠지지 않을까 하는 우려가 뒤늦게 들었기 때문이다. 하지만 두려움은 잠깐 스치듯이 지나갔을 뿐 바로 머릿속에서 사라졌다. 나는 남편을 죽인 사람이라는 생각이 자잘한 두려움들을 집어삼켰다.

나는 계단을 내려가 회색 철문을 두드렸다. "계세요!"

문 너머로 아무런 기척도 없었다. 오전 11시 35분. 사람이 없을 확률이 큰 시간이다. 저녁 시간에 다시 와봐야 할까 고민하고 있을 때 끼익 하고 철문이 열리는 소리가 들렸다. 철문 틈으로 나타난 중년 남자는 급히 옷을 챙겨 입은 듯 셔츠 단추가 제대로 잠겨 있지 않았다.

"저, 여기가 수민이네 집인가요?"

"예, 어떻게…… 누구세요?"

남자의 두 눈에 두려움이 가득했다.

"아, 저는 수민이 학교 담임이에요."

남자에게 이것저것 묻기 위해서라도 선생인 척 둘러대는 게 좋겠다는 생각을 했다.

"네, 안녕하세요."

남자는 고개를 돌려 집안을 살피더니 난색을 표했다. 아마도 사람을 들이기엔 집 상태가 엉망인 듯했다.

"괜찮으시다면 들어가서 말씀드릴 게 있는데요."

나는 남자가 더 고민하지 않도록 문 쪽으로 한 걸음 다가섰다. 몸에 붙는 니트 원피스 때문인지 남자는 내가 임신중인 걸 알아챈 눈빛이었다. 임신한 여자를 건장한 남자가 경계할 이유가 없었기에, 남자는 민망하지만 어쩔 수 없다는 듯 나를 안으로 들였다.

지하방은 싱크대가 들어선 비좁은 거실과 방이 한 칸뿐인 분리형 원룸 형태였다. 거실은 비좁아 성인 두 명이 앉기에 무리였다. 하지만 나를 방으로 들이기도 애매했는지 남자는 계속 거실에 서 있었다. 나는 그런 남자를 무시한 채 방문을 열고 방안으로 들어섰다. 쓰레기봉투가 구석에 아무렇게나 놓여 있었고, 그 옆으로 요와 이불이 방 한가운데 펼쳐진 채로 있었다. 남자는 급히 방으로 들어서며 요를 한쪽 구석으로 접어 밀었다.

얼룩덜룩한 벽 한쪽에는 여자아이의 유치원 졸업 사진이 걸려 있었다. 수민의 사진인 듯했다. 두 뺨이 통통한 아이가 사진 속에서 어색한 미소를 짓고 있었다. 방 중간 천장에는 레일을 달고 커튼이 쳐져 있었다. 행거에 사용하는 레일과 커튼이었다.

"집이 좀 그러시죠? 밖에 커피 가게가 있는데……"

"괜찮아요. 수민이가 어떻게 지냈는지 궁금하기도 해서요."

남자는 괜히 거실의 작은 냉장고를 뒤적였다.

"물 한잔 주시겠어요?"

남자는 그제야 생수통을 꺼내서는 컵에 물을 따랐다. 나는 생뚱맞게 방 중간에 달린 커튼을 젖혔다. 커튼 안쪽으로 또다른 공간이 보였다.

영화 팸플릿이 한쪽 벽면에 가득 붙어 있는 공간이었다. 그 공간의 구석에는 수민의 것으로 보이는 낡은 인형 몇 개가 보였다. 서랍장 밖으로 여자아이의 옷들이 보였고, 옷걸이에는 중학교 교복이 걸려 있었다. 수민의 공간인 듯했다.

원룸의 방 하나를 커튼으로 구분하고 사는 가족이라니. 수민은 그 공간을 자신의 공간처럼 만들기 위해 최대한 노력한 것 같았다. 커튼 바깥쪽으로 낡은 종이가 실핀으로 고정된 채 붙어 있었다. 종이에는 "노크하시오"라고 적혀 있었다. '노크하시오'라는 글귀가 이렇게 처연해 보이기는 처음이었다.

"여긴 근데 어쩐 일로……."

"수민이가 계속 결석을 해서요."

"아, 그래요."

남자는 두 손으로 정중하게 물컵을 내밀었다. 남자는 수민에 대해 아무것도 모르는 아버지 같았다.

"수민이가 집에도 안 들어오나요?"

남자는 벽에 걸린 달력을 들춰봤다.

"글쎄……. 한 달은 넘은 거 같은데요……. 애가 지 방이 없으니까 아무래도 중학교 들어가면서부터는 친구네 집에 있겠다고 한 적이 워낙에 많고, 애가 나쁜 애들이랑 어울리는지…… 그래요."

"아이를 안 찾으세요?"

"지가 지 발로 나갔는데요, 뭐. 찾는다고 찾아지나요. 친구가 가족보다 좋다는데."

"그럼 실종 신고도 안 하신 거구요?"

내 말에 남자가 웃었다.

"지 스스로 나갔는데 무슨 실종 신고를 합니까. 지 아빠 고생하는 줄 알고 철들어서 정신 차리고 들어와야지."

커튼으로라도 아이의 공간을 만들어준 다정한 아빠라고 생각했는데, 남자는 무책임하고 나약했다.

나는 자리에서 일어나 아이가 쓰던 물건들을 쳐다봤다. 중학교 아이라면 좋아하는 연예인 사진을 붙일 법도 한데 수민은 벽면을 영화 팸플릿으로 가득채워 놓고 있었다.

"수민이가 영화를 좋아하나 봐요?"

"아, 그건 곰팡이 때문에……."

나는 커튼 안쪽으로 눅눅한 공기가 가득하다는 걸 문득 깨달았다. 영화 팸플릿을 살짝 떼어내자 벽에 가득 핀 곰팡이가 보였다.

"결석을 오래해서 수민이를 찾고 싶은데요. 아이가 있을 만한 곳이 있을까요?"

남자는 황당하다는 듯이 나를 쳐다봤다.

"그걸 제가 어떻게 압니까? 선생님이 아셔야죠."

무능력한 남자가, 선생으로서의 내 무능력을 탓하고 있었다. 자신의 삶뿐만 아니라 아이까지 이렇게 무책임하게 방치하는 이 남자는 왜 살고 있는 걸까. '차라리 죽어버려'라는 말이 목까지 차올랐다.

"여긴 뭐가 있었나요?"

수민의 책상 위로 벽지의 색이 작은 사각형 모양을 내며 다르게 바래 있었다. 최근까지 그곳에 액자 같은 게 걸려 있었던

4월 19일 화요일

모양이다.

"지 엄마 사진요. 아마 저번에 나갈 때 떼어 간 모양인데……"

"이혼하신 건가요?"

"아니요, 사별했습니다만……"

나는 수민의 집을 방문하면 아이가 언제부터 실종됐는지를 알 수 있을 거라 여겼다. 하지만 내가 알게 된 건, 수민이는 다신 집에 안 들어올 각오로 가출을 했다는 것뿐이었다. 아이는 자신에게 가장 소중한 것을 가지고 집을 영영 떠날 마음이었던 거다.

"실종 신고는 가족이 해야 해요. 아버님이 실종 신고를 해야 수민이를 찾을 수 있다는 말이에요. 아이는 아마 절대 제 발로 걸어 들어오지 않을 거예요."

내 말을 들은 남자는 휴지에 케엑 하고 가래를 뱉었다. 아무래도 내 충고가 듣기 불편하고 거북한 모양이었다. 나도 괜한 충고를 했다고 후회했다.

나는 수민의 집을 나와 간석동에서 십정동 방향으로 걸었다. 수민의 아빠를 만난 이후로 이상하게 남편이 계속 떠올랐다. 둘은 너무 대조적이라 오히려 비슷하게 느껴졌다. 수민의 아빠는 가정에 관심이 없는 정도를 넘어 무책임했고, 남편은

마당이 있는 집

220

관심을 넘어 질릴 만큼 가정에 집착했다. 남편은 저수지 위로 떠올랐지만, 저 남자의 딸인 수민은 저수지 아래로 가라앉았을 수도 있다. 어쩌면 박재호와 남편이 만나기로 했던 기산 저수지에서 수민 역시 살해당했을지 모른다.

시끄러운 시장 앞 버스 정류장에 멈춰 서서 노선을 살폈다. 십정동으로 가는 버스 번호를 확인했을 때 가방에 넣어둔 핸드폰 진동이 느껴졌다. 나는 대수롭지 않게 전화를 받았다. 전화 너머로 들리는 목소리는 뜻밖에도 김주란이었다. 여전히 머뭇거리고 갈팡질팡하며 혼란스러워하는 어투였다.

"그 핸드폰…… 경찰에…… 넘길 건가요?"

"글쎄요, 제가 그 물음에 답해야 하나요?"

"아니요, 그래요. 아니……. 저희 남편이 그 아이가 어디 있는지 알 거라고 했죠?"

김주란이 박재호에게 수민의 행방에 대해서 묻기라도 한 걸까, 하는 생각이 스쳤다. 나는 김주란의 질문에 답하지 않는 것으로 다음 말을 재촉했다.

"저한테 준 연락처요. 최태경. 수민이를 찾고 있는 친구라고 했죠? 제가 그 아이한테 연락을 했어요."

김주란이 우리집을 방문했을 때, 수민에 대해 직접 알아보라며 건넨 연락처를 말하는 듯했다. 그 연락처를 건넸을 때 김주란이 최태경에게 연락을 할 거라고 기대하진 않았다. 나는 그저 수민에 대해 김주란이 알아낼 수 있는 두 가지 방법을 재미 삼아 제시했을 뿐이다. 수민의 친구에게 연락하거나 박재호에게 직접 물어보거나. 김주란은 손쉬운 방법 대신 어려운 방법을 택한 모양이다.

최태경이란 아이는 아마도 아파트 지하 주차장까지 남편을 따라와 폭행한 일행 중 한 명일 거다. 폭행의 이유에 수민이 있을 테고.

"최태경이란 아이도 저를 만나고 싶대요. 근데 저 혼자 나갈 순 없어요. 저랑 동행해줘요."

순간 내가 들은 단어를 의심했다. 동행?

"네?"

"저랑 동행해줘요. 저랑 같이 최태경을 만나러 가요. 상은씨가 제 남편을 살인자라고 했으니 자신의 말에 책임을 져야죠. 저 지금 인천으로 가는 중이에요. 차를 가져가니까 제가 상은 씨를 픽업할게요."

"네?"

김주란은 막무가내였다. 나는 어이없는 이 상황에, 기찬 웃음을 지으며 황당해하는 동안 집으로 가는 버스를 놓쳐버렸다.

김주란은 어떤 사실도 남편에게 직접 물어보지 못하는 상황임이 분명했다. 아니, 남편에게서 나오게 될 말이 두려운 듯했다. 남편이 범죄를 저질렀다고 고백이라도 할까 봐 두려운 건가? 설사 또 그렇다면 어떤가. 그저 남편이 주는 돈으로 고급스러운 옷을 사 입고 좋은 화장품을 쓰고 맛있는 걸 먹으면서 풍족한 여유로움을 즐기면 될 텐데. 김주란의 멍청함에 웃음이 나왔다.

뒤이어 십정동으로 가는 버스 한 대가 바로 또 도착했지만, 나는 이번에도 버스를 타지 않았다. 이번엔 김주란을 비웃느라 놓친 게 아니었다. 소름이 돋을 정도로 기시감이 들어 버스를 탈 수 없었다. 김주란의 멍청함을 비웃으며 했던 생각들은 남편이 항상 나를 두고 했던 말과 다름없었다.

나는 얼굴에서 웃음기를 거두었다. 남편을 증오하는 동안 나도 남편과 비슷한 사람이 되어버렸다. 어쩌면 김주란도 지금 박재호로부터 벗어나기 위해 과거의 나처럼 발버둥치고 있는 상황인 걸까?

나는 이미 좋은 사람이 되긴 글러버렸는데도 이상하게 김주란에게 미안한 감정 같은 것이 들었다.

주란

화요일과 목요일이면 승재는 대치동에 있는 영어 학원에 다녔다. 수업이 끝난 승재를 픽업해 집에 함께 오는 건 남편의 일이었기에, 나는 남편에게 전화해 저녁은 승재와 밖에서 해결하거나 어머니 댁에서 먹으라고 부탁했다. 대학 친구가 갑자기 심각한 일로 불러내는 바람에 급하게 약속이 잡혔다고 둘러댔다.

나는 오랜만에 내 오렌지색 볼보를 끌고 집을 나섰다. 서브로 남편이 몇 년 전에 사준 차였지만, 가까운 마트나 병원말고 고속도로까지 나오는 일은 드물었다.

막상 차를 끌고 나오자 두려움보다 성취감이 크게 느껴졌다. 오랫동안 잊고 있던 성취감이었다. 시험을 앞두고 밤을 새우며 열심히 공부한 대목을 시험지에서 확인했을 때 느끼던 기분과 비슷했다.

정보의 양과 질이 미미할지라도, 스스로 정보를 얻어냈다는 짜릿함마저 있었다. 그래서 두려웠지만 용기를 낼 수 있었다. 아침에 구은하로부터 4월 9일 남편이 밤에 외출했다는 사실을 듣자마자, 이상은에게 건네받은 메모지에 적힌 전화번호로 전화를 걸어야겠다고 다짐했다. 그날 남편이 무엇을 했는지, 이수민이라는 아이와 남편이 무슨 관계인지 스스로 알아내야 한다고 생각했다.

전화 너머로 무심한 남자아이의 목소리가 들렸다. 또박또박 말하지 않고 흘리는 듯한 발음은 영락없는 아이 말투였다. 수민이에 대해 묻는 나의 말에 상대 아이는 연신 "왜요?"라고 질문을 해댔다.

"잠깐 만날 수 있을까요?"

"왜요?"

"수민이에 대해 할말이 있어서요."

"왜요?"

"나도 수민이를 찾고 있어요."

"……."

내가 수민을 찾고 있다는 말에 아이는 갑자기 대답이 없어졌다.

"도와줘요. 궁금한 게 있어서 그래요."

"아, 씨……. 어디서 보지. 인하대 후문서 보실래요?"

"좋아요. 언제 괜찮아요?"

"아……. 내일 안 되는데, 모레도 그런데……. 오늘 보면 안 돼요? 이따 6시에 일 끝나고 잠깐 시간 되거든요."

"그래요. 그렇게 해요."

나는 전화를 끊고 한동안 멍하니 앉아 있었다. 내가 무슨 통화를 한 건지, 어쩌자고 이 아이를 만나겠다고 전화를 한 건지 자책하는 심정이 들었다. 한편으로 최태경이란 아이의 태도나 목소리가 승재를 떠올리게 했다. 최태경이란 아이도 아들뻘의 평범한 아이로 생각한다면 걱정할 것 없었다. 하지만 이 아이를 나 홀로 만나는 건 위험한 일이기도 했다. '누군가와 함께 가야 한다.' 머릿속에 몇몇 친구들의 얼굴이 떠올랐지만 그들에게 왜 이런 부탁을 하는지 설명할 구실을 찾기 힘들었다.

최태경의 전화번호를 건넨 상은에게 다시 전화를 하기로 나는 마음을 먹었다. 적어도 그 여자 앞에서라면 괜히 고상한 구실을 꾸밀 필요는 없었다. 게다가 혹시라도 나를 농락한 거라면 이 일에 대해 책임을 져야 했다.

우려와 달리 상은은 황당해하면서도 쉽게 동행을 허락했다. 뜻대로 약속들을 잡고 나자 이번엔 근본적인 걱정이 앞을 가로막았다. '수민이와 남편이 나쁜 일로 엮여 있으면 어쩌지', '남편이 정말 범죄를 저질렀으면 어쩌지' 하는 우려였다. 아이의 하얗고 말간 얼굴이 눈앞에 떠오르자 나도 모르게 탄식이 나왔다. 나는 지금 무슨 짓을 하고 있는 걸까?

차는 경인고속도로를 달리고 있었다. 걱정 때문일까 좀처럼 속력을 내지 못하고 느리게 달리는 차를 뒤차들이 연이어 추월했다. 갓길에는 사고가 났는지 차량 두 대가 범퍼가 파손된 채로 레커차에 걸려 있었다. 사람들이 사고 차량 밖으로 나와서 다투는 사이로 작은 여자아이가 우는 소리가 들렸다. 사고 현장은 순식간에 지나쳤지만 아이의 울음소리는 계속 불길하게 귓가에 남았다.

인천의 인하 대학교 후문은 차와 인파로 가득해 번잡함 그 자체였다. 나는 비상등을 켠 채로 후문 근처에 정차를 하고 6시를 기다렸다. 시계는 5시 54분을 가리키고 있었다.

신호등이 몇 번 바뀌고 횡단보도를 건너는 사람들 무리를 의미 없이 지켜보고 있을 때, 내 차 앞으로 택시가 정차했다. 겨자색 니트 원피스를 입은 상은이 택시에서 내리는 모습이 보였다. 몸에 붙는 원피스 덕분에 배가 더 도드라져 보였다.

나는 승재를 임신했을 때, 사람들이 임신부라는 걸 알아보는 게 싫어 일부러 배를 가릴 수 있는 티셔츠와 밴딩 치마를 입고 그 위에 항상 니트와 카디건을 걸쳤던 일이 생각났다. 당시 나는 스물네 살밖에 안 된 어린 임신부였기에 사람들이 임신한 걸 알아보는 게 부끄러웠다. 하지만 상은은 충분히 감출 수 있음에도 일부러 드러내려는 듯 몸에 밀착되는 소재의 옷을 입고 있었다. 뻔뻔하게도 자신이 약자라는 사실을 전시하는 것 같았다.

상은이 몸을 숙이며 차 내부를 들여다보더니 바로 보조석 문을 열려고 했다. 내가 도어 잠금을 해제하자 당연하다는 듯이 문을 벌컥 열고 차에 올라탔다.

"저……. 제가 상은 씨한테 무리한 부탁을 한 건 아니죠?"

"괜찮아요."

상은은 자리에 앉자마자 창밖으로 시선을 돌렸다. 그렇게 상은과 나는 별다른 말 없이 최태경을 기다리며 앉아 있었다.

4월 19일 화요일

이 차로 중 한 차선을 막고 임시 정차한 탓에 내 차를 향해 경적 울리는 소리가 점점 잦아졌다. 삼십 분이 지났음에도 최태경은 나타나지도 않았고 전화도 받지 않았다. 그 아이가 나를 갖고 장난친 게 분명해졌고, 그래서 나는 점점 초조해졌지만, 상은의 표정은 점점 여유로워졌다. 나는 다시 최태경에게 전화를 하고 메시지를 보냈다.

—어디예요? 난 인하대 후문이에요.

하지만 어떤 전화도 답장도 오지 않았다. 상은은 기다림에 지쳤다는 듯 크게 한숨을 쉬었다.

"전 걔가 여기 안 올 것 같았어요."

상은이 한숨 뒤에 꺼낸 말이었다. 그 말은 묘하게 자존심을 건드렸다. 최태경이 안 올 줄 알면서도 내가 어떤 행동을 하는지 지켜보고 있었단 말인가.

"그게 무슨 의미예요? 안 올 것 같았다니?"

상은은 내 물음엔 관심 없다는 듯 팔짱을 끼곤 나를 쳐다봤다.

"남편한테 저 만난 거 얘기하셨어요?"

"아니요."

"수민이에 대한 건요?"

"아니요."

"왜 안 물어보세요. 남편을 믿지 못하시나 봐요."

상은의 질문에 쉽게 대답할 수 없었다. 남편에게 물으면 쉽게 해결될 일을 왜 이렇게 둘러 가느냐고 묻고 있는 것 같았다.

"남편이 저를 믿지 않으니까요."

남편은 나를 믿지 않았다. 그리고 언제나 내가 하는 생각들을 믿지 말라 당부했다.

내 대답에 상은이 팔짱을 풀고 나를 쳐다봤다. 그러더니 핸드폰을 꺼내 뭔가를 검색하더니 차의 내비게이션 쪽으로 몸을 숙였다.

"이거 주소 검색하려면 뭐 눌러야 하죠?"

"주소는 왜요?"

상은은 이번에도 대답을 하는 대신 내비게이션을 멋대로 누르며 주소를 입력했다. 인천광역시. 남구. 주안.

"여기로 가세요. 여기서 별로 안 멀어요. 한 십 분? 퇴근 시간이니까 더 걸리려나?"

"여기가 어딘데요?"

상은은 대답하지 않고 다시 창밖으로 시선을 돌렸다. 나는 차를 출발시키지 않았다. 상은이 입력한 목적지가 어디인지 알기 전에는 출발하지 않을 작정이었다.

이런 식의 대화에 넌덜머리가 났다. 아무도 나에게 진실을 말해주지 않고 어떻게 일이 진행되고 있는지도 알려주지 않았다. 어느새 그런 대화에 익숙해진 나는 정보가 부재한 대화들 사이를 헤집고 다니면서, 이 사람이 이런 의도인가 저런 의도인가 혼자 추측하며 최대한 상대를 배려하기 위해 최소한의 정보를 긍정적 방향으로 해석하며 행동했다. 나는 어린아이처럼 언제나 정보에 배제되고 소외되어왔다. 이 여자도 너무 당연하게 나를 무시하고 있었다. 이 여자마저.

"여기가 어디죠?"

나는 다시 상은에게 되물었다. 내 말투에는 어느새 분노가 섞여 있었다. 창밖을 보던 상은이 그제야 나를 돌아봤다. 분노가 섞인 말투에 희미한 미소를 보였다.

"주안의 모텔촌이에요. 어쩌면 수민이 친구들이 여기 있을지도 몰라요."

"수민이 친구들이 여기 있다는 걸 알고 있었어요?"

"아니요. 알아낸 거죠."

상은이 나에게 사진 한 장을 보여줬다. 침대 위에서 찍은 수민의 셀카 사진이었다. 수민의 얼굴 뒤편의 창문 너머로 '메트로 모텔'이라는 상호가 보였다.

"이 방에서 찍은 사진이 많은데…… 나는 여기가 수민이 방인 줄 알았거든요. 근데 수민이네 집은 지하라 창밖으로 아무것도 보이지 않더라고요. 그래서 여기 창밖으로 보이는 모텔 이름을 검색해봤어요. 이 방에서 수민이말고 다른 친구들을 찍은 사진도 있어요. 최태경이 여기 있을지는 모르겠지만 다른 친구들은 있을 수 있으니까요."

"그렇게 잘 알고 있으면서 왜 나한테는 말 안 했어요?"

"최태경이 혹시나 나올지도 모른다고 생각하고 기다린 거예요. 그리고 원래 여기는 오늘 주란 씨가 저한테 전화 안 했으면 혼자라도 가보려고 했던 곳이고요."

상은의 말에 오히려 차를 출발시키기 두려웠다. 철저한 상은의 태도에 내가 덫에 걸린 건 아닐까 하는 걱정이 뒤늦게 들기 시작했다.

"나는 증거가 찾고 싶은 거고, 주란 씨는 사실을 알고 싶은 거잖아요. 그러면 끝. 남편분에게 얘기해도 전 상관없어요. 이건 비밀 행동 같은 것도 아니고, 각자 필요해서 어쩌다 같이 가게 된 거니까."

상은이 증거라는 말을 했다. 무슨 증거라는 걸까. 남편이 범인이라는 증거 말일까? 상은은 왜 내 남편을 의심하면서 경찰에 신고를 하지 않고 임신한 몸으로 혼자 증거를 찾고 있는 걸까? 내가 심각한 표정을 짓자 상은이 나에게 낯선 미소를 지어 보이며 어서 출발하자고 재촉했다. 나는 비상등을 끄고 핸들을 꺾어 주안으로 향했다.

메트로 모텔 맞은편에는 스위스 모텔이 있었다. 모텔이 죽 늘어선 골목은 주꾸미 가게와 포차들이 즐비했고 그 길의 구석으로는 작은 교회도 보였다. 어린아이들과 직장인들이 혼재된 지저분한 길이었다.

길가에 대충 주차를 하고 유럽의 고풍스러운 성 모양을 흉내낸 삼 층짜리 스위스 모텔 앞에 섰다. 나는 여태껏 모텔이란 곳에 와본 적이 없었다. 나는 매일 메이크업이 되는 호텔에서도 유독 꼼꼼하게 베개와 침구류의 습기와 오물을 체크하는 사람이었다.

모텔 앞에서 머뭇거리는 나와는 달리 상은은 거리낌없이 로비로 들어섰다. 그 뒤를 따라 로비로 들어서자 눅눅하고 불쾌한 기운이 훅 뻗쳐 왔다. 갈색과 노란색이 어지럽게 섞인 싸구려 대리석으로 장식한 모텔 로비의 인테리어는 볼품없었다. 카운터의 작은 창문이 열리고 사십 대로 보이는 남자가 얼굴을 빼꼼 내밀었다. 상은과 나를 의외라는 눈빛으로 쳐다보았다.

상은은 대뜸 핸드폰을 꺼내 수민의 사진을 남자에게 보였다.

"얘, 아세요?"

남자는 사진을 보더니 인상을 쓰고 고개를 절레절레 흔들며 핸드폰을 상은에게 돌려줬다.

"모릅니다."

"전혀 본 적이 없어요?"

"모릅니다."

"그럼, 최태경. 최태경이란 아이는요? 여기."

상은이 다른 사진을 내밀자 남자의 안색이 변했다.

"얘는 왜요?"

"아! 태경이 부탁받고 온 거예요. 최태경. 얘가 요 앞에서 보기로 하고 전화를 안 받아서……."

상은은 능숙하게 둘러댔다. 남자는 그제야 상은과 나를 번갈아 쳐다보더니 고개를 까닥하며 우리 뒤를 가리켰다. 뒤돌자 파마머리를 하고 삐쩍 마른 남자애가 배달용 오토바이에서 내리고 있었다.

"최태경?"

내가 이름을 부르자 최태경은 그제야 우리 둘의 존재를 알아채고 주춤했다.

"누구세요?"

"인하대 후문!"

"아, 저한테 전화한 사람이세요?"

아이는 민망한 미소를 지으며 한편으론 우리를 계속 탐색하고 있었다. "아, 여긴 어떻게? 수민이랑 무슨 관계이신데요? 여기 수민이 없어요. 가세요."

"수민이 친척이야. 아, 그러니까 수민이 돌아가신 엄마 쪽."

아이는 상은의 임신한 배를 쳐다봤다.

"이모세요?"

"······응."

"아······. 진짜요? 우와."

아이는 상은이 임신부이기 때문에 자신을 해코지하지 않을 거라고 생각하고 그제야 우리에 대한 경계를 한층 내려놓는 듯싶었다. 어쩌면 상은은 일부러 몸에 붙는 옷을 입었는지도 모르겠다고 생각했다.

"근데 왜요? 수민이가 아줌마네 있는 거예요?"

"아니······."

그때 유난히 시끄러운 슬리퍼 소리를 내며 위층에서 분홍색 수면 바지에 티셔츠를 입은 여자애 한 명과 태경 또래로 보이는 남자애 한 명이 내려와 태경에게 아는 체를 했다.

"아빠! 꽈자 꽈자!"

아이들은 비슷한 또래인 태경을 아빠라 부르며 장난스럽게 다가오다가 태경 앞에 선 상은과 나를 보고는 주춤하며 뒤로 물러섰다. 태경은 두 손에 들고 있던 봉지를 아이들을 향해 흔들어 보였다.

"수민이 이모래!"

"진짜? 짜증! 수민이 이모네서 잠수 탄 거야?"

"수민이가 지 물건 갖다달래요? 와······. 전화 다 씹고!"

나는 아이들의 대화가 도통 이해가 되질 않아 상은을 쳐다봤다. 상은은 입술을 잘근 씹으며 생각에 빠져 있는 듯했다.

아이들은 태경의 손에 들린 봉지를 열어 과자 종류를 확인했다.

"웨하스, 꿀꽈배기. 할아버지야 뭐야. 꽈자 왜 이래?"

"있지. 실은 나도 수민이를 찾고 있는 거야."

상은의 그 말에 천진한 표정을 짓던 아이들의 표정이 눈에 띄게 침울해졌다.

"너네 근데 배고프지 않니?"

상은의 말에 아이들은 격하게 고개를 끄덕였다.

모텔방은 침대와 작은 텔레비전, 냉장고만으로도 비좁았다. 과자 봉지와 컵라면 용기들이 바닥에 널브러져 있고 아이들의 속옷과 양말이 창틀과 텔레비전 선반 곳곳에 걸려 있었다. 빨래를 하고 널어둔 것처럼 보였다. 싸구려 세제 냄새와 쿰쿰한 냄새가 뒤섞인 어두운 방안은 음습했다. 도대체 이 아이들은 이 방에 얼마나 머무르고 있었던 걸까.

"수민이랑 넷이서 여기서 지낸 거야?"

"네, 여기 살 만해요. 창문도 있잖아요. 이전엔 먹방이었거든요. 창문 없는 방. 여기가 만 원 더 비싼데, 그래도 사람이 햇빛도 쐬면서 살아야 되지 않겠어요?"

용태라는 아이가 입에 탕수육을 욱여넣으며 제법 능글맞게 자신의 방을 소개했다. 아이들은 상은과 내가 시켜준 짜장면과 탕수육이 만찬이라도 되는 듯이 허겁지겁 먹기 시작했다.

"근데 수민이가 뭐라고 하고 여기서 나간 거야?"

"그거 말해주면 돈 주실래요?"

채영이란 여자아이가 배시시 웃으며 말했다. 나는 아이의 반응에 당황했지만 상은은 고개를 끄덕였다.

"그럼, 돈 줘야지. 얼마를 줘야 할까? 십만 원?"

채영이는 다시 거래를 하려는 듯 돈을 올려 불렀다.

"십오만 원요."

"그래, 그러자."

상은은 지갑을 꺼내더니 오만 원권 지폐 한 장을 꺼내 아이들에게 건넸다.

"현금은 이거밖에 없고, 이따가 밖에 있는 현금인출기에서 마저 찾아서 줄게."

채영은 상은의 손에서 돈을 재빠르게 낚아 주머니에 넣었다.

"삼월이었지, 아빠?"

채영이 태경을 보며 물었다.

"근데 왜 넌 태경이한테 아빠라고 해?"

"아, 그냥……. 그게 저희끼리 저희가 팸이잖아요, 패밀리. 그래서 그냥 저희끼리 태경 오빠가 제일 나이가 많으니까 아빠라고 하고, 수민이는 저랑 동갑이긴 한데 생일이 빨라요. 수민이가 돈을 잘 벌고 청소랑 빨래도 제일 많이 하고……. 그리고 애가 또 성격이 다정해요. 그래서 수민이가 엄마 하고. 용태 오빠가 첫째 하고 제가 막내딸 하고. 그게 그냥 저희끼리 장난처럼."

가출한 아이들끼리 가족의 역할을 나누고 지냈다는 이야기가 기이하게 들렸다. 채영이란 아이는 제법 논리적으로 상황을 설명하고 수민이 사라진 날짜를 추리했다.

"근데 그날이잖아. 태경 오빠랑 수민이랑 싸워가지고. 왜, 나 생리통 때문에 약국 갔었는데 오빠가 때려가지고 수민이가 막 화내면서 나가가지고. 근데 왜 둘이 싸웠지? 우리는 근데 수민이가 금방 돌아올 줄 알았거든요. 왜냐면 보면 아시겠지만, 가출해서 사는 애들 중에 질 나쁜 애들이 디게 많거든요. 근데 저희는 막 그렇지는 않고 서로 디게 친해요. 서로 나쁘게도 안 하고."

채영은 핸드폰으로 날짜를 확인했다.

"20일이다. 나 생리 둘째 날!"

"확실해? 확실해야 나머지 돈을 줄 거야."

"맞아요. 이봐요, 생리 둘째 날!"

아이는 핸드폰에 깔린 생리 주기 앱을 보여줬다. 그러더니 채영은 상은의 배를 쳐다봤다.

"임신하셨네요?"

"응."

"근데…… 실은 수민이 이모 아니죠? 수민이가 아줌마 남편이랑 만남했어요?"

그 말에 표정이 굳은 건 상은이 아니라 나였다. 상은은 아니라고 대답을 했지만 나는 쉽사리 아니라는 말을 꺼내지 못했다. 상은은 핸드폰에서 다른 사진을 찾더니 아이들에게 내밀었다.

"이게 혹시 너희니?"

정확히 알아보기 힘든 사진이었다. 헬멧을 쓴 남자들이 화면에 작게 찍혀 있었는데 한쪽으로 다른 남자가 바닥에 쓰러져 있었다. 아이들은 사진을 보더니 당황하는 표정이었다.

"저희 아닌데요."

"응, 그렇구나. 그럼 이 CCTV 영상 경찰한테 보여줘도 너네는 상관없니?"

"아줌마 누구세요? 수민이 이모 아니죠?"

태경이 다시 경계하며 묻자 상은은 사진 속 쓰러져 있는 남자를 손으로 가리켰다.

"나는 이 사람 부인이야."

"저흰 이거랑 전혀 상관없는데요."

용태 역시 상은과 나를 경계하는 눈빛이 되어 힐끔힐끔 살피기 시작했다. 상은은 그런 아이들의 반응에 전혀 신경쓰지 않았다.

"이 아저씨가 열흘 전에 죽었거든."

태경이 먹던 짜장면 그릇을 바닥에 던지며 일어났다.

"우리 아니에요! 씨발! 어디 덮어씌우려고! 이 아저씨가 먼저 우리 찾아왔어요! 괜히 수민이에 대해서 물어보고! 그래서 우리는 이 아저씨가 수민이 어떻게 했다고 생각해서 그런 거예요. 나이프 쓴 거도 아니고 각목으로 위협만 할라 그랬는데. 이 아저씨 수민이 스토커란 말이에요! 어디 신고해봐요! 씨발, 미성년자랑 했다고 나도 다 말해버리게!"

"수민이가 조건 만남 자주했나 보네, 그렇지?"

흥분한 태경과 달리 상은은 침착하게 질문을 이어갔다. 채영이 흥분한 태경을 앉으라고 잡아끌었다.

"근데요……. 그것도 누가 시킨 거 아니고요, 수민이가 우리 먹여 살린다고 하기 시작한 거예요. 엄마니까!"

엄마니까. 채영의 말에 내 귀를 의심했다. 이 아이들은 서로 아빠와 엄마 역할을 나누고, 엄마 역할을 맡은 수민이 끼니를 때울 음식과 생필품을 사기 위해 몸을 파는 걸 방관했다는 얘기 아닌가. 엄마 역할을 맡았기 때문에 자의든 타의든 몸을 팔았을 십 대 여자아이를 생각하니 끔찍했다.

"나가세요! 나가요! 더이상 할말 없어요!"

태경이 말리는 채영을 뿌리치더니 상은과 내 팔을 끌어당기며 우리를 강제로 내쫓았다.

4월 19일 화요일

239

상은과 나는 스위스 모텔에서 쫓겨났다. 3층의 아이들이 사는 방의 창문이 세게 쾅 닫히는 소리가 들렸다. 내가 차로 이동하려 하자 상은은 편의점으로 들어가 현금 이십만 원을 인출해 나왔다.

"약속은 약속이니까 주기로 한 돈은 줘야죠."

나는 모텔 앞에 그대로 서서 다시 아이들이 사는 방으로 들어가는 상은을 지켜볼 뿐이었다. 머리가 지끈거렸다. 아이들이 말한 내용을 믿을 수 없었다. 아이들도 자신들에게 유리하게 상황을 각색하고 기억하려 할 뿐이다. 나는 이 아이들이 처한 상황이 끔찍했고, 김윤범을 향해 각목을 휘두르던 사진 속 아이들을 떠올리며 몸서리쳤다. 나는 홀로 차로 돌아와 시동을 걸었다. 이런 곳에 혼자 서 있는 것만으로도 두려웠다. 상은은 아무렇지 않은 표정으로 모텔을 걸어나와 조수석에 올라탔다.

"저 좀 집까지 데려다주시겠어요? 아무래도 힘드네요."

차에 앉은 상은은 급격하게 피곤해진 듯했다. 상은은 왜 수민이 없어졌다고 생각하면서도 경찰에 신고하지 않는 걸까? 김윤범도 수민에 대해 알아보기 위해 우리처럼 이곳을 찾았고 아이들에게 폭행을 당했음에도 신고하지 않았다고 했다. 생전 김윤범이 의사들을 협박하고 다녔다는 남편 후배의 이야기가 떠올랐다. 김윤범이 남편에게도 협박을 했을까? 단순히 리베이트에 관련된 협박이었을까. 아니면 정말 이수민이란 아이와 관련된 협박이었을까?

나는 눈을 감고 있는 상은을 흘끔 쳐다봤다. 이 여자도 경찰에 신고하지 않고 죽은 남편처럼 이수민의 뒤를 알아보고 있었다. 남편을 협박해서 돈을 뜯어내기 위해서?

상은은 눈을 감고 있었지만 뭔가 골똘히 생각하고 계산하는 것 같기도 했다. 남편을 협박할 만한 증거를 찾은 걸까?

나는 아이들이 들려줬던 이야기들을 복기했다. 수민은 3월 20일부터 사라져 연락이 두절되었다고 했다. 그날이 무슨 요일이었는지……. 그날 남편은 어디에 있었는지……. 정리되지 않은 생각들이 마구잡이로 머릿속을 헤집어놓았다. 그러는 사이 차는 십정동 상은의 아파트 앞에 도착했다.

"잠시만 여기서 기다리시겠어요?"

상은은 이젠 나를 친근하게 바라보고 있었다. 나는 아파트 현관으로 총총 사라지는 상은의 뒷모습을 바라봤다. 3월 20일에 내가 뭘 했는지, 남편이 어디 있었는지 나는 생각해야 했다. 하지만 그날은 그저 평범한 날들 중 하루처럼 쉽게 구체화되지 않았다. 내 머릿속엔 그날의 어떤 이미지도 남아 있지 않았다.

다시 현관으로 나타난 상은은 종이가방을 들고 있었다. 그

종이가방을 창문으로 쓱 밀어넣으며 내게 건넸다.

"이게 뭐예요?"

종이가방을 보자 안에는 박스가 보였다. 박스 안으로 작은 소형 카메라와 케이블이 보였다.

"주란 씨도 이혼을 준비하려면 증거가 필요할 수도 있으니까요."

상은은 그 말을 하고는 다시 아파트 현관 너머로 사라졌다. 이혼이라니……. 나는 한 번도 이혼이란 걸 생각해본 적이 없다. 누구나 한 번은 장난스럽게라도 생각해보는 이혼에 대해서 나는 한 번도 생각해본 적이 없었다. 그런데 상은은 너무 당연하게도 내가 이혼을 준비할 거라 여겼다.

남편이 어린 여자아이와 조건 만남을 했기 때문에? 소아성애자일지도 모르니까? 어쩌면 김윤범을 죽인 살인범일 수도 있으니까?

나는 여전히 어떤 사실도 받아들일 수 없었기에 당연히 이혼에 대한 고민도 하지 않았다. 남편이 모텔방에 있던 아이들 또래의 여자애를 성매매했다는 객관적인 증거는 없었다. 그건 너무도 비상식적이며 끔찍한 일이었다. 내가 남편을 의심하게끔 저 여자가 이끌고 있는 것 아닌가? 나에게 남편이 살인자라고 말하고 여기까지 오게 덫을 친 게 아닐까? 어쩌면 남편과 저 여자가 이전부터 아는 사이라서 남편이 나와 이혼하기 위해 덫을 놓은 건 아닐까? 위자료 때문에? 내가 매달릴까 봐?

아…… 남편이 무고한 자신을 협박하는 김윤범을 살해했다는 편이 차라리 쉽게 이해가 될 정도였다.

우리 부부는 습관적일지라도 일주일에 한 번은 관계를 가졌고, 남편은 변태적인 행위를 요구하거나 강요한 적이 한 번도 없었다. 게다가 내가 정서적으로 힘들어하거나 우울해할 때면, 남편은 나를 위해 최선을 다하고 내가 평정심을 찾도록 도와줬다. 그래, 4월 9일 김윤범이 죽었던 그날도 사실 남편은 나를 위해 마사지를 해주고 허브티를 주고…….

나는 갓길에 급히 차를 세웠다. 온몸에 힘이 빠지고 손이 떨려 운전을 할 수 없었다.

허브티. 그래, 기억이 났다. 김윤범이 죽은 그날, 4월 9일. 남편이 나에게 따뜻한 허브티를 건네고 잠이 잘 오도록 마사지를 해줬던 그날. 그리고 4월 10일에 승재와 나는 늦잠을 잤다. 승재의 침대 옆 책상에는 우유가 담긴 컵이 놓여 있었다. 승재는 유당에 민감해 우유를 마시면 다음날 설사를 하기 때문에 내가 줬을 리는 없다. 승재 역시 자신의 몸 상태를 잘 알기 때문에 급식으로 나오는 우유도 항상 친구들에게 주거나 버린다고 말했다. 승재가 우유를 마시지 않는다는 걸 말한 적이 있지만 남편은 대수롭지 않게 여겼다. 어차피 아이가 먹는 것에 관해서는 다 나에게 맡겼으니까. 우유를 남편이 승재에게 건넸다면…… 남편이 강요했다면, 아빠를 무서워하는 승재는 속이 불편할 줄 알면서도 마셨을 것이다. 그러니까 남편은 그날 우리에게 허브티와 우유를 먹여서 재웠던 거다. 안에 수면제를 넣어서.

그날 내가 왜 힘들어하며 남편에게 투정을 부렸었는지 깨달았다. 그 일을 나는 까맣게 잊고 있었다.

아……. 그러니까…… 나는…… 수민이 지금 어디 있는지 알아버렸다.

4월 20일 수요일

상은

부평역 사거리의 스타벅스에서 박재호를 기다렸다. 커피숍은 사람들로 가득했고, 나는 간신히 창가 쪽 2인용 테이블에 자리를 잡을 수 있었다. 이곳은 남편을 죽인 여자와 미성년자 성매매를 한 남자가 만나기에 여러모로 적절한 장소는 아니었다.

이런 시끄러운 장소를 약속 장소로 정한 것은 내 선택이었다. 소음이 가득하고 사람이 많은 곳이 오히려 안전하다고 생각했다. 그리고 우리를 지켜봐야 하는 사람에 대한 작은 배려이기도 했다.

약속 시간인 8시가 이십 분이나 지나서야 스타벅스의 입구로 들어서는 박재호가 보였다. 박재호는 들어서자마자 단박에 나를 알아봤다. 마치 친근한 친구를 만나러 온 사람처럼 웃으며 나에게 다가왔다.

"죄송합니다. 대중교통을 이용했더니 착오가 있었어요."

박재호는 굳이 쓸데없는 변명을 늘어놓고는 빈 테이블을 쳐다봤다.

"음료 주문하죠."

박재호는 카운터로 가더니 메뉴를 한참 올려다봤다. 사뭇 진지하게 이 자리에 나온 나에 비하면 박재호의 태도는 너무도 편안해 보였다. 곧 음료 두 잔을 들고 와 한 잔을 내 앞에 놓았다.

"커피는 안 좋으실 것 같아서 과일주스로 주문했어요."

박재호는 자신 앞에 놓인 커피를 마시더니 나를 위아래로 훑으며 일부러 여유 있는 표정을 지었다. 마치 센 척하는 미숙한 어린 남자아이 같았다.

"왜 저를 만나고 싶으셨을까요?"

나는 박재호의 눈을 쳐다보며 물었다. 박재호의 눈은 웃고 있지만 혼탁해 보였다.

"부군의 장례식장에서 저한테 상은 씨가 한 이야기들이 계속 뇌리에 남아서……. 핸드폰에 대한 이야기요. 그리고 남편분이 생전에 저를 협박했던 일이 떠올랐죠."

"아, 그러셨구나."

나도 모르게 비아냥거리는 어투로 말을 하고 있었다.

"김윤범이 생전에 이상한 말을 하면서 돈을 요구할 때는, 한 귀로 듣고 흘리며 잘 구슬려서 다시 자리잡도록 도우려 했습니다. 그런데 이제 상은 씨까지 저에게 같은 이야기를 하니, 진실은 바로잡아야겠다는 생각이 들더군요."

"네, 그 일이라면 저도 마침 할말이 있었는데, 먼저 말씀하세요."

"김윤범이 갑자기 저를 찾아와서는 제가 미성년자와 조건 만남을 했다고 우기더군요. 저는 조건 만남? 이런 단어도 김윤범한테 들어서 처음 알게 된 겁니다. 사실이 아니니까 김윤범의 발언에 심각성을 못 느꼈죠. 근데 김윤범이 저한테 그걸 빌미삼아 발설하지 않는 대가로 삼억을 달라고 요구하더군요. 물론 전 조건 만남 같은 짓을 한 적이 없습니다."

박재호는 아무 동요도 없이 말을 이어갔다.

"제가 소아과 의사다 보니 저를 덫에 걸고 싶었던 모양입니다. 저는 물론 김윤범이 해고된 사실도 알고 있었고 의사들을 협박하고 다닌 것도 알고 있었습니다. 부인이 임신중이라는 얘기도 들었습니다. 이제 정말 한 가정을 책임져야 하는 사람인데……. 그래서 어떻게 구슬려서 사람 좀 만들어볼까 하고 낚시 약속을 잡았던 거고요. 하지만 아무래도 겁이 나더군요.

당시 김윤범의 눈빛이 달랐다고 할까⋯⋯. 아무래도 그날 밤 낚시는 위험하다는 생각이 들어서 예의가 아닌 줄 알면서도 약속 장소에 나가지 않은 겁니다. 이건 물론 경찰들도 다 알고 있는 얘깁니다. 제가 그곳에 가지 않았다는 증거가 확실하니 까요."

박재호의 논리는 어느 정도 예상했다. 하지만 그 말이 정말 사실이라면, 박재호는 내가 가진 이수민의 핸드폰에 대해서도 관심을 끊어야 한다. 자신과 상관없는 물건일 테니⋯⋯.

"저는 오히려 그 여자애 핸드폰을 가지고 있다던 김윤범이 의심됩니다. 어떻게 여자애 핸드폰을 갖게 되었는지⋯⋯. 사실 당시 김윤범은 못 할 짓이 없어 보였어요. 충분히 위험한 계획 을 세우고 범죄도 저지를 수 있는 사람처럼 보였거든요."

"그럼, 그 아이의 핸드폰을 경찰에 증거로 맡겨도 괜찮으신 거죠? 저도 알아보니, 아이는 지금 실종 상태던데⋯⋯. 핸드 폰 자료는 아주 잘 보존되어 있고, 경찰은 아이와 어떤 식으 로든 연락한 사람을 쉽게 알아내겠죠. 아이의 행방도요."

"그러시죠. 그건 상은 씨 자유니까요. 아이도 어서 빨리 찾 아야 할 텐데요."

나는 내 속내를 조금 내비쳐야겠다고 생각했다. 돌아서 갈 필요 없이 돈이 한 번만 오고가면 모두가 고통스럽지 않게 끝 날 일이라고 강조하고 싶었다.

"전 아이를 낳고 기르는 데 돈이 필요해요. 제 남편이 요구했고, 제가 요구할 돈도 선생님에게 큰돈은 아니잖아요. 전 그냥 모두에게 해피 엔딩이 있을 거라 생각했는데, 제가 틀렸나요?"

박재호는 안쓰러운 눈빛으로 나를 쳐다봤다. 나는 이 남자가 어떤 식으로든 나에게 져주거나 위협당할 사람이 아니란 걸 눈치챘다.

"나쁜 짓을 했다면 죗값을 받는 게 당연하죠. 고인이 된 사람이라도요. 전 김윤범이 죽은 뒤에 구설수에 휘말리는 걸 바라지 않았기에 제가 협박받은 것에 대해서는 경찰에게 자세히 말하지 않았습니다. 고인의 명예까지 더럽히고 싶진 않았으니까. 김윤범을 미성년자 성매매나 하다가 죽은 사람으로 만들고 싶진 않았습니다. 김윤범에 대한 우정 때문이랄까……."

박재호는 가식적인 미소를 띠며 말했다. 웃음이 역겨웠다. 남편은 어떻게 박재호가 돈을 줄 거라 확신하고 흥분했던 걸까. 남편은 확실한 증거를 찾은 걸까.

"그럼 전 아이의 핸드폰을 형사님께 넘기죠, 뭐. 선생님도 그걸 원하시는 것 같고. 이만 일어날게요. 시간이 늦어서."

내가 일어서자 박재호는 다시 한번 나를 위아래로 훑었다.

"하하, 급하시긴. 근데 키가 어떻게 되시죠? 158? 155?"

"네?"

뜬금없는 박재호의 질문에 불쾌감이 들었다.

"아무래도 이상해요. 죽은 남편의 추행을 군이 들추고 싶어 하는 아내라……. 김윤범 사건 담당 형사를 잠깐 만나서 얘기를 들었는데 제일 유력한 용의자가 아내분이라고 하더군요. 보니까 이전에 변호사와 이혼을 상담한 적도 있고, 게다가 그날 마지막까지 김윤범과 함께 있었던 것도 상은 씨였고."

"무슨 말씀이시죠?"

"경찰들이 저수지에서 시내로 가는 버스와 택시도 다 조사했더군요. 혹시나 상은 씨를 본 사람이 있을까 싶어서. 수사가 막힌 지점이 상은 씨가 너무 연약해 보이는 여자라서…… 막혔다던데."

시끄러운 커피숍의 소음이 점점 소거되고 박재호의 음성이 뚜렷하게 들리기 시작했다.

"상은 씨가 김윤범에게 수면제를 먹이고, 자고 있는 김윤범을 어떻게 저수지까지 옮겼을까요? 자고 있는 윤범을 보조석에 앉힌 채로 상은 씨가 운전을 해서 저수지까지 갔더라도, 여자 혼자 커다란 남자를 다시 운전석으로 옮기는 게 쉬운 일은 아니었을 테니까요. 경찰은 공범까지 고려해서 상은 씨 오빠분을 비롯해 알고 지낸 남자들 알리바이까지 조사했더군요."

"거짓말하지 마세요. 경찰이 그런 수사를 했을 리가 없을뿐더러, 그런 걸 당신한테 왜 알려주겠어요."

"하하하. 제 친구가 담당 형사랑 막역한 사이더라고요. 그래서 어쩌다 보니 알게 됐죠. 근데 오늘 이렇게 보니 상은 씨가 생각보다 체구가 작고 굉장히 말랐네요."

계속 내 몸을 훑는 박재호의 시선에 발가벗겨진 것 같은 기분이 들었다.

"아, 오해는 마세요. 저는 상은 씨 몸매에 관심 없습니다. 자꾸 체구 이야기를 하는 건, 경찰 수사에 의문이 들어서요. 꼭 김윤범을 운전석으로 옮기는 걸 고려해야 할까? 체구가 작은 사람이라면 의자 시트를 뒤로 밀고 운전자 무릎 위나 그 안쪽으로 비집고 앉아서도 충분히 운전이 가능하지 않겠어요? 너무 이상해서요. 김윤범이 죽으면 상은 씨가 받게 될 보험금도 그렇고."

나는 순간 머그컵을 들어올려 박재호의 머리에 내리꽂고 싶은 강한 충동을 느꼈다.

"영화 같은 이야기네요. 누구의 말이 맞는지 지켜보죠."

"네, 잘 생각하세요. 결백한 사람을 욕보이진 마시고. 상은 씨는 잃을 게 없겠지만 저는 사회적지위도 그렇고 가정도 그렇고 잃을 게 많은 사람이잖습니까."

어떻게 스타벅스를 나와 집까지 왔는지 기억나지 않는다. 오로지 분노라는 감정에 휩싸여 그 동력으로 집에 돌아와, 남편이 쓰던 방으로 들어가 노트북을 살피고 남편이 남겨놓은 물건들을 뒤지기 시작했다. 하지만 뻔한 일기와 뻔한 가계부와 뻔한 문서들뿐. 나는 소리지르며 남편의 물건들을 던지고 부쉈지만 분노가 잦아들지 않았다.

박재호는 수민의 핸드폰을 두려워하지 않았다. 오히려 역으로 나를 협박했다. 분명 수민의 핸드폰은 그 비밀스러운 앱을 제외한다면 평범한 십 대 여자아이의 물건이었다. 자신이 좋아하는 먹을거리와 화장품과 인형을 가득 찍고 어디서나 셀카를 남기는.

어제 김주란과 스위스 모텔에서 나와 현금인출기에서 뽑은 이십만 원을 들고 혼자 3층의 아이들이 사는 방에 다시 찾아갔었다. 김주란이 없을 때 아이들에게 묻고 싶은 말이 있었다.

"너희가 각목으로 내리쳤던 이 아저씨가 알고 싶어 하던 게 뭐였니? 이 아저씨에게 무슨 이야기를 해줬니?"

"그 아저씨 변태 스토커 같았어요. 이상하게 수민이 고향을 묻고 수민이가 어디가 아픈지 묻고 수민이가 사귄 예전 남자친구들에 대해 묻고. 아, 씨. 막 더럽게 집착하는 것처럼……."

"그래서, 그래서 뭐라고 대답해줬는데."

"그걸 우리가 어떻게 알아요! 그냥 피시방서 만나 놀면서 친해진 건데."

"뭐라도 얘길 해줬을 거 아냐?"

"아, 우리가 알아도 얘기 안 하죠. 뭘 얘기해요! 그냥 수민이가 돈 땜에 아저씨들이랑 자는 거지 뒤에선 졸라 욕하고 토 나온다고 했어요. 졸라 욕한다고!"

나는 아이들을 더 보챘지만 쉽게 입을 열지 않았다. 그렇게 아무런 소득 없이 모텔방에서 뒤돌아 나왔다. 분명 남편은 무슨 단서를 쥐고 있었을 것이다. 나는 의기양양하게 돈을 받을 거라 확신하던 남편의 눈빛을 아직도 잊을 수 없다. 남편이 어딘가에 이 일에 대해 정리를 해뒀는데 내가 그걸 찾지 못한 거라고 생각하고 싶었다.

그렇게 남편의 물건을 뒤지고 헤집어놓고 있을 때, 책상 서랍 안쪽 깊숙한 곳에서 작은 상자를 발견했다. 뚜껑을 열자 안에는 몽블랑 만년필부터 넥타이핀 같은 작지만 고가의 물건들이 가득 들어 있었다. 나는 이 물건들의 정체를 알고 있다. 남편이 훔친 물건들이다.

남편은 자신이 리베이트하던 의사들의 물건을 은근슬쩍 훔쳐서 모으는 습관이 있었다. 같이 술을 먹다가 상대가 시계를 풀어두면 몰래 주머니에 담았고, 어깨동무를 하는 척하면서 넥타이핀이나 만년필을 훔쳤다. 남편은 이런 자신의 행동을 '훔쳤다'라고 표현하지 않고 '인과응보를 행했다'고 표현했다. 공짜로 술을 얻어먹고 선물을 받는 의사들의 행태를 증오했고, 그런 리베이트와 엘리트주의 때문에 우리나라의 제약 산

업도 의료 행위도 엉망이 됐다고 토로했다.

그래서 의사들이 술에 취해 비틀거리거나 잠시 자리를 비울 때면 남편은 '인과응보를 행했다'. 의사들의 물건을 훔쳤으며 때론 그들이 마시는 맥주잔에 침을 뱉기도 하고 인사불성인 의사의 뒤통수를 내려치기도 했다. 집에 돌아와선 그런 자신의 행동을 대단한 정의라도 구현한 듯 자랑하며 떠벌렸다. 분명 수민의 핸드폰도 그런 식으로 구했을 터였다. 박재호의 주변을 맴돌다 틈이 생겼을 때, 박재호의 물건을 집어 들었을 것이다. 분홍색이라는 점 때문에 내가 처음 그렇게 생각했던 것처럼, 단순히 외도의 증거를 잡았다고 생각했을 수도 있다. 하지만 남편은 곧 그게 열다섯 살 먹은 여자아이의 핸드폰이란 사실에 당황했을 테고, 핸드폰에 깔린 조건 만남 앱을 보고 다른 그림을 그리기 시작했을 거다. 남편 역시 수민의 핸드폰에서 박재호와 연관됐다는 아무런 증거도 찾지 못한 게 아닐까? 그래서 나처럼 수민의 핸드폰을 뒤져 그 친구들이 사는 모텔을 찾아가 수민의 과거와 행적에 대해서 물은 게 아니었을까? 태경과 용태는 그런 남편을 의심해서 뒤를 쫓았을 테고……

여기까진 남편도 알고 나도 아는 사실이다. 하지만 박재호는 남편의 협박에는 움직였지만 내 협박에는 꿈쩍도 안 하고 있었다. 남편이 아이들에게 캐물었다는 수민의 과거 행적 속에 답이 있는 걸까? 머리가 어지러웠다. 게다가 박재호는 내가 남편을 죽였다고 의심했다. 어쩌면 박재호는 그날 저수지에 일찍 도착했을지도 모른다. 내가 남편의 차에서 내리고 난 후 남편의 차가 저수지에 빠지는 걸 목격한 게 아닐까. 그러니까 박재호가 내 범죄의 유일한 목격자일지도 모른다.

하지만 경찰은 분명히 그날 밤 저수지에 들어온 차량은 남편의 차량이 유일하다고 말했다.

그랬다. 그날 밤의 저수지는 유독 고요했다. 벌레가 우는 소리도 들리지 않고 짐승의 기척도 느껴지지 않았다. 분명 나는 그 저수지에서, 오로지 이곳에는 남편과 나뿐이라는 뒤틀린 유대감을 느꼈었다.

나는 남편의 컴퓨터 사진첩에서 '운전' 폴더를 클릭했다. 연애 시절 남편이 나에게 운전을 가르쳐줄 때 찍었던 사진들이 폴더 안에 빼곡하게 들어 있었다. 운전석 시트를 뒤로 최대한 밀어젖힌 상태에서 남편이 앉고, 남편의 무릎 위에 내가 앉았다. 그렇게 우리는 공터에서 운전 연습을 했다. 그 사진들을 보자 나도 모르게 입가에 미소가 머금어졌다.

'저 당시엔 좋았지……'

지금은 이렇게 돼버렸지만 그 시간과 공간의 기억은 소중하게 소환됐다. 남편과 나의 관계가 항상 지옥 속을 헤맨 것은 아니다. 나도 실제의 나보다 더 좋은 사람인 척 행동하고, 남편도 더 좋은 사람인 척 행동하던 연애 시절 우리는 제법 잘 어울리는 커플이었다. 버스를 타거나 지하철을 탈 때 자리가 나면 언제나 나를 앉히려는 남편을 억지로 앉히고 정수리를 구경하는 걸 좋아했다. 키 차이가 많이 났기에 평상시 잘 보이지 않는 남편의 정수리가 진기한 구경거리라도 되는 듯 신기해하며 살폈다. 남편을 사랑할 때는 지하철에 가득찬 수많은 사람들 틈에서도 금방 남편을 찾아냈을 뿐 아니라, 비슷한 체구와 얼굴을 가진 사람들도 곧잘 찾아내 그들을 보며 남편을 생각하곤 했다. 나는 어디서든 멀리서 뒤통수만 봐도 남편을 찾을 수 있었다. 언제나 남편 생각뿐이었으니까. 그 당시에는 김윤범이란 남자가 내 앞에 나타나 이렇게 말을 하고 움직인다는 것 자체가 행운이었고 행복이었다.

우리가 틀어지기 시작한 건 결혼 준비를 하면서부터였다. 남편은 무리를 하면서까지 결혼식의 모든 것을 남들만큼 하려고 노력했다. 하지만 나는 결혼식에 부를 친척도 친구도 없었다. 그건 남편 역시 마찬가지였지만, 남편은 집요하게 참석할 사람들을 모았고 무리해서 폐백까지 진행했다. 폐백을 올리던 당시 친척들의 표정을 잊을 수가 없다. '우리가 왜 여기 앉아 있냐?'고 묻던 표정 말이다. 그 앞에서 나와 남편은 어색하게 밤과 대추를 받았고, 남편은 나를 업고 우리는 행복한 척 기념사진을 찍었다. 남편은 내내 유독 크게 웃었고 자연스럽게 행동하려 애썼지만 실제로는 어느 것 하나 자연스러운 게 없었다. 사람들은 남들에게 평범한 수준이었던 우리의 결혼식이 분에 맞지 않는다며 속물적이라고 혀를 끌끌 찼다.

내가 결혼을 준비하는 과정에서 남편의 결정에 문제 제기를 하면 돌아오는 대답은 한결같았다. "내가 부모가 없다고 무시하냐?" 그 말은 무슨 마법의 주문이라도 되는 듯 남편의 의지에 승복하게 만들었다. 예단과 혼수 문제로 마찰이 생기자 남편은 내 머리 위로 손을 올려 위협한 적이 있었다. 남편이 나를 때리려 했다는 사실을 알았지만 나는 스스로를 속이고 인정하지 않으려 했다.

'너무 화가 나니까 그랬을 거야. 그냥 실수였을 거야. 누구나 화가 많이 나면 이럴 수 있지. 오빠가 진짜로 나를 때린 것도 아니잖아. 내가 좀 심하게 굴긴 했지.'

그때 남편이 나를 때리려 했다는 사실을 인정하는 건 비효율적이었다. 결혼 준비로 해야 할 일들이 너무 많은 상황에서 그 생각을 곱씹어봤자 이득되는 건 없었다. 결혼식이 코앞에 닥쳐 있었기 때문이다. 당시에는 알지 못했다. 그때 결혼을 관둬야 했다고 내내 후회하게 될 줄은.

만약 그때 결혼을 멈췄더라면, 내 기억 속에서도 '운전'이란 폴더 속 사진을 더 아련하게 추억할 수 있었을 거다. 하지만 이젠 내 기억 속 '운전'이란 폴더는 다른 이미지들로 가득

찼다. '운전'은 남편을 내 곁에서 사라지게 만들 하나의 해법이었다.

내가 만든 해독 주스, 아니 수면제 주스를 마신 남편은 금방 곯아떨어졌다. 나는 엄마 집에서 기산 저수지까지 운전석 시트를 뒤로 밀고 잠든 남편의 다리 사이의 좁은 공간에 앉아 운전을 했다. 작은 체구를 이용해 남편 다리 사이에 앉았다. 저수지에 도착해 관리인이 잘 나타나지 않는 물가에 바짝 차를 주차시켰다. 그러고는 남편이 앉아 있는 시트를 원위치로 돌려놓고 남편의 손을 기어 위로 올린 뒤, 드라이브로 기어를 바꿨다.

차는 조금씩 그리고 천천히 전진했다. 십 초 정도 됐을까. 그때 차를 움직이고 있는 건 내 안에 가득찬 증오의 감정이라고 생각했다. 당시엔 내가 범인으로 지목된다 해도 상관없다고 생각했다. 그때 나에게는 이 세상에서 남편이 사라진다는 사실만이 중요했다.

남편의 차가 물에 빠지기 시작하자 뒷길로 걸어 나가 친정 집까지 걷고 또 걸었다. 내가 걸어야 하는 거리는 육 킬로미터 정도였다. 사람들이 잘 다니지 않는 논둑길로 몸을 숙이고 기나긴 길을 걸어 엄마네 집에 도착했을 때는 밤 11시가 넘어 있었다. 박재호가 11시에 도착해 바로 경찰에 신고할 거라 여긴 탓에 무조건 11시 전에 엄마네 집에 도착해야 한다고 생각하며 걸었지만, 무거운 배를 하고 험한 길을 빠르게 걷는 일이 쉽지 않았다. 그렇게 11시가 조금 넘은 시간에 엄마 집에 도착했을 때, 조카 정민이와 엄마는 잠들어 있었다. 나는 땀으로 흠뻑 젖은 몸을 샤워하고 엄마 옆에 모로 누워 잠을 청했다. 드디어 이 일을 완수했다는 홀가분함과 결국 내 인생이 이렇게까지 나빠졌다는 스스로에 대한 증오가 뒤섞여 막막한 밤을 보냈다.

뱃속 태아의 꿈틀거림이 느껴졌다. 체중도 벌써 이 킬로그램이나 늘었고, 행동에 큰 제약을 줄 정도는 아니지만 배가 제법 무겁다는 생각을 했다. 내 뱃속에 무언가가 살아 있으며, 그 무언가가 전적으로 나를 의지하며 살 수밖에 없다는 사실에 책임감이 들었다. 하지만 이런 감정이 남편이 내게 원했던 모성인지는 아직 잘 모르겠다. 아기가 자라서 내 편이 되어줄까? 나는 내가 아기를 사랑해줘야겠다는 생각보다 아기가 나를 사랑해줬으면 좋겠다는 생각이 앞섰다. 나는 이기적인 사람이니까.

아기가 컸을 때, 아빠에 대해서도 말해줄 생각이었다. 남편의 컴퓨터 폴더 속 좋았던 사진들을 보여주며 이렇게 엄마와 아빠가 사랑을 했고, 너를 가졌다고. 아기가 보는 세상은 내가 보는 세상과는 다르길 바랐다.

하지만 결국 남편의 컴퓨터 속 '운전' 폴더를 삭제해버렸다.

4월 20일 수요일

이 사진은 앞으로 아무도 보면 안 된다. 박재호가 목격자든 아니든 결국 이 사진들은 그 남자의 말을 뒷받침해주는 증거가 될 뿐이니까.

주란

남편은 나를 보지 못했다. 남편이 입구로 들어왔을 때 나도 모르게 고개를 숙이고 긴장했지만, 남편은 나를 알아보지 못하고 상은을 향해 성큼성큼 걸어갔다. 나는 스타벅스의 구석 자리에 앉아 둘을 보았다. 상은과 남편의 대화는 들리지 않았다. 저녁의 커피숍은 매우 번잡했고, 내 테이블 옆에는 시끄러운 단체 손님이 자리를 잡고 있었다. 단체 손님들은 이 시끄러운 장소에서 자신의 목소리만이 살아남아야 한다는 듯 거의 소리를 지르며 대화하고 있었다. 그 사람들은 남편과 나 사이에 좋은 가림막이 되어주기도 했지만 또 방해물처럼 여겨지기도 했다.

나는 사람들 틈으로 상은과 남편의 표정을 살폈다. 대화의 내용이 소거된 상대의 얼굴 표정이 더 많은 이야기를 들려줄 때가 있다. 나는 남편이 상은을 만나 무슨 이야기를 하는가보다 남편이 상은을 어떤 표정으로 대할지가 더 궁금했다.

나는 상은에게 남편과의 약속 장소와 시간을 알려달라고

부탁했다.

상은은 아무렇지 않게 답을 보냈다.

—8시 부평 사거리 스타벅스

상은은 나를 자신의 편으로 여기고 있는 걸까? 아니면 나를 망가뜨리고 싶은 걸까?

상은은 남편의 말을 계속 듣는 쪽이었다. 상은의 얼굴에는 어떤 미소도 상냥함도 떠오르지 않았다. 다양한 표정을 짓는 쪽은 오히려 남편이었다. 남편은 상은에게 상냥했다가, 친절했다가, 비웃는 표정을 지었다. 얼마간 둘의 대화가 흐르더니 무표정으로 일관하던 상은이 화를 내며 자리에서 일어났다. 상은이 화를 내자 남편은 미소를 지었다. 그 미소가 나를 괴롭게 만들었다.

내가 너무도 잘 알고 있는 미소였다. 내가 난감한 이야기를 할 때면 저런 미소를 짓곤 했다. 미소……. 생각해보면 남편은 언제나 미소 짓고 있었다. 나에게도 병원의 환자에게도 동료에게도 친구에게도. 남편은 미소 지을 뿐 폭소하는 모습을 보인 적이 없었다. 그래서였을까. 나는 우스꽝스러운 코미디언처럼 가구 모서리에 부딪히거나 넘어지면서 남편을 웃게 만들고 싶었다. 하지만 남편은 크게 웃을 줄 모르는 사람이었다. 언제나 미소로 일관할 뿐.

지금 짓고 있는 남편의 미소는 사실 상은을 비웃고 경멸하지만 본심을 숨기기 위해 짓는 미소 같았다. 남편은 미소라는 가면을 쓰고 있었다. 상은을 향한 미소의 본질을 나는 너무도 쉽게 알아채버렸다.

상은은 화를 내며 성큼성큼 커피숍을 나가버렸다. 남편에게 굉장히 불쾌한 말을 들은 듯했다. 상은이 나가버리고 나서도 남편은 자리를 뜨지 않고 그대로 커피숍 창가 자리에 앉아 남은 음료를 마셨다. 혼자 남은 남편을 보는 일은, 상은 앞에서 가면을 쓰고 있던 남편을 보는 일보다 더 괴로웠다. 남편은 혼자라고 느끼자 쓰고 있던 가면을 던져버렸다. 얼굴에서 미소가 사라지고 경멸이 드러났다. 입술을 앙다물고 두 눈을 부릅뜬 남편은 분노하고 있었다. 분노를 표출하려는 듯 표정을 기괴하게 일그러뜨렸다.

나는 저런 남편의 표정을 본 적이 없었다. 한 번도 내게 보인 적 없는 표정이었다.

남편은 십여 분을 혼자 남아서 생각을 정리하는 듯이 보였다. 음료를 다 마신 남편이 커피숍을 나간 뒤에도 나에게는 십여 분의 시간이 더 필요했다. 내 머릿속에 든 어지러운 생각들을 정리해야만 했다. 내가 지금 함께 살고 있는 사람은 누구인가? 그런 사람과 살고 있는 나는 어떤 사람인가?

남편은 나에게 언제나 좋은 사람이다. 아니, 좋은 남편이었다. 남편이 이끌어준 덕분에 내 삶이 풍요로워졌다고 여겼다.

하지만 남편은 나를 소외시키면서 좁은 영역에 몰아넣고 그 안에서 내가 만족하게끔 이끌어왔는지도 모르겠다. 남편은 내 취미 활동은 언제나 독려했지만, 대학원에 진학하고 싶다고 얘기를 꺼냈을 때는 에둘러 반대하며 포기하게 만들었다. 모든 것은 내 선택이라 했지만, 대학원에 진학하며 생길 가정의 문제 역시 내 탓인 것처럼 얘기했다.

남편은 언제나 내가 수행해야 할 역할을 제시했다. 처음엔 나에게 사랑스러운 여대생의 역할을 줬고 그다음엔 현모양처의 역할을 줬다. 그리고 그 역할을 잘 수행할 수 있도록 끊임없이 독려했다. 내가 승재의 육아로 힘들어할 때 주변에서 좋은 가사 도우미를 추천해줬지만, 사적인 생활 영역에 타인을 두고 싶어 하지 않는 남편의 성격 때문에 나는 가사 도우미를 두는 대신 혼자 육아를 해야 했고, 늘어난 몸무게와 말도 못하게 나빠진 건강, 그리고 산후 우울증 때문에 괴로워할 때도 남편은 내가 역할을 잘 수행할 수 있다고 독려할 뿐이었다. 그리고…….

죽은 언니에 대한 애도를 촉발시킨 것도 어쩌면 남편이었다.

"우리가 홍콩 여행을 갔기 때문에 언니가 죽은 것 같아 미안해."

그 말은 내 가슴속에 깊은 죄책감으로 쐐기가 박혀버렸다. 언니에 대한 죄책감을 그렇게 처음 선물한 사람은 바로 남편이었다. 나는 남편 역시 언니의 죽음에 죄책감을 가지고 있다고 생각했다. 그래서 그렇게 언니 일에 팔 걷고 나선 거라고. 하지만 남편은 궁지에 몰리면 언제나 한 발짝 뒤로 물러나 도와주는 역할을 맡은 사람만의 여유를 되찾았다. 그리고 어느 순간 '미안하다'라는 사과에서 '도움을 청하면 도와줄게'로 자신의 포지션을 확고하게 굳혔던 것 같다. 그렇게 언니의 죽음은 나 혼자만의 문제가 되어버렸다. 나락에 떨어진 감정에 휘둘리며 힘들어하며 도와달라고 발버둥칠 때 그 외침을 들을 수 있는 자리에는 남편이 기다렸다는 듯이 서 있었다. 남편만이 그 위치에 있을 수 있었다. 남편은 사람들로부터 나를 소외시키고 배제시키면서 자신만이 그곳에 홀로 서 있고자 했다. 도와달라는 내 외침을 자신만이 들을 수 있도록.

나는 공영 주차장에 주차해둔 차에 시동을 걸었지만, 쉽게 목적지를 내비게이션에 찍지 못했다. 어디로 가야 할지 망설여졌다. 인천에 살고 있는 엄마네로 갈까 생각도 해보았지만, 앞뒤 사정을 전혀 모르는 엄마의 질문 공세에 시달릴 게 뻔했다. 나는 습관처럼 판교의 집으로 향했다. 어떤 일이 닥쳐도 결국 돌아갈 곳은 그 집뿐이라는 절망감과 함께.

집에 도착했을 때 남편은 이미 다 씻은 상태로 소파에 앉아 텔레비전을 보고 있었다. 너무도 평온한 일상의 모습이었다.

좀 전까지 자신을 살인자라고 의심하는 여자를 만난 사람 같지 않았다. 남편은 도대체 어떤 사람인 걸까?

"어디 갔다 와? 얘기도 없이……."

"글쎄……. 내가 어디 다녀왔을까?"

내 말에 남편이 나를 쳐다보더니 텔레비전 볼륨을 줄였다.

"왜, 또 무슨 일 있었어? 성당이라도 다녀온 거야?"

"글쎄……. 성당에 다녀왔을까?"

남편은 내 태도에 별로 흥미가 없는 듯했다. 다시 텔레비전 볼륨을 키우고 시선을 돌린 남편은 습관적으로 나를 칭찬했다.

"잘했네. 잘 다녀왔어. 처형도 당신 기도 듣고 있을 거야."

남편의 말에 나는 코웃음이 났다. 남편은 문제의 원인을 다시 언니의 죽음으로 귀결시켰다.

나는 거실에 가방을 툭 내려놓고 마당으로 나갔다. 창고 안에 둔 야전삽을 꺼내 들고 힐을 벗은 채로 화단 위로 올라갔다. 검은 하늘 가운데 보름달이 선명하게 보였다.

나는 내 손으로 나의 제라늄을, 튤립을, 데이지를 망가뜨렸다. 야전삽을 휘두를 때마다 빨갛고 노란 꽃잎들이 떨궈지며 무참히 잘려 나갔다. 꽃이 주는 아름다움이 이제는 보이지 않았다. 나는 아름다움에 개의치 않고 삽으로 화단을 크게 파고 또 팠다.

4월 20일 수요일

나는 시체를 찾았다. 수민의 시체를. 하지만 아무리 삽으로 화단을 파도 시체는 나오지 않았다. 흙을 파니 흙이 나왔고, 그 흙을 파니 또 흙이 나왔다. 나는 끝내 시체를 찾아내고야 말겠다는 집념으로 화단을 계속해서 팠다.

어느새 곁에 남편이 다가와 있었다. 남편은 무표정으로 일관하다 야전삽을 빼앗았다. 내 팔목을 손으로 잡고 삽을 빼앗을 때 남편의 강한 힘을 느꼈다. 내가 저항할 수 있는 힘이 아니었다. 남편은 일부러 야전삽을 마당에 세게 던져버리고는 나를 화단에서 끄집어내려 했다. 내 힘은 남편을 상대하기엔 너무도 약했다.

"놔!"

"무슨 짓이야? 당신 또 왜 그래? 올해만큼은 사월을 잘 버티겠다고 나랑 약속했잖아. 근데 이게 무슨 짓이야!"

"나는 당신이 여기에 꽃을 심은 줄 알았어. 근데 당신이 여기에 묻은 게 뭘까?"

남편이 힘으로 나를 꽉 끌어안았다.

"여보, 왜 그래. 제발 이러지 마. 나도 힘들다고."

"당신도 힘들어? 정말 힘들어? 그럼 나한테 말하고 도움을 청하지 그랬어. 왜 말을 안 했어? 내가 우스웠던 거지? 나는 당신 뒤치다꺼리나 하는 도우미가 아니야."

"누가 당신보고 도우미라 그래. 올해는 그냥 좀 넘어가자.

내가 당신한테 뭐라 한 적 있어? 언니 때문에 슬퍼하는 거 다 이해해주고 도와줬잖아!"

"우리 언니를 왜 끌어들여! 지금 당신이 죽인 여자애 얘기 중이라고!!"

남편이 안고 있던 나를 놓더니 큰 손으로 내 뺨을 내붙였다. 너무 순식간에 일어난 일이라 나도 남편도 당황했다. 나는 뺨을 맞았다는 사실보다 남편의 손에 실린 분노의 힘에 놀랐다. 정작 분노해야 할 사람이 누구인데…….

"정신 차려. 당신 피해망상증 환자야. 당신 언니가 죽은 건 내 잘못이 아니야. 누구의 잘못도 아니야. 당신 언니는 그냥 그날, 재수가 없어서 죽은 거야!"

"악!"

나는 목이 터져라 소리를 질렀다. 남편의 입에서 나오는 말을 멈추기 위해서였다. 남편이 진정시키려고 나를 흔들었지만 이미 체면이나 교양 따위는 버린 지 오래였다. 나는 소리를 지르고 또 질렀다. 남편이 뺨을 다시 때린다 해도 멈추지 않을 작정이었다. 이렇게 소리지르지 않으면 삭혀둔 신음들이 가슴에 쌓여 뻥 하고 터져 죽을 것만 같았다.

쾅쾅쾅!

누가 문을 힘껏 두드렸다. 그리고 요란한 벨 소리가 이어졌다. 대문 앞에 옆집 여자인 구은하가 서 있었다. 남편은 화를

4월 20일 수요일

삭이고 표정을 가다듬더니 대문으로 향했다. 나는 바닥에 털썩 주저앉아버렸다. 그 순간 옆집 2층의 베란다에 있던 미령과 눈이 마주쳤다. 미령이 나를 향해 핸드폰을 들어올려 손으로 가리켰다.

"경찰에 신고했어요. 경찰이 언제 도착할지 몰라서 제가 나설 수밖에 없었고요!"

"죄송합니다. 시끄럽게 소란 피웠네요."

남편이 고개 숙여 은하에게 사과했다.

"시끄러워서가 아니라요. 부인에게 폭력을 쓰셨잖아요. 저는 시끄러워서가 아니라 폭력 때문에 경찰에 신고한 거라고요!"

"아시겠지만, 제 아내가 정상이 아닙니다."

남편은 구은하에게 내가 정상이 아니라고 말하고 있었다.

"저번에 말씀하셨잖아요. 저도 부인 상태가 안 좋단 거 알고 있었고, 그건 유감이라 생각해요. 그래도 옆에서 케어를 부탁하실 때는 언제고, 제정신이 아닌 부인한테 폭력을 쓰시다니요! 부인을 치료하셔야지 폭력을 쓰시면 어떡합니까!"

"죄송합니다. 점점 상태가 나빠지니까 저도 답답해서……. 죄송합니다."

남편은 은하 앞에서 머리를 조아렸다. 은하는 나를 두고 "제정신이 아닌"이라고 표현했다. 남편이 내 케어를 부탁했다는 건 또 무슨 말일까. 미령과 은하가 나를 바라보던 시선을 이제야 알 것 같았다. 불쌍하게 쳐다보던 그 시선을.

존재하지도 않는 쓰레기봉투를 버린 범인을 찾겠다고 CCTV를 보여달라고 했으니 은하와 미령이 나를 제정신이 아닌 사람으로 여기는 건 이해가 갔다. 게다가 남편이 케어까지 부탁했다면. 정신병 환자라니…….

승재, 승재도 자신의 엄마가 정신병 환자라고 생각하는 걸까. 아이는 사춘기 때문이 아니라 제정신이 아닌 엄마가 부끄러워 점점 멀어지기 시작했던 걸까? 정신병을 앓는 엄마라니……. 그런 생각을 하는 것만으로 아이에게 얼마나 상처가 됐을지 끔찍했다. 문득 이상하다는 생각이 들었다. 이 난리에도 승재가 너무 조용했다. 옆집 여자까지 내 비명을 듣고 달려왔는데 승재는 너무도 고요하게 침묵을 지키고 있었다.

"승재야! 승재야!"

나는 무너진 마음을 추스르고 2층 승재의 방문을 노크했다. 방안에선 아무 기척도 느껴지지 않았다.

"승재야, 엄마 들어가도 되니?"

역시 대답이 없었다. 아이에게 이 상황을 어떻게 설명해야 할지 정리되지 않은 상태였지만, 정서적으로 힘들지 않게 해줘야 했다. 엄마는 미치지 않았다고 말해주며 아이를 꼭 안아줘야만 했다.

4월 20일 수요일

나는 조심스럽게 문을 열고 방으로 들어섰다. 어디에도 승재는 없었다. 방 어디에도 옷장 속에도 침대 아래에도, 아무데도 승재는 없었다. 나는 승재의 방을 나와 남편의 서재와 욕실, 다용도실을 모두 돌았지만 승재는 어디에도 없었다. 나는 승재의 핸드폰으로 전화를 걸려고 했지만, 순간 전화를 걸기 위해서 핸드폰을 어떻게 조작해야 하는지 새까맣게 잊어버린 채로 당황했다. 침착하자. 침착하자. 다시 핸드폰을 켜고, 최신 통화 기록에서 승재의 사진을 꾹 눌렀다. 하지만 전화기는 꺼진 상태였다.

남편이 내 뺨을 때리고 내가 끊임없이 비명을 질러대는 동안 승재가 사라졌다. 나는 좀 전의 싸움은 잊었다는 듯이, 아니 좀 전에 남편이 뺨을 때린 것을 잊었다는 듯이 다시 남편에게 도움을 청하고 말았다. 내가 도움을 청할 사람은 절망적이게도 남편밖에 없었다.

"여보, 승재가 없어. 승재가 없어졌어!"

팔을 잡고 매달리자 남편이 입꼬리를 올리고 미소를 지었다. 저 미소는 패배자를 보는 승리자의 미소일까, 경멸의 미소일까?

"거봐, 당신 때문에 결국 이 난리가 또 뭐야!"

남편이 팔에 매달린 나를 매정하게 떨궜다.

"걱정 마. 승재는 내가 찾아. 당신은 진정 좀 해! 제발!"

남편은 나를 두고 승재를 찾으러 밖으로 나갔다. 나는 소파에 앉아서 남편이 어서 승재를 찾아서 데려와주길 기다렸다. 나는 또 이렇게 맥없이 남편만을 기다렸다. 승재가 나 때문에 집을 나갔다는 죄책감에 시달리며.

은하와 미령이 신고 전화를 한 이후로 삼십 분이 지나서야 경찰이 집에 도착했다. 그들을 붙잡고 나는 승재가 사라졌다며 찾아달라고 매달렸다. 하지만 승재는 밤 12시가 지나도록 돌아오지 않았다.

"두 분이 싸우는 동안 아이가 사라졌다는 거죠?"

경찰은 대수롭지 않게 대답하고는 집에 설치한 홈 CCTV를 돌려봤다. 영상 속에서 나와 남편이 격렬하게 싸우고 있을 때 승재는 가방을 멘 채로 조용히 대문을 나갔다. 부모의 싸움을 피해서, 스스로의 의지로 핸드폰을 끄고 말이다. 승재는 납치된 것도 아니고 경찰이 수사에 나설 만큼 위험에 처한 것도 아니었다. 그저 명백한 가출 청소년 사건이었다.

"아이가 이 시간에 갈 만한 곳에 전화 돌려보시죠. 친한 친구라든가……. 아니면 잘 가는 피시방이나……. 내일까지도 못 찾으시면 그때 다시 연락 주세요."

가정 폭력 문제로 방문했던 경찰들은 아이의 가출 문제로 사건이 바뀌자 당황했다. 하지만 멀쩡한 십 대 청소년의 가출

4월 20일 수요일

은 별문제가 아니라는 듯이 여유를 부렸고, 걱정을 하는 척하
다 몇 가지 충고와 당부를 남기고 경찰서로 돌아갔다. 그런 경
찰의 태도에 분개한 나는 늦은 시간임에도 괘념치 않고 여기
저기 승재가 갈 만한 곳에 전화를 걸기 시작했다. 승재가 집
을 나간 마당에 예의를 차릴 시간도 없었고 상대의 상황을 배
려할 여유도 없었다. 오로지 아이의 무사한 얼굴을 마주하는
일만이 중요했다. 그런 내 행동을 남편이 말렸다. 이번에도 남
편은 승재의 가출을 '별일 아닌 남자아이의 일'로 치부하고
'정신 나간 엄마'의 미친 짓이라고 사람들에게 말할까.

"기다려봐, 좀. 승재가 어딜 가겠어. 기다리면 돌아와."

남편은 가출한 아이들이 어떻게 지내는지 알고 있을까. 수
민과 그 친구들이 냉장고 냉동실에 가득 넣어놓은 과자로 끼
니를 때우며 밥을 먹기 위해 조건 만남을 하는 사정을 알고는
있을까. 그걸 알면서도 자기 아들의 가출을 저리도 가볍게 치
부할 수 있을까. 아니, 어쩌면 그런 아이들의 일탈을 너무나
가볍고 우습게 생각해서 열다섯 살 아이와 성매매를 하고 그
아이를 죽였을까. 그리고 화단에 묻었을까.

남편은 주머니에서 담배를 꺼내 피우기 시작했다. 오 년 전
에 끊은 담배였다. 그런데 남편은 마치 좀 전에도 피운 사람처
럼 주머니에서 꺼내 집안에서 아무렇지 않게 입에 물었다. 나
는 남편의 행동에 뭐라 말을 덧붙일 여력이 남아 있지 않았

다. 남편이 담배를 깊숙이 빨고 연기를 끝없이 내뱉고 있을 때 남편의 핸드폰이 시끄럽게 울렸다.

"네, 승재 거기 있다고요?"

나는 벌떡 일어나 남편이 들고 있는 핸드폰을 낚아챘다.

"그래, 승재 여기 있어. 걱정 마라. 승재가 말하지 말라고 해서 아까는 없다고 했지. 너네 걱정할까 봐 전화한다는 게 늦었네."

시어머니의 목소리였다.

"승재가 거기 있다고요? 지금 어떤데요? 괜찮아요?"

"그래, 괜찮아. 괜히 유난 떨지 마라. 멀쩡하게 버스 타고 왔어. 애 얼굴이 창백해져가지고. 싸우기라도 한 거야? 애가 감기 기운이 있는 것 같기도 해서 몸살약 좀 먹였다. 근데 내일 학교는 어떡한다니? 우리가 데려다줘야겠지? 몇 시까지 데려다줘야 하나?"

"아니에요, 어머니. 저희가 지금 갈게요. 죄송해요."

"아니야, 지금이 몇 시라고. 승재 아빠도 내일 출근하려면 피곤해. 승재가 우리 보고 싶어서 왔다 생각할 테니까 너네도 너무 걱정 말고 자, 알았지?"

통화를 듣고 있던 남편이 핸드폰을 뺏었다.

"저 지금 갈게요. 이 상태로 두면 승재 버릇만 안 좋아져요."

남편은 할말을 하더니 바로 전화를 끊고 나갈 채비를 했다.

4월 20일 수요일

"당신은 그냥 집에 있어. 내가 데려올 테니까."

남편의 만류에도 나는 재킷을 걸치며 따라나설 준비를 했다.

"그냥 있으라고. 당신까지 나설 필요 없어. 그냥 있어."

남편이 나를 다시 가로막았다.

"당신은 당신 차로 가. 나는 내 차로 갈 거니까."

남편은 가만히 서서 나를 빤히 쳐다봤다. 아무런 말도 없이 그렇게 쳐다보는 것만으로 남편은 나를 제압할 수 있다고 여겼다.

나는 남편을 밀치고 대문 밖에 주차해둔 내 볼보에 시동을 걸었다. 시어머니 댁의 주소를 내비게이션에 찍는 동안 남편의 차가 차고를 나와 옆을 지나쳤다. 나는 홀로 남겨진 기분에 무섭고 두려웠다. 하지만 핸들을 꽉 잡고 액셀을 밟아 차를 출발시켰다. 승재를 꼭 내 차에 태워서 집으로 돌아올 거라고 다짐하며.

시부모님 댁 아파트는 노부부 둘이 살기에 너무 넓었다. 육십 평 가까이 되는 아파트는 방이 네 개에 방마다 다용도실과 발코니가 딸려 있었다. 네 개의 방 중에 하나는 승재의 방이었다. 언제라도 승재가 오면 편히 쉬고 공부할 수 있도록 침대와 책상, 그리고 시어머니가 직접 구매한 옷까지 붙박이장에 차곡차곡 정리되어 있었다. 하나뿐인 손자에 대한 시부모의 사랑은 각별했다. 하지만 나는 언제나 그 방의 존재가 불편했다.

아파트 지하 주차장에서 벨을 눌렀는데도 한동안 답이 없었다. 분명 어머님과 아버님이 집안에 있을 텐데 바로 문을 열어주지 않았다. 다시 벨을 누르자 그제야 끼익하고 로비 문이 열렸다. 나는 엘리베이터를 타고 21층 버튼을 꾹 눌렀다. 서서히 올라가는 엘리베이터 안에서 긴장감은 점점 고조됐다. 옆을 지켜주는 이 없이 나 홀로 이곳에 서 있었다.

엘리베이터에서 내려 견고한 문 앞에 섰다. 벨을 누르자 이번엔 바로 문이 열렸다. 나를 바라보는 시어머니의 태도는 어느 때보다 냉랭했다.

"뭐하러 왔니?"

차가운 거리감이 나를 외부의 침입자로 만들었다. 시어머니의 뒤를 따라 복도를 지나 거실 앞에 당도하자 이미 도착한 남편이 아버님과 검은색 소파에 앉아 있었다. 시아버님은 나를 쳐다보려 하지도 않았다. 무관심에 나는 가슴이 턱 하고 막혀 무릎에 힘이 풀릴 것만 같았다.

시어머니도 더이상 아무것도 묻지 않았다. 나는 가만히 선 채로 그 가족을 바라보았다. 그리고 그들의 영역에 섞일 수 없는 내 존재를 깨달았다. 나는 우습게도 이 상황에서 습관적으로 주방으로 향했다. 저들이 먹을 무언가를 내야 한다는 습관이 나를 주방으로 이끌었지만, 뭘 해야 할지 몰라 우왕좌왕했다.

4월 20일 수요일

"됐다, 얘. 이 밤중에 뭘 하려고."

"어머니, 승재 어딨어요?"

"승재 자. 그냥 여기서 재우고, 너무 늦었으니 너도 자고 가든가."

시어머니의 한마디가 나를 완벽한 불청객으로 만들었다. 나는 더이상 지체하지 않고 승재를 데려가고 싶었다.

"승재 데리고 갈게요. 승재 방에 있죠?"

"어머, 애가 고집을 부리네. 너 오늘 정말 이상하다."

시어머니가 내 발을 쳐다봤다. 나는 실내용 슬리퍼도 신지 않은 맨발이었다. 그리고 흙으로 더러웠다. 화단에 올라가 난리를 피우고 그대로 여기로 온 걸 잊고 있었다. 대리석 바닥에 흙이 떨어져 있었다. 시어머니는 내 더러운 발이 마치 끔찍한 무엇이라도 된다는 듯이 혐오감을 섞어 쳐다보고 있었다.

"아! 죄송해요."

나는 거실 구석의 무선 청소기를 들었다.

"얘, 지금 몇 시니! 예의도 없이 청소기를 돌리면 어떡해!"

나는 당황한 나머지 티슈를 뽑아 발을 닦았고, 내 행동에 시어머니는 인상을 찌푸렸다. 나는 도망치듯 주방을 나와 승재가 있을 방으로 향했다. 벌컥 문을 열어보니 승재는 머리끝까지 이불을 뒤집어쓴 채로 침대에 웅크리고 있었다. 어두운 방의 불을 켜자 이불 속의 아이가 꿈틀 움직였다.

"승재야, 가자. 엄마랑 집에 가자."

나는 이불 위에 손을 올리며 아이를 설득했다. 내 말에 응답해주길 기다렸지만 승재는 단단히 화가 났는지 여전히 이불 아래서 어떤 대꾸도 하지 않았다.

"엄마가 미안해, 응? 엄마 좀 봐."

나는 이불을 들추려 했지만 아이는 힘껏 이불을 붙들고 있었다. 나는 서러운 감정과 미안함이 섞여 왈칵 눈물이 났다. 나는 그대로 아이를 안았다. 아이가 나를 거부해도 나는 아이를 거부할 수 없다.

이불이 들썩였다. 승재가 숨죽여 울고 있었다. 아이가 자신의 공간 속에서 숨죽여 흐느끼는 건 나를 감당할 수 없게 슬프게 했다. 아이가 크면서 겪게 될 슬픔과 좌절감을 상상하는 것만으로도 나에겐 큰 두려움이자 아픔이었다. 그런데 나 때문에 아이가 이렇게 슬퍼하다니.

"엄마가 정말 미안해. 우리 승재, 엄마가 미안해."

그때였다. 내 눈 가득 눈물이 차올라 모든 것이 굴곡져 보이는 가운데 그것은 너무도 기이한 모습으로 눈앞에 나타났다. 나는 눈물을 떨궈내고 손으로 눈을 비볐다. 그 물건을 제대로 봐야 했기 때문이다. 통창 너머의 발코니에 그 물건이 선명하게 보였다.

검은색에 은색 스트라이프 무늬가 휘감겨 있는 낚시 가방이었다. 분명 내가 남편의 서재에서 봤던, 그리고 김윤범이 나에게 건네줬던 가방의 디자인과 똑같았다. 상은의 집에 방문했을 때, 상은이 들고 나왔던 팸플릿 속의 디자인과도 일치하는 가방이었다.

나는 일어나 발코니로 향했다. 창을 열고 나가자 밤의 한기가 느껴졌다. 일 미터가 족히 넘어 보이는 가방은 내부를 나누고 있던 천이 모두 찢어진 상태였다. 게다가 낚시 가방은 여러 번 사용한 것처럼 낡은데다 여전히 축축하게 젖어 있었다.

'이 가방이 여기 왜?'

오로지 그 질문만을 되뇌이며 나는 발코니에 가만히 서 있었다. 그때 방문을 열고 들어온 남편이 내 얼굴을 한번 슥 보더니 한숨을 쉬었다. 뒤이어 들어온 시어머니도 황당하다는 표정이었다. 아이를 달래러 방에 들어와서는 발코니에 멍하니 서 있는 내가 제정신이 아니라는 표정이었다.

남편이 이불을 젖히고 승재를 일으켜 세웠다. 눈이 퉁퉁 부어 있는 승재의 모습이 보였다.

"집에 가야지. 아빠랑 가자."

아이는 훌쩍이며 말없이 고개를 끄덕였다. 시어머니는 아이의 가방과 물건을 챙겨서 남편에게 건네주더니 창을 열고 발코니로 나와 내 뺨을 어루만졌다.

"얘, 그냥 너 치료받자. 응? 병원에 가서 상담도 받고. 얘,

괜찮다. 뭐 어떠니? 의사 남편이 왜 좋겠니. 이럴 때 쓰라고 좋은 거지. 승재 아빠가 그러는데 선배 중에 유명한 신경정신과 의사가 있단다. 에휴, 어쩌니, 병은 나아야지."

시어머니는 손을 잡고 나를 발코니에서 방으로 이끌었다. 그런 시어머니의 태도도, 남편이 승재를 데리고 나가버렸다는 사실도 크게 중요하게 여겨지지 않았다. 나는 그저 발코니의 저 낚시 가방이 신경쓰일 뿐이었다.

화단에서 발견한 시체. 김윤범이 놓고 간 낚시 가방. 나는 다시 그날이 떠올랐다. 남편이 나에게 허브티를 주고 어서 자라고 재촉하던 4월 9일 밤. 그날 이후로 사라진 화단의 악취. 사라진 시체. 몇 번이나 빨아서 말려야 했던 낚시 가방.

남편은 그날 밤 김윤범을 만나기 위해 저수지에 가지도 않았고, 집에 있지도 않았다. 남편은 나와 승재를 재우고 화단의 시체를 낚시 가방에 넣어 처리했다. 그리고 낚시 가방을 자신의 부모에게 전달했고, 시어머니는 그 가방을 매일같이 빨아 말리고 있는 거다. 남편은 정말 그 여자아이를 죽인 걸까? 여자아이를 죽이고 감추는 데 남편의 가족이 동원된 걸까? 신뢰하지 못하는 나와 어린 승재만 제외하고?

그렇다면 저들은 가족이 아니다. 더럽고 추한 범죄자 집단이다.

4월 20일 수요일

나는 내 오렌지색 볼보에 혼자 탄 채로 운전중이었지만 이전처럼 우왕좌왕하며 길을 헤매지 않았다. 내 앞의 도로는 일직선으로 뻗어 있었다. 내가 가야 하는 곳은 정해져 있다. 나와 승재는 이 더러운 곳에서 도망쳐야 한다.

4월 21일 목요일

상은

올 것이 오고야 말았다. 남편이 항상 말하던 인과응보가 행해지고 있는 걸까. 윤창근 형사에게 한 통의 전화가 걸려 왔다. 형사는 나에게 남편의 사건과 관련해 경찰서로 출석을 요청했다. 나는 전화를 받자마자, 나를 의심하던 박재호의 눈빛이 떠올랐다. 박재호가 경찰에 제보를 했을까. 그래서 경찰이 나를 남편을 죽인 유력한 용의자로 두고 수사하기로 결정한 걸까.

경찰서로 가는 내내 내가 겪게 될 가장 나쁜 상황들을 상상했다. 교도소에서 아이를 낳는 것? 감옥에 속박되어 자유가 박탈되는 것? 나를 비난하며 쳐다볼 가족과 주변 사람들?

사실, 그런 것들은 크게 상관이 없었다. 나쁜 결과들을 감수할 각오가 되어 있었기 때문에 나는 남편을 죽일 수 있었다. 내가 지금 감당할 수 없게 비참함을 느끼는 건 박재호에게 당했다는 사실 때문이었다.

강력3반의 문을 열자, 철제 책상에 앉아 제각기 일을 하던 사람들이 일제히 나를 쳐다보는 기분이 들었다. 그들이 나를 바라보는 시선에 무너질까 봐 단단히 마음을 먹으며 윤창근 형사의 책상 앞에 섰다. 그는 잔뜩 쌓여 있는 서류 더미에 얼굴을 거의 파묻다시피 하며 파일을 보고 있었다. 그의 눈빛에는 어떤 사회적인 욕망도 보이지 않았다. 그저 사건을 즐기는 개인적 욕망이 비춰질 뿐이었다.

"아! 오셨군요. 여기 앉으시죠."

내가 안내한 자리에 앉자 윤창근 형사는 부산하게 움직였다. 컴퓨터를 조작하여 문서를 인쇄하고, 문서가 나오는 틈에 휴지로 내 앞의 책상을 닦는가 하면, 종이컵에 녹차를 내오기도 했다. 나를 용의자로 생각하는 것 같지는 않았다. 그렇게 내 마음이 두려움으로부터 조금씩 멀어지기 시작할 무렵, 형사는 눈앞에 상자 하나를 내놓았다. 그 위로 문서가 놓여 있었다.

"이건 뭐예요?"

"아, 네. 김윤범 씨 유품입니다. 당시 현장에서 발견된 물건들이에요. 수사하느라 저희가 가지고 있던 것들 돌려드립니다."

나는 경찰이 내민 상자를 열어보았다. 그 안에는 남편이 쓰던 볼펜과 수첩, 그리고 남편이 가지고 다니던 옷, 지갑, 핸드폰 등이 들어 있었다.

'왜 이걸 이제야, 아니 지금 돌려주는 걸까?'

그 물음에 대한 답은 상자 위에 놓인 문서에 적혀 있었다.

"저희 수사 결과도 알려드릴 겸 이렇게 오시라 했습니다. 정황증거도 그렇고 주변 사람들을 탐문하고 부검 결과도 꼼꼼하게 살폈습니다. 타살을 의심할 만한 점이 전혀 발견되지 않았고, 집에서 나온 수면제와 일치하는 약을 복용하신 점 등에서 사건은 자살로 종결됐습니다. 유품을 이제야 돌려드리는 건 수사 때문이었으니 이해해주시리라 생각하고, 핸드폰과 수첩 같은 경우 발견 당시부터 침수 때문에 훼손 상태였는데요……"

비닐백 안에 담겨 있는 남편의 수첩은 너덜너덜해진 종이 이상의 의미가 없었다. 형사는 서랍을 열더니 작은 USB를 건넸다.

"이건 핸드폰 안에 있던 내용입니다. 유족분들한테는 핸드폰 안에 있던 내용이 가장 중요한 것 같아서요. 고인분이 생전에 찍으셨던 사진하고 메시지 넣어뒀습니다."

4월 21일 목요일

형사의 말에 의하면, 남편 사건은 자살로 끝나버렸다. 형사는 나를 용의자가 아니라 유족으로서 부른 것이었다. 박재호는 나에게 건넸던 이야기를 형사에게 꺼내지 않은 걸까. 아니면 이야기를 듣고도 자살로 결론을 내려버린 걸까. 사건이 종결된 건 나에게 좋은 일이기도 하지만 나쁜 일이기도 했다. 감옥에서 아이를 낳는 신세는 면했지만 남편의 생명보험금도 함께 없어져버렸다는 의미였으니까.

안타깝게도 남편이 항상 말하던 '인과응보가 행해졌다'는 원칙은 나를 빗나갔다. 아니, 내 입장에선 인과응보가 행해졌다고 볼 수도 있었다. 폭력을 휘두르던 남편이 결국 폭력의 피해자에게 죽임을 당했으니까.

윤창근 형사는 경찰서 로비까지 나와 나를 배웅하고 직접 택시까지 잡아줬다. 나는 택시를 타자마자 연약한 유족의 얼굴을 벗어던졌다. 택시 기사는 경찰의 배웅을 받으며 택시에 탄 내가 흥미로운지 계속 말을 걸고 싶어 했다.

"경찰서란 데가 최대한 드나들지 않는 게 좋은데……. 이상하게 저는 경찰서 가자는 손님을 많이 태워요. 그래서 왜 경찰서 가느냐 물어보면, 대부분 교통사고 같은 게 많더라고요."

택시 기사는 백미러로 나를 흘끗 보더니 내가 경찰서에서 나온 이유를 돌려 물었다.

"뭐, 교통사고 때문이신가?"

나는 얼굴을 찡그리고 대답하지 않았다. 그런 기사의 흥미에 대꾸해줄 심적 여유가 아직은 없었다.

"어디 몸이 안 좋으신가 보네."

기사는 인상을 찡그리는 표정을 보더니 제멋대로 내 몸 상태를 판단했다. 기사는 눈치가 없었다. 라디오에서는 과장된 목소리로 연기하는 라디오드라마가 나오고 있었고, 기사는 계속 자기 이야기를 주절댔다.

"택시 기사 하면요, 별별 사람들 다 만나죠. 경찰서 들어가는 사람, 나오는 사람, 경찰 보고 도망가는 사람. 뭐, 뒷자리에 연예인도 태워봤고, 우는 사람, 토하는 사람……."

택시 기사는 끼어들려는 차를 향해 경적을 울리더니 앞차 뒤로 차를 바짝 붙였다.

"근데 제일 신기한 게 아는 사람이 우연히 탈 때가 있어요. 내가 십 년 전에 현수막 회사를 다녔거든요. 거서 친하게 지냈던 사람이 얼마 전에 아주 우연히 탄 거예요. 그것도 그 사람은 뒷좌석도 아니고 앞으로 타가지고……."

흘려듣던 택시 기사의 말에 갑자기 정신이 또렷해지는 기분이 들었다.

'우연히…….'

남편이 수민의 친구들에게 계속 수민의 고향과 예전에 만

나던 사람들에 대해 물었다던 얘기가 떠올랐다. 만약 수민과 박재호가 원래 알던 사이고, 조건 만남 앱을 통해서가 아니라 둘이 우연히 만났다면……. 박재호는 소아과 의사이기에 분명 수민이 또래의 아이들을 만날 기회가 많았을 거다. 만약 수민이 박재호의 환자였다면……. 그리고 우연히 만나 수민의 핸드폰에 어떤 박재호의 흔적도 없는 거라면.

남편 역시 그래서 수민의 행적과 박재호의 행적을 맞추기 위해 여기저기 알아보고 다녔던 걸까. 만약 수민이 박재호가 운영하는 병원의 환자였다고 한다면……. 박재호의 병원에 드나들던 남편도 그 사실을 눈치챘을 거고 그래서 박재호가 움직이게끔 협박할 수 있었을 거다. 하지만 나는 남편과 달리 박재호의 병원에 드나들며 환자 기록을 빼낼 수 있는 입장이 아니었다. 어떻게 박재호와 이수민이 서로 알던 사이인지를 알아내고 증명해야 할지 좀처럼 감이 오질 않았다. 경찰도 아닌 내가 의료 기록을 열람해볼 수는 없었다.

다시 수민의 친구들을 찾아가 행적을 물어보는 것도, 아이에게 아무 관심 없던 아버지에게 물어보는 것도 마냥 쉽지만은 않게 여겨졌다.

집에 도착하자마자 형사에게 받은 USB를 노트북에 꽂았다. 남편이 핸드폰에 저장해뒀던 메모와 사진 파일들이 폴더에 정리되어 있었다. 별것 아닌 메모들. 점심값으로 얼마를 썼고, 누가 자신에게 어떤 욕을 했고, 누가 무례하게 굴었는지 적힌 글들이 대부분이었다. 나는 메모를 훑어보고 이어서 사진 폴더를 클릭했다. 일을 하면서 찍은 약상자와 약국, 병원 사진이 죽 지나갔다. 사진만 봐도 남편은 지루한 사람이었다. 일 관련한 사진말고는 일체의 다른 사진을 찍지 않았던 남편의 사진첩에 심하게 흔들린 사진들이 보였다. 그 사진들은 남편이 찍은 사진들 중에서도 가장 이질적이었다.

제대로 찍히지 않은 사진들이었다. 마치 모델하우스를 찍은 것 같기도 했고 영화에나 나올 법한 세트장을 찍은 것 같기도 했다. 그렇게 집 거실을 찍은 사진들을 넘기다 마지막 사진에 시선이 멈췄다. 여자 사진이 있었다. 사진 속에서 여자는 손으로 얼굴을 가리고 사진 찍히기를 거부하는 것처럼 보였다. 초점이 나가고 흔들린 사진이었지만, 나는 그 여자가 누군지 알아볼 수 있었다. 남편의 사진 속에 찍힌 여자는 김주란이었다. 남편은 김주란의 집을 필사적으로 찍으려 한 것처럼 보였다. 그런데 창 너머로 찍힌 그 집의 모습에서 이상하게 계속 기시감이 들었다.

수민의 핸드폰에서 비슷한 집을 본 적이 있었다. 맨 처음 그 사진을 보고 수민이 부잣집 아이일 거라고 추측했다. 하지만 핸드폰에서 찾아낸 아이의 집주소도 그렇고, 아이가 찍은 사진의 구도나 모습도 자기집을 찍은 것처럼 보이지 않아 어디 모델하우스나 가구 숍에서 찍은 사진일 거라고 대수롭지 않게 생각했다.

수민의 핸드폰을 꺼내 사진첩을 보기 시작했다. 수백 장의 셀카 사진들. 그 사진들 속에서 수민이 진짜 자신이 살던 집을 배경으로 찍은 사진은 없었다. 좋은 카페나 집을 배경으로 자신의 얼굴을 찍은 사진들이 대부분이었다. 아이의 사진첩 속 사진들은 아이의 현실이 아니었다. 아이가 소망하는 세계일 뿐이었다.

수민은 박재호의 집에 있었다. 무슨 이유에서인지는 모르지만, 수민이 찍은 사진들이 그렇게 이야기하고 있었다. 나는 핸드폰 사진의 파일명을 살폈다.

IMG_20160322_220551, IMG_20160323_230057.

수민의 마지막 사진들이었다. 3월 20일부터 수민이 사라졌다는 친구들의 말이 떠올랐다. 그렇다면, 적어도 수민은 그후로 23일까지 박재호의 집을 방문했다는 말일까. 그럼, 김주란은? 김주란이 수민에 대해 전혀 모를 수가 있을까? 박재호가 김주란 모르게 아이를 집에 끌어들였다는 말일까? 그것도 며칠씩이나?

어쩌면 남편의 핸드폰 속 이 사진은 박재호에게 돈을 받아내기 위해 남편이 필사적으로 찍은 사진일지도 모른다. 남편은 수민의 마지막 사진이 어디에서 찍혔는지 알고 있었다. 하지만 나는 수민의 사진첩의 마지막 사진들에서 어떤 단서도 찾지 못했었다. 이제 와 생각하니 그건 너무나 당연했다. 그곳은 박재호와 김주란만이 알 수 있는 아주 사적인 공간이었으니까.

몇 시간 전까지만 해도 나는 박재호에게 꼬리가 잡혔다고 분해했지만, 지금은 박재호의 꼬리를 내가 잡고 있었다. 나에게 다시 한번 기회가 왔다. 박재호에게 인과응보를 행할.

주란

창밖을 바라봤다. 창문 너머로 아파트 건물들이 줄지어 가득 보였고, 아파트마다 수백 개의 창문이 또 보였다. 저 창문 안의 사람들도 나만큼의 고민을 가지고 있을까 궁금해졌다.

"후두둑후두둑 하는 소리가 들리기도 하고 물소리가 들리기도 했단 말이지요?"

흰색 셔츠에 베이지색 카디건을 걸친 의사가 내 시선을 신경쓰며 질문했다. 김선우이라는 이름의 정신과 전문의는 나를 보며 따뜻함이 묻어나는 표정을 지었다.

"그 소리들이 어땠어요? 두려웠나요?"

"네, 정체를 모르는 소리들이라 무서웠어요."

"화단의 시체는요? 화단의 시체가 그 소리들과 관련 있다고 생각한 거예요?"

나는 고개를 좌우로 저었다.

"아뇨, 그건 아니에요. 그것들은 개별적으로 나타나서 저를 괴롭혔어요."

"지금도 그래요? 지금도 여전히 그 소리가 들리고 화단 아래 시체가 있다고 생각해요?"

얼굴에 살집이 있는 의사는 오십 대라는 나이가 어울리는 관록과 편안함을 가지고 있었다. 여자는 남편의 선배였다.

"아뇨, 지금은 아니에요."

나는 의사를 믿지 못하고 소극적으로 대답을 이어갔다. 시어머니의 간곡한 청으로 당분간 상담을 받기로 결정했다. 시부모님과 남편에게 나는 치료를 받아야 하는 사람이었다. 이 의사도 남편의 입장에서 질문하고 있었다. 남편이 미리 건넨 정보들을 가지고 문제를 찾고 나를 치료하려 했다.

"그래요. 그런 소리들이 왜 주란 씨에게만 들릴까요?"

"글쎄요……."

내가 느낀 진실을 그대로 얘기하면 시부모님과 남편은 나를 더욱더 정신병 환자로 몰 것이 분명했다. 당장이라도 집을 나오고 싶었지만 승재를 두고 나올 수는 없었다. 남편과 이혼을 할 수도 없었다. 정신병 환자인 엄마에게 양육권이 주어지진 않을 테니까. 나는 남편이 친 덫에 걸려버렸다.

"주란 씨에게 소중한 언니를 잃은 기억이 있다고 들었어요."

나는 의사를 쳐다봤다. 그랬다. 의사 역시 언니에 대한 이야기를 듣고 싶어 했다. 내 정신병의 원인은 십육 년 전 갑작스럽게 살해당한 언니 때문이라고 이미 결론짓고 있는 표정이었다.

"네, 언니를 잃었어요."

"얼마나 힘드셨을까요. 에휴……."

나는 고개를 숙였다. 의사의 동정이 지금의 내겐 견디기 힘들었다.

"주란 씨, 실은 저도 오 년 전에 막내 아이를 잃었어요. 일곱 살이었는데……."

나는 고개를 들어 의사를 쳐다봤다. 의사의 눈가가 촉촉하게 젖어 있었다. 거짓으로 들리진 않았지만 물어보지도 않은 자신의 슬픔을 꺼내는 의도가 한편으로 불순하게 보였다.

"아이가 죽고, 사람들이 다 미웠죠. 아니, 증오했죠. 다 죽어라. 다 죽어버려라. 매일 그 생각을 반복하면서 사람들을 대했어요. 모두가 날 괴롭히고 못살게 구는구나……. 나한테 인사를 해도 못살게 구는 거고, 친절을 베풀어도 싫었고……. 다 죽어라. 그러니까 다 죽어버려라……."

"저는……."

4월 21일 목요일

291

나는 힘겹게 입을 뗐다.

"사람들이 다 죽기를 바라는 게 아니에요. 저는…… 누구도 언니처럼 죽기를 바라지 않았어요."

"그럼요. 주란 씨는 누구보다도 선한 의지를 가진 사람처럼 보여요."

"아니에요. 전 누구도 언니처럼 죽기를 바라지 않았지만, 언니를 죽인 놈만큼은 사지가 갈가리 찢겨 고통스럽게 피를 토하며 죽으라고 기도했어요. 매일같이."

"아……. 네……. 그럼요. 그건 너무 당연한 심리예요."

"그 남자 죽었을까요? 죽어서 저를 저주하는 걸까요?"

"아니에요. 주란 씨는 그런 나쁜 짓을 안 했는걸요."

"근데 제가 죽으라고 기도한 건 범인인데…… 왜 제 사지가 찢겨 나가는 것 같죠? 선생님……. 왜 제가 힘들어야 하죠?"

나는 눈을 꾹 감았다. 가슴이 답답해져 숨쉬기가 힘들었다.

"혹시 그 범인 때문에 괴로운 게 아니라 언니분 때문에 주란 씨가 괴로운 것 아닐까요? 집안의 이상한 소리도 언니가 내는 소리라고 생각하고 계신 건 아니세요?"

나는 고개를 좌우로 저었다. 모든 문제는 언니 때문이 아니었다. 내가 여전히 언니의 죽음 안에 괴로워하고 있을지언정 언니 때문에 내 인생이 흐트러졌다고 생각해본 적은 없었다. 나는 언니에 대한 죄책감 때문에 더 나은 삶을 살고 싶었을 뿐이다. 언니에게…… 좀더 나은 나를 보여주고 싶었으니까……. 언니에게…….

의사가 내 손을 잡자 속으로 흐느끼던 울음이 밖으로 새어나왔다. 작은 울음이 점점 커져, 나도 모르게 가슴을 치며 오열했다. 내 오열 소리에 놀란 시어머니가 대기실에서 상담실 문을 벌컥 열고 들어왔다. 나는 의사도 시어머니도 신경쓰지 않았다. 쌓이고 쌓였던 울음을 나는 지금 다 쏟아내야만 했다. 이 울음은 언니를 위한 울음이 아니었다. 남편 손에 죽은 열다섯 살 여자아이. 나는 그 아이를 위해 있는 힘껏 애도를 하며 오열했다.

"그래, 그래도 속은 좀 편하지? 근데 약 같은 건 처방을 안 해줬네……."

병원을 나서며 시어머니가 나를 위로했다.

"그래……. 승재는 며칠 우리집에 있게 하는 게 어떠니? 우리가 학교도 데려다주고……."

"어머니, 왜요? 전 괜찮아요. 이제 괜찮아요."

"너…… 왜 내가 승재 아빠랑 너랑 결혼한다 했을 때 반대한 줄 아니? 그게…… 니 사주가 너무 사악해서였어. 스스로를 죽이는 사주였거든. 주변엔 아무 문제가 없는데 혼자서 그냥 자기를 죽이는 사주야, 니 사주가. 그러니까 좀 편하게 생각하고 살아. 문제가 있어도 문제가 없다고 생각하고, 조용조용하게. 그냥 좋은 게 좋은 거다 생각하면······."

"택시 타고 가세요."

나는 시어머니의 말을 끊고 몸을 돌려 주차장으로 향했다. 시어머니의 말을 들을 인내심이 바닥나 있었다.

집안 상태가 엉망이었다. 아침 설거지는 그대로 있었고, 가구 위로 먼지들이 쌓이다 못해 덩어리지고 있었다. 아이보리색 러그에는 과자 부스러기가 보였다. 나는 매일같이 닦고 쓸고 정돈했던 이 공간을 다시 살폈다. 이 공간을 가꾸는 건 내 일이었고, 나는 그런 내 일을 성공적으로 완수하고 있다고 생각했다. 하지만 사람들은 어느 순간부터 남편이 벌어 오는 돈으로 호의호식하며 생각 없이 사는 여자라고 나를 판단했다. 내 취향도 남편이 주는 여유로부터 나오는 것이라 여겨져 존중받지 못했다. 모두가 나를 어른으로 여기지 않았다.

어쩌면 사람들의 생각처럼 스물세 살에 멈춰 있는 건지도 모르겠다. 물론 그건 그때 죽은 언니 탓이 아니다. 언니가 죽었기 때문도 아니다. 그 상황을 맞닥뜨렸을 때 회피하고 도망친 내 탓이다. 나는 언제나 도망쳤다. 남편의 눈에 서린 냉소를 봤을 때도 모른 척하고 도망쳤다.

남편은 간호사들에게 매서운 의사이자 두려움의 대상이었

다. 새로 간호사가 들어와서 몇 달을 채우지 못하고 그만둬도 그저 남편이 사람을 구하느라 힘들어한다고만 생각했다. 간호 사들을 욕하며, 그들의 끈기 없음과 허영심에 대해서만 생각 했다. 하지만 간호사들이 병원을 그만둔 건 그들의 허영심도 끈기 없음 때문도 아니라 남편의 집요한 성격 때문이었을지도 모른다는 생각이 들었다. 남편은 일을 하다가 문제가 생기면 상대가 자신의 잘못을 인정하고 용서를 빌 때만 관대한 척했 다. 혹시라도 문제의 원인에 남편을 엮어 따지기라도 하면, 어 떻게든 자신은 잘못이 없다고 집요하게 증명하며 상대가 그걸 인정할 때까지 물고 늘어졌다.

남편은 낚시를 즐기고 주로 집에서 책을 보거나 영화를 볼 뿐, 사적인 친분으로 사람들을 만나지 않았다. 단순히 비사교 적인 성격 때문에 그런 거라고 생각해왔지만, 동창 모임에 갔 을 때 남편의 친구들이 남편을 무서워한다는 느낌을 받은 적 이 있다. 남편은 사람들과의 모임을 싫어하지만 한번 모임을 나가면 언제나 만취된 상태로 집에 돌아오곤 했다. 생각해보 면 그런 남편을 데리고 온 건 대리 기사가 아니라 남편이 위에 군림할 수 있었던 누군가였다. 김윤범 같은.

나와 남편이 십육 년 동안 별다른 마찰과 싸움 없이 지낼 수 있었던 건 우리의 역할이 분명했기 때문이다. 남편은 군림 했고 나는 그걸 보호라 여기며 받아들였다. 내가 남편이 좋아하는 음식을 연구하고 남편의 취향에 나를 맞추기 위해 노력하는 동안, 남편은 승재와 동갑인 여자애를 죽였다.

남편은 변한 것이 없다. 그동안 내가 보고 싶은 남편의 모습만을 봐왔을 뿐. 남편의 본모습을 보지 않기 위해 노력한 건 나였다. 내가 그토록 회피하고 싶은 남편의 본모습은 무엇이었을까. 나는 남편과 내가 처음 만났던 그때를 기억했다.

우리가 처음 만났을 때, 남편은 서른두 살이고 나는 스물두 살이었다. 이십 대인 나는 종종 고등학생으로 오해받을 만큼 어려 보이는 외모였다. 남편과 사귀기 시작하면서 친구들에게 남자친구를 소개할 때면, 나는 나이 차이를 거의 느끼지 못할 정도로 남자친구가 나를 배려해준다는 말을 꼭 덧붙였다. 하지만 친구들은 남자친구가 돈 많은 레지던트란 얘길 듣고 나면 조금은 노골적으로 경멸의 표정을 지었다. 나는 그들의 그런 시선을 별로 신경쓰지 않았다. 사람들은 내가 아빠 없이 자랐으며, 등록금을 벌기 위해 아르바이트를 몇 가지나 동시에 해야 한다는 것에도 무시의 시선을 보냈었으니까. 나는 칭찬과 존중에 굶주린 사람이었고, 그런 내 욕구를 당시에 남편은 온전히 채워줬다.

연애가 일 년이 넘어가도록 남편과는 가벼운 키스를 했을 뿐 더이상의 스킨십이 없었다. 그런 남편의 태도에 조바심이 난 건 내 쪽이었다. 내가 먼저 남편에게 자고 싶다고 고백했다. 남편은 서울 시내의 고급 호텔을 예약한 뒤, 나에게 구찌 지갑을 선물했다. 호텔에 들어설 때까지만 해도 모든 것은 내가 원하는 섹스의 과정 중에 있었다. 하지만 처음으로 우리가 벌거벗은 채로 침대 위에서 서로 마주봤을 때부터, 그 이후로는 내가 원하는 방식이 아니었다.

나는 멈추고 싶었지만 남편은 커다란 손으로 입을 막고 내 위에 올라타서는 내 머리가 침대 헤드에 쿵쿵 부딪히는 것도 상관 않고 계속 밀어붙였다. 남편은 이상하게 계속 뒤를 돌아보며 다른 곳에 신경쓰는 것처럼 보였다. 남편이 내 몸을 반대로 돌렸을 때, 그제야 남편이 자꾸 뒤돌아본 이유를 알았다. 한쪽 벽에 걸린 커다란 거울 속에 비춰지는 '섹스하는 자신'에 도취된 남편이 그런 자신을 감상하고 있었던 것이다. 두 팔을 들어올려 거울을 보며 괴상한 표정을 짓던 남편의 얼굴을 떠올리기가 괴로웠다. 나는 억지로 그런 남편의 모습을 지워버렸다. 그리고 다시 그를 존경해야 한다고 생각했다.

"니가 어려서 좋아."

관계를 마치고 남편이 내 귀에 속삭인 말이다. 그때는 그 말을 칭찬으로 받아들이고 우쭐했던 것 같기도 하다. 하지만 지금 생각하니 너무나도 끔찍한 말이었다.

인터폰 벨이 울렸다. 화면에 보이는 얼굴은 옆집의 구은하

4월 21일 목요일

였다. 문 열기를 고민하는 동안, 은하는 내 이름을 소리 높여 부르더니 핸드폰으로 전화를 걸었다. 나는 어쩔 수 없이 대문을 열고 은하를 맞이했다.

"주란 씨! 저번에 나한테 부탁했던 애 있잖아요!"

은하가 소리지르다시피 목소리를 높여 말을 했다. 얼마 전 은하에게 가출한 수민을 찾을 수 있는 방도에 대해 의논했던 일이 떠올랐다.

"혹시나 하고 알아봤는데……. 그 아이가 발견됐어요! 정말 친구 딸 맞아요?"

은하는 '발견'이라는 단어를 사용했다.

"발견됐다고요?"

"음……. 네, 근데 정말 친구 딸 맞아요?"

나는 은하의 질문에 머뭇거렸다. 그런 내 태도가 답답했는지 은하는 다시 흥분한 어조로 말을 이었다.

"수원 야산에서, 이미 부패가 많이 진행된 시신으로 발견됐대요. 신원 확인하느라 애 좀 먹었다더라고요. 친구 딸…… 아니죠?"

설마설마했던 사실이 내 앞에 던져졌다.

"친구 딸은 아니에요. 아는 사람이 찾던 아이인데……."

"그 아는 사람이 누구죠?"

"범인은요? 범인은 잡혔나요?"

나는 마음속에서 남편이 아닌 제삼자가 범인으로 잡히길 바라고 있었다. 아직도 사랑이 남아 있는 걸까.

"아니요. 이미 부패가 많이 진행돼서……. 근데 제가 이렇게 급하게 여기 찾아온 건 경찰이 주란 씨 찾아올지도 몰라서예요. 주란 씨가 이 아이를 찾고 있다고 말했거든요. 어쩔 수 없었어요. 너무도 심각한 사건이니까 조금이라도 단서가 있다면 알려야 했어요."

"경찰요?"

나는 경악하며 은하에게 되물었다.

"침착해요, 주란 씨. 여자애가 산에서 시체로 발견됐어요. 지금 범인을 잡는 것보다 중요한 일은 없어요. 저한테 찾아달라고 사진을 내민 것도 주란 씨잖아요. 주란 씨……. 이 사건은 아무리 귀찮아도 경찰을 만나야 해요."

은하는 언제나 이성적이고 합리적인 듯 자신의 논리를 펼쳤다. 나는 묻고 싶었다.

'당신과 가장 가까운 사람이 살인자라도 이렇게 행동할 수 있나요?'

은하가 돌아간 뒤, 나는 커다란 캐리어 가방을 끄집어내 거기에 중요한 물건 위주로 짐을 싸기 시작했다. 지갑에 현금도 두둑하게 넣었다. 나는 아직 경찰을 대면할 준비가 되어 있지 않았다. 지금, 이 상황에서 도망쳐야 했다. 남편과 경찰, 모두

로부터 도망쳐야 했다. 나는 오로지 나만을 생각하기로 했다.

그 여자, 이상은처럼.

4월 22일 금요일

상은

남자의 입가에 버짐이 피어 있었다. 남자는 남편의 사건을 수사하던 형사에 비해서 체격이 더 다부지고 얼굴도 사나웠다.

"왜죠? 왜 그 아이 핸드폰을 가지고 있었죠?"

내가 박재호를 위협할 만한 증거를 찾았다고 환호하고 있을 때, 형사들도 수민의 핸드폰이 나에게 있다는 걸 알아냈다.

"제가 가지고 있던 게 아니에요."

"말장난하지 마시고! 왜 가지고 있었습니까?"

형사의 강압적 말투에 대답하고자 하는 의지가 사라졌다. 남자는 느닷없이 아침 일찍 집에 찾아와 수원서부경찰서에서 나왔다며 문을 두드리더니, 자진해서 수민의 핸드폰을 내놓지 않으면 당장이라도 영장을 받아 와 체포하겠다고 엄포를 놓았다.

"남편이 가지고 있었어요."

"죽은 김윤범 씨요?"

"네."

수원 팔달산에서 부패가 많이 진행된 여자 사체가 지난주 발견됐고, 사체의 신원이 이수민이라는 여자아이로 밝혀지면서 수민의 아버지와 친구들이 나를 용의자로 지목했다. 수민의 아버지는 처음부터 내가 의심스러웠다고 한다. 수민은 학교를 그만둔 상태였기 때문에 계속 결석하는 아이가 걱정된다고 찾아온 내가 거짓말을 하고 있음을 단번에 눈치챘다고 했다. 하지만 사금융에서 돈을 받아내려고 보낸 사람일 수도 있어 잠자코 대응해줬다고 한다. 그렇게 의심 가는 사람으로 내가 지목되기 시작할 때, 수민의 핸드폰 신호가 잡힌 기지국이 우리집 근처로 밝혀지자 경찰은 지체 없이 나를 찾아온 것이었다.

"김윤범 씨가 이걸 왜 가지고 있었죠?"

"모르겠어요."

"모른다고요? 모르는 사람이 핸드폰 주인을 찾아다니면서 행적을 물어보고 다닙니까? 짐작하는 게 있었을 거 아닙니까?"

"남편이 죽은 게 자살이 아니라고 생각했으니까요."

"그게 무슨 말이죠. 얼렁뚱땅 넘기지 말고 자세히 얘기하세요."

나는 중요한 얘기인 척 심호흡을 했다.

"남편이 죽기 전에 지하 주차장에서 고등학생 아이들한테 이유 없이 폭행을 당한 적이 있었어요. 그래서 저는 남편이 자살이 아니라고 생각했어요. 누가 남편을 죽였고, 그래서 범인을 찾아야 한다고 생각했어요. 남편이 그 핸드폰을 가지고 있던 게 이상해서 살펴본 거였어요. 혹시나 하는 마음에……."

"아하……. 김윤범 씨가 예전에도 이런 문제로 골치 좀 썩였습니까?"

"네? 무슨?"

"아시면서, 성매매. 성매매하고 다니면서 아주머니 속 좀 썩였느냐고요."

"글쎄요."

"글쎄요? 기면 기다 아니면 아니다 정확하게 대답하세요."

"아니요."

"아니었으면 좋겠는 겁니까, 아닌 겁니까?"

형사는 원하는 대답이 있는 듯했다. 나는 이제 그 원하는 바에 알맞은 대답을 하면 되었다.

"제 남편의 명예가 달렸잖아요."

"뭐요? 명예요?"

"함부로 얘기 못 해요. 남편은 이미 죽은 사람이니까……

제가 함부로 말할 수 없어요."

형사는 깊은 한숨을 쉬더니 알겠다는 듯 고개를 끄덕였다.

"저희가 화성경찰서에서 수사 자료도 다 넘겨받았어요. 괜히 말 지어내거나 거짓말하시면 나중에 다 문제되고 처벌받아요. 여기 남편분 명예만 중요한 게 아니에요. 죽은 여자애는요? 죽은 여자애 명예는 없습니까. 거기도 유가족이 있고, 걔는 열다섯이라 앞날도 창창했어요. 거 아주머니도 임신중이잖습니까? 뱃속 아이 생각하셔서라도 최대한 정직하게 알고 계신 거 진술하셔야 합니다. 엄마가 정의로워야 아기도 정의롭게 크지 않겠습니까?"

근엄하게 훈계하는 형사의 태도에 마음이 편안해졌다. 남자는 상식과 비상식이 분명하게 나뉘는 사람처럼 보였다.

"제가 임신중이라 남편과 관계를 거부했어요. 결혼하고 사년 만에 갖게 된 아이라 조심하려 했는데…… 남편이 좀 힘들어했어요. 하루는 자기가 밖에서 아무 여자랑 해도 저보고 불만 갖지 말라고 그랬어요."

"그래요? 근데 이 핸드폰은 어떻게 알게 된 겁니까? 남편이 어디다 둔 걸 본 게 아닙니까?"

"남편이 죽고 물건 정리하다 서랍에서 발견했어요. 분홍색 핸드폰이라 이상해서 살펴봤고요."

"남편이 폭행당했을 때는 왜 신고를 안 했습니까? 보니까

심하게 당하시던데."

"전 몰랐어요. 남편이 죽고 나서야 경비 아저씨가 그런 일이 있었다고 CCTV 화면을 보여줬어요. 남편이 신고를 원하지 않았대요."

"근데 왜 여자애 아빠한테까지 찾아가서도 그걸 안 돌려준 겁니까, 핸드폰을?"

"이상해서요."

"뭐가요?"

"핸드폰 전원을 켰을 때 수민이라는 애를 찾는 문자메시지가 계속 도착하는 게. 근데 정작 핸드폰 주인은 자기 핸드폰을 찾고 있지 않는 게⋯⋯."

형사들이 나를 뚫어지게 쳐다봤다.

"그러니까⋯⋯ 의심하고 있었던 거네요. 그쵸? 아이가 죽었을지도 모른다고."

나는 고개를 숙이고 바닥을 쳐다봤다.

"네."

"근데 왜! 신고도 안 하고 혼자 돌아다니면서 뒷조사를 하고 다녔습니까!"

형사가 언성을 높이며 되물었다.

"남편이⋯⋯ 남편이 죽였을 수도 있으니까요. 아무리 그래도 남편을 신고할 수는 없잖아요. 그래서 알아보려고 한 거예

4월 22일 금요일

요. 뭔가 확실해지면 신고하려 했어요."

이 방에서 내가 한 대답은 모두 녹화되고 있었다. 기록에 남기 때문에라도 고개를 숙이고 표정을 숨겨야 했다.

"남편분 폭행했던 애들 다 잡혔어요. 남편분 사고랑은 관련 없어요. 그날 확실한 알리바이도 있고. 그래도 그놈들이 저지른 죄가 있어서 구치소는 갈 겁니다."

"네, 감사합니다."

스스로의 감정에 도취된 듯 나도 모르게 말끝이 떨려왔다. 내가 쉽게 일어서지 못하자 형사가 부축하며 도왔다. 내가 거짓말을 할 때마다 뱃속 아이가 꿈틀거리는 움직임이 느껴졌다. 마치 다 알고 있다는 듯이.

수원의 야산에서 수민의 사체가 발견된 사실은 나에게도 충격이었다. 나는 그 아이의 시신이 저수지 아래 가라앉아 영영 발견되지 않으리라 생각했다. 박재호는 아이의 시신을 뜬금없이 산에 유기했다. 게다가 그곳은 유적지인 수원 행궁 옆인데다 시민들이 운동을 하기 위해 매일같이 오르는 산이었다. 경찰 말에 의하면 시신이 산중턱도 아니고 초입에 야트막하게 묻혀 있었다고 했다. 박재호는 생각보다 허술한 사람일지도 모른다. 그가 경찰에게 너무 쉽게 잡힐지도 모른다는 생각에 불안해졌다. 박재호가 잡히는 순간 모든 것은 끝난다.

나는 이제야 위협할 증거를 막 찾아냈다. 지금은 박재호가 범인이라는 사실을 아는 사람이 오로지 나 혼자여야 했다. 그리고 당분간은 박재호의 범죄를 남편이 대신 뒤집어써주길 바랐다.

주란

비행기 티켓을 끊고 멀리 도망갈 수도 있었지만 나는 겨우 인천의 호텔로 도망쳤을 뿐이다. 어린시절 숨바꼭질을 할 때, 술래를 피해 도망가면서도 한편으로는 나를 영영 못 찾는 게 두려워 멀리 가지 못했던 심정과 비슷했다. 그래서일까, 어린 시절을 보내고 지금도 친정 엄마가 살고 있는 인천 송도로 도망쳤다. 궁지에 몰리자 익숙한 곳말고는 도통 떠오르는 장소가 없었다.

호텔에 체크인을 하고 방에 들어서자마자 승재가 엄마에게 또 실망을 하지 않을까 하는 걱정이 앞섰다. 나는 핸드폰으로 "승재야 밥 챙겨먹고 무슨 일 생기면 문자 보내. 엄마는 친구네서 며칠 좀 쉬다 돌아갈게"라고 썼다가 결국 다 지우고 "승재야 밥 잘 챙겨먹고 있어"라고 짤막한 메시지만 보냈다. 아이에게 내가 겪고 있는 이 상황과 심정을 전부 납득시킬 수는 없었다.

4월 22일 금요일

나는 핸드폰을 끄고 어제저녁부터 지금까지 호텔방 침대에
계속 누워 있었다. 먹은 음식이라곤 방에 비치되어 있던 생수
가 전부였다. 이렇게 가만히 누워 있는다고 해서 세상은 뭐가
바뀌진 않는다. 적막함 속에서 너무도 느리게 흘러가는 시간
을 버텨야 할 뿐이다. 나는 눈을 감았다. 시간이 흐르는 소리
가 째깍째깍 들렸다. 시간은 나와는 상관없이 다른 사람들만
을 위해 흘러가는 것처럼 느껴졌다. 이곳에 평생 있을 수 없
다는 것은 알고 있었다. 하지만 시어머니 말대로 그저 모른 척
하면 다 해결되는 시기도 지나버렸다. 나는 이곳을 나가 내가
왜 이수민이란 아이를 찾았는지 경찰에게 해명해야 했다.

쿵쿵쿵! 방문 두드리는 소리가 들리더니 이어서 벨이 울렸
다. 드디어 술래가 나를 잡으러 온 걸까?

나를 잡으러 온 술래는 다름 아닌 남편이었다. 내가 문을
열자 조금 떨어져 서 있던 경찰관도 보였다. 남편은 경찰과 함
께 나를 잡으러 왔다.

"어휴, 아주머니 여기 계셨네요. 다행이에요, 정말."

"네, 감사합니다. 제가 여기서 아내랑 얘기 좀 하고 다시 연
락드려도 될까요?"

"그러세요. 뭐, 호텔 앞에 있을까요?"

"아니요. 괜찮습니다. 문제가 생기면 다시 연락드리겠습니다."

"아, 네. 그러세요."

경찰관은 인사를 하고 자리를 떴다. 수민 문제로 남편과 함께 경찰관이 찾아온 거라 생각한 탓에 나는 어리둥절했다. 경찰관은 너무도 아무렇지 않게 남편의 요구대로 사라져버렸다. 경찰관이 가버리자 남편은 방으로 들어와 문을 세게 닫았다. 방에는 남편과 나만 남았다.

"어떻게 알고 왔어?"

"경찰이 당신 카드 내역 보고 알려줬지."

"경찰이 집 나간 아이들은 안 찾아도 집 나간 부인은 찾아주나 보지?"

"전화도 꺼놓고 왜 여기 있는 거야? 걱정했잖아."

"승재는? 승재는 어쩌고 있어?"

"승재는 학교 끝나면 주말 동안 할머니네 가 있으라고 그랬어. 집에 가자."

"승재도 여기로 데려올 거야. 절대 당신네 엄마한테 맡길 수 없어."

남편은 한숨을 깊게 내쉬고는 침대에 털썩 앉았다. 나는 남편이 나를 찾아줘서 다행이란 생각과 함께 다시금 화가 솟구쳤다.

"경찰이 곧 나를 찾아올 거야."

남편은 내 말을 진지하게 듣지 않고 비웃더니 아예 누워버렸다.

4월 22일 금요일

309

"어휴……. 집에 가자, 제발……."

남편은 눈을 감았다. 오늘은 병원 일 때문에 남편이 제일 피곤을 느낄 금요일이었다.

"당신이 수민이라는 여자애를 죽인 일로, 경찰이 나를 찾아올 거야."

남편이 인상을 찌푸리며 눈을 뜨더니 마른세수를 했다.

"당신 찾는 데 왜 경찰이 여기까지 오고 카드 내역도 살펴줬는지 알아?"

남편이 재킷 안주머니에 손을 넣더니 종이 한 장을 꺼내 내 앞에 펼쳐놓았다. 내가 어제 갔었던 신경정신과 병원의 마크와 의사의 사인이 보였다.

"당신 환자야. 당신은 인정 안 하겠지만 주변 사람은 다 당신을 환자라고 생각해. 망상장애. 이제 당신도 인정해야 돼. 경찰도 당신이 정상이 아니니까 적극 나서준 거라고."

내 앞에 앉아서 자신의 슬픔과 나의 슬픔을 동일시하며 위로하던 의사는 나를 망상장애로 진단했다. 생각해보면 그 의사는 남편의 선배고, 그 병원으로 나를 인도한 건 시어머니다.

"내가 화단 아래에서 본 건 시체가 맞고, 김윤범이 가져다놓은 낚시 가방에 시체를 담아서 그날, 4월 9일에 산에 묻은 거야. 그걸 당신 부모가 도와줬고. 그리고 같은 날 모든 걸 알고 있던 김윤범이 죽었어. 맞지? 이게 망상이라고!"

마당이 있는 집

310

남편은 떼쓰는 어린아이를 바라보는 듯했다. 차분하게 내 말을 다 들은 남편은 캐리어에 물건들을 담기 시작했다.

"집에 가자. 집에 가서 말해. 당신 좀더 적극적으로 치료받자고. 일단 가서 안정부터 취하고."

남편은 내 말을 인정하지 않았다.

"경찰이 나를 찾아올 거야."

"그래, 알았어. 내가 옆에 있잖아. 경찰이 뭐가 무서워?"

"진작 말을 하고 용서를 빌지 그랬어. 내가 이수민을 찾아다닌 걸 경찰이 알아. 망상이 아냐. 옆집 여자가 이수민이 시체로 발견됐다고 알려줬어. 그러니까 내 망상이 아냐. 이상은이란 여자랑 나랑 수민이를 찾아다녔어. 그걸 경찰이 알고 찾아올 거란 말야!"

남편이 미간을 찌푸리고 인상을 쓰더니 그제야 상황을 심각하게 받아들이기 시작했다.

"당신…… 상은이란 여자를 만났다고?"

남편은 어이가 없다는 듯 실소를 터뜨리며 바닥에 주저앉았다.

"당신 그 여자가 어떤 여자인 줄 알기나 해?"

"그 여자가 별로 좋은 여자가 아니란 건 알아. 돈이나 뜯으려 하고……."

남편이 내 말을 끊고 소리를 질렀다.

4월 22일 금요일

311

"그 여자, 자기 남편을 죽인 여자라고! 기껏 보험금 이억을 받겠다고 남편을 한밤중에 저수지에 처박은 여자라고! 지금 그런 여자 말을 믿었다는 거야! 당신 정말 미친 거야?"

남편은 김윤범을 죽인 사람이 자신이 아니라 상은이라고 말했다. 그게 가능한 일일까? 나는 진짜 망상증 환자인 걸까? 나를 둘러싼 세계의 진실과 거짓이 머릿속에서 뒤엉켜 내 몸을 흔들며 모든 판단을 막고 있었다.

"당신, 이러면 안 돼. 정말 평생 후회하게 된다고. 오로지 나는 가정을 위해서 이렇게 버티는 거야. 그런 나를 의심하고 그러면 평생 후회해."

"아무것도 믿을 수가 없어……."

"진짜 그동안 어떤 일이 있었는지 알고 싶어? 그걸 말해주면 이런 어이없는 짓들을 관두겠느냐고."

나는 남편을 바라봤다. 중년의 남편은 갑자기 폭삭 늙은 얼굴로 눈자위를 꾹꾹 눌러댔다. 무거운 책임감을 안고 버티다 지친 표정이었다.

"나도 알고 싶어……."

남편은 쉽게 입을 열지 못했다. 이번엔 내가 남편 어깨 위로 손을 올렸다. 남편이 어떤 사실을 말해도 무너지지 않겠다는 다짐의 표현이었다. 남편은 힘겹다는 듯이 눈을 질끈 감고 끄응 하며 신음 소리를 뱉었다.

"당신…… 평생 후회하게 될 거야……. 그 여자랑 만나고 나를 의심한 걸……."

상은

남편이 의사들을 협박하기 위해 엑셀로 작성해둔 리베이트 목록에는 의사들의 집주소와 아이들 학교까지 적혀 있었다. 나는 목록에서 박재호의 이름을 찾았다. 박재호의 주소는 서울시 강남구에서 경기도 성남시 분당구로 변경되어 있었다. 박재호 이름 옆에는 부인인 김주란의 이름, 나이, 생일이 적혀 있었다. 그 아래로는 아들의 이름과 다니는 학교가 있었다. 남편은 단순히 박재호에게 돈을 빼앗으려 한 게 아닐지도 모른다는 생각이 들었다. 생각해보면 박재호는 남편이 열망했던 모든 것을 누리는 사람이었다. 어쩌면 남편은 박재호의 가정 자체를 빼앗고 싶었는지도 모른다.

한 시간 정도 걸려 판교에 도착했다. 신분당선으로 갈아타고 판교역에서 내린 뒤 택시를 타고 박재호의 집이 위치한 길목의 초입에 내렸다. 다소 황량해 보이는 길가에 단독주택들이 제각각 위용을 뽐냈다. 각기 다른 디자인으로 건축된 집들이었다. 하지만 이상하게도 그 집들은 오로지 집으로만 존재하고 있는 느낌이었다. 어느 집에서도 사람이 살고 있다는 느낌이 나지 않았다. 사람이 사는 동네가 아니라 집이 사는 동네 같았다.

박재호와 김주란이 살고 있는 집은 대문과 담장이 낮고 붉은 지붕에 목조로 골격을 세운 주택이었다. 다른 집들에 비해서도 큰 창이 인상적인 집이었다. 잔디가 깔린 작은 마당에는 아담한 테이블이 보였고 그 옆으로 바비큐 그릴도 있었다. 그 집은 풍경과 위용만으로도 나에게 위화감을 불러일으켰다. 내가 김주란에게 품었던 동정을 한순간에 우습게 만들어버렸다. 지금 느끼는 위화감은 어쩌면 남편이 열망한 욕망과 일치하는 것일지도 모른다. 하지만 다시 생각해보면 이 멋진 집은 박재호라는 추악한 인간을 가려주는 곳 그 이상도 이하도 아니었다.

"누구세요?"

교복을 입은 키가 큰 남자아이가 나를 내려다보고 있었다.

"여긴 저희 집인데요. 누구세요?"

아이의 교복 위로 '박승재'라는 이름이 보였다.

"니가 승재구나?"

"누구세요?"

"엄마 친구야. 엄마 집에 계시니?"

"핸드폰으로 전화해보세요."

아이는 퉁명스럽게 말하더니 대문 안쪽으로 훌쩍 들어가서는 현관문 도어 록 비밀번호를 누르기 시작했다.

"엄마랑 여기서 만나기로 했는데 전화를 안 받아!"

내가 소리치자 아이는 난감한 표정을 지었다.

"내가 임신중이라 힘들어서 그런데 들어가서 엄마 기다리면 안 될까?"

아이는 내 배를 흘낏 쳐다보더니 현관에서 내려와 대문을 열었다. 나는 아이에게 따뜻한 미소를 보냈다.

"너 착하구나……"

대문을 지나 마당으로 들어서자 집 외관을 좀더 가까이서 볼 수 있었다. 새로 지은 집답게 모든 것이 깨끗했고, 빛났다. 아이는 현관문을 열고 나를 안으로 안내했다.

거실에는 실내용 슬리퍼가 가지런하게 놓여 있었다. 나는 폭신한 슬리퍼를 신고 아이가 안내하는 대로 거실 한쪽의 짙은 회색 소파로 다가갔다. 소파 아래로 아이보리색 러그가 깔려 있었다. 소파에 앉자 거실 창을 통해 마당이 한눈에 보였다. 창은 마치 극장에 걸린 커다란 스크린 같았다. 그 너머로는 아름드리나무의 녹색 나뭇잎이 평화롭게 흔들리는 광경이 펼쳐졌다.

아이는 주방으로 들어가 달그락거리는 소리를 내며 뭔가를 꺼냈다. 나는 소리가 나는 주방으로 향했다. 정가운데 커다란 8인용 테이블이 놓여 있고, 테이블 위로 길게 내려온 원형 조명이 보였다. 주방 역시 화단을 볼 수 있게 한쪽 벽면이 통유리로 되어 있었다. 이 집은 이상하게도 모든 가구 배치와 설계가 창에 집착하고 있는 듯 보였다.

아이는 보라색 주스가 담긴 컵을 내밀었다.

"너 정말 착하구나……"

칭찬이 민망한지 아이가 어색한 미소를 지었다.

"엄마가 전화 안 받아요."

아이는 나를 위아래로 훑으며 살폈다. 아무래도 내가 의심스러운 모양이었다.

"엄마 어디 갔지? 왜 전화 안 받지?"

아이는 혼잣말을 중얼거리며 민망한 시간을 회피하려고 했다. 아이의 입술 위가 거뭇거뭇했다. 키는 165에서 170센티미터 사이로 보였고, 하얀 피부에 안경을 쓴 큰 눈이 엄마를 닮았다. 남자아이인데도 교복에서 좋은 향기가 났다.

"너 학교에서 인기 많을 거 같다, 그렇지?"

"전혀요. 전혀 안 그런데요."

아이는 괜히 머리를 긁적이더니 쿵쾅거리며 2층으로 올라갔다. 거실에 혼자 남게 되자 핸드폰을 꺼내 남편이 찍은 사진을 다시 살폈다. 남편은 마당에서 집 내부를 몰래 찍은 듯했다. 검은 창틀 프레임과 회색 소파, 베이지색 벽면이 일치했다. 하지만 수민의 사진과 달랐다. 전체적인 가구의 느낌이나 벽의 컬러는 일치했지만 수민이 창을 배경으로 찍은 사진의 창틀 프레임은 하얀색이었다. 거실과 주방의 창틀은 모두 검은색 프레임이다. 비슷비슷하게 인테리어를 한 다른 집인 걸까? 그럴 리는 없었다. 아니, 그러면 안 된다. 수민과 박재호를 연결할 수 있는 유일한 증거는 이 집 사진뿐이었다.

나는 조심스럽게 1층 침실로 향했다. 킹사이즈의 침대와 화장대말곤 별다른 가구가 없는 단출한 침실이었다. 어딘가 익숙하다 했더니 내가 가구 숍에서 근무할 때 꾸며놓은 침실과 비슷했다.

'실제로 이렇게 해놓고 사는 사람이 있구나……'

나는 부부의 침실에 앉아 습관처럼 매트리스의 스프링을 눌러보고는 쏩쓸한 미소를 지었다. 침실의 창틀 프레임도 역시 검은색이었다. 주란이 집을 비운 사이에 박재호는 아이를 이 집으로 끌어들였을까?

적막한 분위기에서 물 내리는 소리가 작게 들렸다. 2층에서 들리는 소리였다. 나는 부부의 침실에서 나와 2층으로 이어진 계단에 올라섰다. 1층에 비해 규모가 작은 거실이 보였고, 그 너머로 테라스가 보였다. 나는 테라스 옆에 위치한 방문을 살짝 열고 안으로 들어섰다. 벽면이 책으로 뒤덮인 서재였다. 나는 서재에 발을 들이자마자 비명이 새어 나올까 봐 손으로 입을 막아야 했다. 창틀 프레임이 하얀색이었다. 박재호는 이곳

에 아이를 숨겨두기라도 했던 걸까. 그러기엔 책장과 책상말
고는 어떤 가구도 없었고, 며칠씩 가족의 눈을 피해 아이를
불러들이기에 적절해 보이지 않았다.

나는 서재의 창문으로 다가가 수민이 그랬던 것처럼 창문에
쳐진 블라인드를 열고 핸드폰 카메라로 사진을 찍었다. 사진
을 확인하면서 뭔가 이상한 점을 느꼈다. 창문 밖으로 옆집이
바짝 붙어 있어 시야를 가로막고 있었다. 그래서일까, 이 창은
항상 블라인드를 내려놓고 별로 열지 않는 듯했다.

수민의 셀카 사진 속 창 너머로는 파란 하늘이 보였다. 아
이의 얼굴은 어둡게 찍혔지만 수민은 그래도 창 너머의 파란
하늘이 잘 보이게 사진을 찍었다.

"뭐하세요?"

아이가 서재에 들어와 있는 나를 보고 이상하다는 듯이 물
었다.

"집이 진짜 멋있다, 얘……"

아이는 손에 들고 있던 핸드폰을 일부러 나에게 보였다.

"아빠한테 전화해봐야겠어요. 아줌마 이름이 뭐예요?"

아이는 들고 있던 핸드폰으로 전화를 걸었다.

"이수민."

내가 이름을 말하자 아이는 갑자기 소리쳤다.

"너 누구야? 경찰에 신고할 거야!"

"왜? 아줌마 이름이 뭐가 잘못됐니?"

아이는 당황하며 여기저기 시선을 흩뿌리더니 구석에 세워진 골프채를 들었다. 골프채를 들며 위협하는 아이를 피해 나는 2층 거실로 물러섰고, 그런 내 시선에 또 다른 방의 하얀 창틀 프레임이 보였다. 승재의 방 같았다.

"나가!"

저 나이 때 아이가 폭주하면 못 할 짓이 없다. 나는 도망치듯 계단을 내려와 박재호의 집을 나왔다. 집밖에서 CCTV 카메라가 나를 찍고 있었다. 곧 박재호와 김주란이 내가 여기 온 걸 알게 될 거다. 나는 길가로 나와 박재호의 집을 바라보며 집이 뿜어내는 위용을 잠시 감상했다. 한 바퀴 돌아 집의 뒤편으로 가자 높은 담장이 보였다. 집 뒤로는 공터밖에 없어 보안상 뒤쪽만 담장을 높게 올린 듯했다. 고개를 들어 2층 창문을 바라봤다. 저 창문 앞에서 사진을 찍는다면, 창 너머로 파란 하늘이 보일 것 같았다. 나도 이런 집에서 살 수 있다면, 창을 열었을 때 하늘이 보이는 방을 아이에게 주고 싶었을 거다.

"박승재! 승재야!"

내가 소리치자 창문이 살짝 열리더니 박재호의 아들 박승재가 두려운 눈빛으로 쳐다보고는 다시 창문을 쾅 닫았다. 이제 알 것 같았다. 왜 이수민의 핸드폰에서 박재호와 관련된 작은 단서조차 내가 찾을 수 없었는지. 수민은 박재호의 아들 박승

재의 방에 있었고, 그곳에서 사진을 찍었다. 만약 수민을 죽인
사람이 박재호가 아니라 박승재라면.

남편이 맡은 돈 냄새란 이것이었을까. 숨을 깊게 들이마셨
다가 내쉬었다. 모처럼 황사와 미세 먼지 농도가 낮은 맑은 날
이었다.

주란

"김윤범은 원래 그날 죽을 운명이었던 거야."

남편은 포기한 얼굴로 계속 말을 이어갔다.

"그날 밤낚시를 가서 김윤범을 죽이려고 했지. 근데 나는
정말 근처도 가지 않았어. 그러니까 김윤범은 목숨을 보전할
수 있었어. 그런데 다음날 김윤범이 죽었다기에…… 하느님이
이번에야말로 나를 돕는구나 했어. 내가 나서지 않아도 김윤
범은 그냥 그날 죽을 운명이었어."

"당신 정말 김윤범을 죽이려 했던 거야? 왜?"

등을 굽힌 채로 바닥을 한참 내려다보던 남편이 목단추를
풀더니 깊게 숨을 내쉬며 나를 쳐다봤다.

"우리 가정을 위해서였지."

"수민이란 아이 때문에? 그러게 왜 그런 어린애랑!"

내 말에 이번엔 남편이 낄낄대며 웃었다. 남편이 이렇게 웃

는 걸 본 적이 없다.

"당신 무슨 생각을 하고 무슨 말을 하는 거야……. 도대체
가……."

"화단 아래 시체……."

"그건 왜 봐가지고……."

"뭐?"

"내가 묻었지, 시체는. 죽인 건 내가 아니고 승재야."

남편은 항복한 군인처럼 하얀 침대 시트를 꽉 붙잡았다.

"승재 방에서 찾았어. 난 시체 냄새가 어떤지 잘 알거든. 당
신 정말 이상해. 어떻게 집에 있으면서, 그 아이가 삼 일이나
승재 방에 숨어 있었다는데 그걸 몰라? 그걸 어떻게 귀신이라
고 생각하느냐 말이야. 내내 집에 있었으면서도."

남편은 수민을 죽인 게 자신이 아니라 승재라고 말하고 있
었다. 나는 내 귀를 의심했다. 정말 나는 망상증 환자일까? 그
래서 지금 또 이상한 말을 듣고 있는 걸까?

"승재? 승재라고?"

"내가 아니야. 수민이를 죽인 건 내가 아니야."

"그럼 누가 죽였는데?"

남편은 다시 나를 붙잡고 흔들었다.

"제발 정신 좀 차려라……. 이러면 우리 다 망가진다고!"

"누가 죽였어?"

나는 정말 궁금했기에 다시 남편에게 물었다.

"당신은 계속 귀신 타령이나 하고……. 이런 당신한테 무슨 말을 하겠어……."

남편은 대답하기를 포기한 듯 나를 불쌍하게 쳐다보더니 흐느끼기 시작했다. 남편이 우는 모습이 낯설었다. 갑자기 불쌍하게 느껴져 남편을 안아주었고, 남편은 내 품에 안겨서는 어린아이처럼 흐느끼다가 낄낄 웃기를 반복했다. 그런 남편의 모습이 이상했다. 정신 줄을 놓은 사람 같았다.

남편은 자신이 저지른 범죄를 받아들이지 못해 아들에게 뒤집어씌우고 있다. 나는 흐느끼는 남편을 꼭 안아주었다. 이번엔 내가 남편의 몸을 쓰다듬으며 긴장과 불안을 풀어주고자 했다. 나는 이제야 깨달았다. 남편과 내가 왜 같은 시간과 공간에서 같은 걸 봐도 다른 걸 느꼈는지. 왜 남편이 외출을 했으면서도 안 했다고 우기고, 주변 사람들에게 내가 정신이 상자라고 말하고 다녔는지…….

"우리 승재……. 어떡해……."

남편은 승재를 걱정했다. 내가 매일같이 승재 걱정을 할 때 대수롭지 않게 여기며 유별난 엄마 취급하던 남편이 지금 여기서 승재가 수민을 죽였다며 걱정을 하고 있다. 미친 건 내가 아니라 남편이다.

그러니까…… 남편은 미쳐도 단단히 미친 게 분명했다.

4월 24일 일요일

상은

  등산복을 갖춰 입은 사람들이 텐트를 치고 그 앞에 앉아 낚시를 즐기고 있었다. 나는 사람들 뒤를 조용히 걸어갔다. 낚시꾼들이 잘 오지 않는 뒷길을 따라 올라가자 나무들이 빽빽하게 들어찬 공터가 보였다. 저수지 가운데는 썩은 나무가 잘린 채 솟아 있었다. 이쯤이다. 남편의 손을 잡고 산책을 하다 사람들이 사라지면 돗자리를 펴고 앉아 키스하며 서로에게 몰두하는 시간을 보냈던 장소. 나는 자랑으로 점철된 남편의 이야기를 들으며 웃어주었고, 남편은 고개를 빼고 혹시 누군가 우리를 보지 않을까 불안해하며 주변을 둘러봤다.

  "아무도 오지 않아, 내가 보장해."

이 장소는 연애 시절, 내가 남편에게 알려준 비밀 장소다. 그리고 남편이 박재호를 만나기로 약속한 장소이기도 했다. 남편은 박재호가 두려워할 만한 사실을 이야기한 뒤 삼억을 요구했고, 박재호는 그날 남편에게 돈을 주기로 했을 거다. 하지만 박재호는 나타나지 않았다.

수민의 사건은 명백한 살인 사건이기에 경찰의 조사는 남편의 사건과는 달리 적극적이고 빠르게 진행될 것 같았다. 나는 이 사건의 범인으로 박재호가 아닌 남편이 지목되길 바랐다. 그토록 가정을 위해 자신을 희생했다고 생각했던 남편이 나와 아이를 위해 해줄 수 있는 마지막 임무이자 책임은, 수민의 살인범이라는 불명예를 안는 것이었다.

박재호를 둘러싼 범죄의 진실을 쥐고 있는 유일한 사람은 경찰이 아닌 나여야만 했다.

저수지에 다시 서니, 남편을 저수지로 밀어넣던 밤이 또렷하게 떠올랐다. 오로지 증오로 뒤덮여 있던 밤. 내가 나를 위해 할 수 있는 일은 나를 죽이거나 남편을 죽이는 일이었다. 나는 주변 사람들처럼 절대 억울한 피해자가 되고 싶지 않았다. 억울한 가해자가 되어 사악한 피해자를 죽여야 했다.

"저기요! 낚시하러 오신 겁니까?"

멀리서 관리인이 나를 보고 소리질렀다.

"여기서 사람이 죽어가지고, 낚시 못 해요. 저쪽 낚시터 가서 하세요. 거, 돈 만 원 내기 싫어서 공짜 낚시하려고 하지 말아요."

"아뇨. 저는 낚시 안 해요. 그냥 날씨가 좋아서 여기까지 걸었어요."

"여기 위험해요. 조심하세요. 나와요!"

나는 관리인을 따라 저수지 입구 쪽으로 다시 걸어나갔다. 계속 나에게 투덜거리는 관리인의 얘기로 미루어 보아 남편 사건 때문에 꽤나 귀찮은 일이 많았던 모양이다.

나는 저수지 주차장을 지나 입구까지 오는 버스 정류장에 섰다. 십 분 정도 기다렸을까, 도착한 마을버스를 타고 삼십 분 정도 걸리는 친정집으로 향했다. 마을버스 창문 밖으로 논둑길이 보였다. 그날 밤 나는 저 길을 걷고 또 걸었다. 혹시라도 지나가는 차량에 들킬까 몸을 움츠리고 힘겹게 걸었던 기억이 떠올랐다. 그날 밤의 한기와 고통이 떠올라 부르르 몸을 떨었다.

밤새 식당 주방에서 일을 했을 올케언니는 안방에서 잠을 자고 있었다. 다섯 살 난 조카 정민이는 거실에 혼자 있었다. 정민이는 바퀴가 빠진 자동차를 굴리며 포기와 무기력을 체득한 표정으로 혼자 시간을 보내고 있었다.

"텔레비전 볼까?"

4월 24일 일요일

"안 돼요. 할머니랑 엄마가 자자나."

"그래, 그럼 같이 놀까?"

나는 정민이 옆에 놓인 포클레인 자동차를 집어 들었다.

"정민이는 요즘 뭐가 제일 갖고 싶어?"

아이는 곤란하다는 표정을 지었다.

"그런 거 없는데……."

"갖고 싶은 게 없어? 고모가 사주려고 그러는데?"

"없어, 그런 거."

아이는 고장난 자동차를 굴리다 들더니 바닥에 쿵쿵 찧어 더 망가뜨리려 했다. 나는 아이의 손에 들린 자동차를 빼앗아 바닥에 세게 던져 부숴버렸다. 아이는 완전히 망가진 자동차를 보고 울음을 터뜨리려 했다.

"맘에 안 드는 건 그냥 버려. 그리고 갖고 싶은 걸 어떻게 가질 수 있을까 고민을 해야지. 고모가 훨씬 더 좋은 걸로 사다 줄게."

나는 금방이라도 울 것 같은 아이를 품에 안고 쓰다듬었다. 아이는 힘겹게 울음을 집어삼켰다. 큰 소리로 우는 것도 안 된다고 스스로 체득한 모양이다.

"왔니?"

잠에서 깨어난 엄마가 머리가 헝클어진 채로 방에서 나와 주방으로 향했다. 치매 판정 이후로 엄마는 이전보다 더 자주

더 많이 잠든다고 그랬다. 치매 때문이라기보다, 스스로 조금씩 생을 놓는 연습을 하는 것처럼 보였다.

엄마는 물 한 잔을 단숨에 들이켜더니 소파에 쓰러지듯 앉아 한숨을 토해냈다. 이 집은 노인부터 아이까지 모두가 포기를 체득하고 새어 나오는 에너지를 부정하며 사는, 죽은 집 같았다.

"건강은 괜찮니? 병원은 자주 가고? 애는 문제없대?"

임산부 당뇨 검사도 문제없이 넘어갔고 기형아 검사도 문제가 없다고 나왔다. 아이는 내 뱃속에서 아무 걱정 없이 잘 크고 있었다.

"그럼, 우리집 유전자가 어떤 유전잔데. 죽고 싶어도 못 죽고 끝까지 사는 유전자 아냐."

"나 들으라고 하는 말이냐? 못돼 처먹은 년."

"내가 아무리 못돼도 엄마 들으라고 그런 말 안 해."

"에미 앞에서 그런 말 한다는 자체가 니년이 못돼 처먹었다는 거야."

"엄마, 병원에서 딸이래."

"잘됐네. 요즘 세상에 아들 필요 없다."

"애기 낳으면 이 집 팔고 더 시골로 내려가서 큰 집 사가지고 같이 살까?"

"말 같지도 않은 소리 말고. 니 올케한테나 잘해. 애기 낳으면 도와줄 사람 올케밖에 더 있냐. 그때 내 정신이 제대로 박혔을지 정신이 나가서 아무도 못 알아보고 똥오줌 못 가릴지 누가 아냐? 밥 먹었어?"

엄마는 주방으로 가더니 싱크대에 가득 쌓인 그릇들을 설거지하기 시작했다.

"나 엄마랑 방 같이 써도 돼? 내가 정민이도 보고 엄마 간호도 하고."

"늬 집 놔두고 이 좁아터진 데로 왜 와!"

"남편이 빚져놔서 그 집 전셋값으로 빚 갚으면, 나랑 아기가 갈 데가 없어."

"그르게 죽이길 왜 죽여."

정민이는 여전히 블록을 헤치고 앉아 차를 굴리며 거실에 앉아 있었다. 나는 놀라서 쳐다봤지만 엄마는 아랑곳하지 않고 계속 설거지를 했다.

"아무리 뭣 같아도 피를 족족 빨아먹으며 같이 살 것이지."

엄마는 허리가 아픈지 보호 기구를 찾아 두르더니 끄응 소리를 내고는 설거지를 내팽개치고 작은 방으로 들어갔다. 엄마는 그날 모든 걸 눈치챘던 모양이다. 하지만 경찰의 참고인 조사에서 내 거짓말에 동조해줬다. 사실을 말했더라도 치매 환자였기에 아무도 엄마 말을 심각하게 귀담아듣진 않았을 테지만.

나는 정민이의 머리를 쓰다듬으며 김주란에게 전화를 걸었다. 나는 협박의 대상을 박재호에서 김주란으로 변경하기로 했다. 지금 상황에선 김주란을 건드리는 편이 돈을 받을 확률이 높을 것 같았다. 나는 김주란이 감당할 수 있을 만큼의 돈만 요구할 작정이었다. 그리고 그토록 알고 싶어 했던 사건의 진실을 정확히 알려줄 참이었다. 내 이야기를 듣고 무너지건 말건 내가 상관할 바가 아니었다. 몸을 일으켜 세워 싸울지 그냥 넘어질지는 스스로의 선택이니까.

주란

호텔에 내내 누워 있으면서도 집에 돌아와 그동안의 불면을 보상받기라도 하려는 듯 잠을 자고 또 잤다. 내 잠을 깨운건 낯선 번호로 걸려 온 불길한 한 통의 전화였다. 그토록 두려워하던 곳에서 걸려 온 전화였다.

"수원서부경찰섭니다. 이전에 찾으시던 이수민에 관한 사건으로 조사차 경찰서에 출석해주셨으면 하는데요."

나는 침대에 앉아 어쩔 줄 몰라 하며, "네? 제가 왜요?"라는 말만을 반복했다. 어느새 침실로 들어선 남편이 심상치 않은 표정을 보고 경찰이라는 걸 눈치챘다.

"간다고 해."

4월 24일 일요일

나는 건강을 핑계로 며칠 뒤에 참고인 조사를 받겠노라 약
속하고 전화를 끊었다.

"당신 잠깐 이리 나와봐."

남편은 나를 거실로 부르더니 홈 카메라 영상을 재생시켜
보여줬다. 화면에는 우리집을 방문한 상은의 모습이 찍혀 있
었다.

"이것 때문이야. 승재가 불안해한 게."

내가 자고 있는 동안 승재가 물건을 집어던지는 등 불안정
한 모습을 보여 남편이 아이를 시댁으로 보냈다고 했다. 하필
내가 자고 있는 동안.

"이 여자가 아는 것 같아. 알고 여기 온 것 같아."

나는 남편의 말이 무엇을 의미하는지 알고 싶지 않았다. 하
지만 남편은 갑작스럽게 여러 가지 계획을 늘어놓기 시작했
다. 그동안 나에게 모든 걸 함구하고 말하지 않은 사람 같지
않았다. 남편은 자신의 범죄에서 벗어나기 위해 나를 이용하
려 했다.

"만약 경찰이 당신한테 왜 수민이 뒷조사를 했느냐고 물으
면 그 여자 때문이라고 해. 이상은이라는 여자가 같이 가자고
했다고. 자기 남편의 죄를 나한테 뒤집어씌우려고 했다고. 다
그 여자 탓이라고 해."

남편은 머리를 굴리며 이 시점에서 우리가 어떻게 함께 극

복하고 가정을 지켜야 하는지 나를 적극적으로 설득했다.

"승재는 당분간 강남 부모님 집에 있으라고 할 거야. 승재가 많이 떨고 있어. 괜히 여기 있는 게 애한테 더 안 좋아."

나는 승재가 범죄에 동참한 시댁에 머물러야 한다는 사실을 마음속으로 강하게 거부했지만 남편의 심기를 건드리지 않기 위해서라도 당장은 고개를 끄덕일 수밖에 없었다.

"당신, 뭐라고 좀 해……. 왜 아무 말도 안 하고, 어제부터."

나는 다시 고개만 끄덕였다. 남편은 자신의 범죄로부터 탈출하기 위한 계획을 짜고 있을 뿐이었다. 나에게는 자신의 죄를 승재가 한 일이라고 뒤집어씌우더니, 경찰에게는 모든 죄를 그 여자와 여자의 남편에게 돌리자며 나를 끌어들여 새로운 범죄 계획을 세우고 있다. 언제부터 저렇게 치밀하게 생각하고 나를 소외시키며 거짓말을 반복해왔을까.

남편은 자신의 지휘만 잘 따라준다면 나도 승재도 안전하다고 했다. 하지만 그 말은 범죄에 동참해달라는 말로밖에 들리지 않았다.

나는 남편의 말을 듣는 둥 마는 둥 하고 욕실로 들어가 샤워를 했다. 샤워기에서 쏟아지는 뜨거운 물줄기를 맞자 순간 해방감이 느껴졌다. 가능하다면 이렇게 계속 물로 몸을 씻어내고만 싶었다.

'당신은 할 수 있는 게 없잖아.'

4월 24일 일요일

남편이 평소 반복하던 말이 물소리와 함께 귓가에 계속 울려 퍼졌다. 내가 무얼 할 수 있을까. 나는 타월로 몸을 대충 닦고 나와 침대에 다시 누웠다. 내가 무얼 할 수 있을까.

그때 핸드폰이 울렸다. 발신자는 이상은이었다.

'내가 할 수 있는 건 아무것도 없어.'

나는 전화를 무시하려 했지만 전화벨은 끊겼다가 다시 울리고 또다시 울렸다. 상은은 끈질기게 전화를 걸었다. 협박의 타깃이 남편에서 나에게로 옮겨진 걸까. 나는 전화를 무시했다. 계속 울리던 벨 소리가 끊어지고 부재중 메시지가 세 통이나 화면에 뜬 걸 나는 보고 있기만 했다.

상은도 승재가 수민을 죽였다고 생각하고 있는 걸까. 어떻게? 무슨 근거로? 자신이 수민을 죽이지 않았다는 남편의 단순한 말 한마디 때문에? 하지만 그 말을 곧이곧대로 믿을 수 없었다. 그동안 내가 수집한 증거들이 남편을 믿으면 안 된다고 말했다.

전화를 걸었다. 상은은 기다리고 있었다는 듯이 바로 내 전화를 받았다. 상은이 뭐라 말하기 전에 먼저 내 의사를 전했다.

"내일 만나고 싶은데요."

"네, 좋아요."

만나자는 제안을 상은은 덥석 받아들였다. 서로에게 죄를 뒤집어씌우려는 두 사람 사이에 내가 있다. 여기서 뭔가를 할 수 있는 사람은 남편도 상은도 아니다. 남편은 지금 우리 가정의 문제를 해결할 수 없었다. 어쩌면 해결의 열쇠를 쥐고 있는 건 처음부터 나였는지도 모른다.

.

4월 25일 월요일

상은

주란은 검은색 원피스를 입고 머리를 하나로 묶은 채 목을
죽 빼고 창밖을 바라보고 있었다. 내가 맞은편에 앉아 있었지
만 신경쓰지 않고 자신의 사색에 몰입했다.

주란이 보고 있는 주방의 창 너머 화단은 흉물스러웠다. 꽃
나무들이 꺾여 잡초처럼 여기저기 흩어져 있었고, 화단은 구
덩이가 파인 채로 헤집어져 있었다. 주란은 화단을 말없이 계
속 바라보았다.

나는 인화한 사진들을 가방에서 꺼내 식탁 위에 늘어놓았
다. 이 집에서 수민이 찍은 사진들이다. 주란은 고개를 돌려
사진을 한참 내려다보더니 말없이 모아서 나에게 다시 돌려줬

다. 이런 것은 필요하지 않다는 듯이.

"얼마를 원해요?"

주란이 대뜸 물었다. 그 질문을 예상하긴 했지만 이 타이밍은 아니었다. 내 설명을 다 듣고 좌절에 빠진 주란을 내가 보채거나 윽박지른 뒤에 주란이 울면서 해야 하는 말이었다.

"사진을 보고도 놀라지 않네요."

"우리집에서 그 아이가 찍은 사진이네요."

주란은 내가 여기 온 이유를 알고 있는 듯했다.

"삼억요."

"삼억이라……."

"주란 씨한테는 큰돈이 아니잖아요."

"제가 어떻게 상은 씨를 믿을 수 있죠? 그 돈을 건네면 모든 일이 무마될 거라고 제가 어떻게 믿을 수 있냐고요."

주란은 무기력한 표정으로 나를 바라보았다.

"주란 씨는 협상을 할 입장이 아니에요. 그냥 믿어야 해요. 제가 돈을 받고 사라져줄 거라고."

"제가 돈을 안 준다고 하면, 상은 씨도 할 수 있는 게 없어요. 이 사진이 뭐가 어때서요? 핸드폰은 상은 씨가 가지고 있었잖아요. 우리한테 죄를 뒤집어씌우는 거라고 경찰에 말하면요, 경찰이 누구 말을 믿겠어요?"

나는 이미 경찰에게 내 남편, 김윤범이 수민을 죽인 범인인 양 진술한 뒤였다. 그 진술을 번복한다면 경찰은 내 이야기를 믿지 않을 거다. 그렇다 할지라도 나는 더 강경하게 대응해야 한다.

"저를 설득할 생각이라면 이만 일어날게요. 설득은 경찰한 테나 하세요."

나는 미련 없다는 듯이 단호하게 일어났다. 주란이 다급하게 나를 불러 세웠다.

"오억요."

주란의 입에서 오억이라는 액수가 나왔다. 나는 그 말의 의미를 이해하지 못했다.

"오억을 줄게요."

"오억요?"

주란이 일어서더니 커피를 내렸다. 내가 계속 주시하며 다음 이야기를 기대하고 있는데도 주란은 커피 내리기에 열중하고 있는 것처럼 보였다. 투명한 유리잔에 뜨거운 커피를 담아 내 앞에 놓고 다시 의자에 앉은 주란은 커피를 한 모금 마셨다. 아무렇지 않은 표정을 하고 있었지만 커피잔을 들고 있는 손이 바르르 떨렸다.

"삼억은 너무 적어요."

주란은 삼억이 적다는 알 수 없는 말을 했다. 그리고 주방 창문 앞에 놓인 갈색 가방을 들어 내 앞에 놓았다. 한눈에도 상표를 알 수 있는 루이비통 쇼퍼백이었다.

"여기 현금으로 일억이 들었어요. 확인해봐요."

나는 주란이 말하는 대로 지퍼를 열고 안을 확인했다. 그 안에 오만 원권 지폐가 가득했다.

"오늘은 이것만 먼저 가져가요. 나중에 사억을 줄게요."

"왜? 왜 오억을?"

주란이 다시 커피를 한 모금 마셨다. 이번엔 그녀의 손이 커피잔을 지탱하기도 어려운 듯 더 바들바들 떨리고 있었다. 내색은 안 하지만 많이 긴장한 모습이었다.

"제 남편의 목숨값이니까요. 적어도 삼억은 아니에요."

"네?"

주란은 얕은 신음 소리를 내며 말을 이었다.

"남편을 죽여줘요."

나는 주란을 쳐다봤다. 긴장한 듯 보였지만 입꼬리엔 미소가 감돌았다. 나도 그제야 내 앞에 놓인 커피잔을 들고 커피를 한 모금 삼켰다.

"당신이라면, 자살인 것처럼 사람을 죽일 수 있잖아요."

주란이 일어서서 창가 쪽으로 걸어갔다. 검은색의 원피스가 마치 상복처럼 보였다.

"상은 씨는 어떤 꽃을 좋아해요?"

"전 좋아하는 꽃도 없고 꽃 이름을 잘 알지도 못해요."

"징그럽죠? 멀리서 봤을 때는 예뻤는데 가까이서 보니까 안에 빼곡히 든 수술도 소름 끼치고. 악마가 입을 벌리고 있는 것처럼……."

나도 일어나 주란 옆에 서서 창 너머의 화단을 바라봤다. 그리고 고개를 돌려 주란의 얼굴을 바라봤다. 마치 얼마 전 남편을 죽이기 위해 주스에 수면제를 타고 저수지를 향하던 내 모습을 마주하고 있는 것 같았다. 주란의 눈이 공허하게 화단을 주시했다. 나는 그런 주란의 눈빛에 처음으로 두려움을 느꼈다. 이 여자도 지금 못 할 짓이 없겠구나.

오억이라……. 내가 한 번도 꿈꿔보지 못한 액수였다. 주란을 신뢰하고 싶어졌다. 돈을 나에게 꼭 줄 거라고, 절대 속이지 않을 거라고 믿고 싶었다. 그리고 그 금액을 손에 쥐었을 때 할 수 있는 일들을 상상했다. 저 흉물스러운 화단을 보면서.

4월 26일 화요일

주란

상은의 계획은 간단했다. 남편에게 수면제를 먹이고 차에
태운 뒤 차 안에 연탄을 피워 가스중독으로 자살한 것처럼
꾸미면 된다는 것이었다. 상은은 내가 아들을 구하기 위해 남
편을 죽인다고 생각했다. 이 모든 일이 승재로부터 촉발되었
다고 생각하고 있었다. 상은은 우리의 계획을 완수하기 위해
서 승재가 저지른 죄까지 남편에게 덮어씌우자고 제안했다. 여
자아이를 죽인 죄책감으로 자살한 소아과 의사. 이 그럴듯한
한 문장에 모두 속아넘어갈 거라고 말했다.

난 이제 누구의 말도 믿지 않는다. 내 감각과 내 생각만 믿
기로 했다. 상은의 말도 남편의 말도 나에게는 전부 거짓이었

다. 열다섯 살밖에 안 된 아이가 사람을 죽였을 거라고 추정하는 그들의 상상력이 혐오스러웠다. 그들은 돈 때문에, 그리고 자신의 범죄를 숨기기 위해 가장 약한 존재를 이용하고 있을 뿐이다.

나는 대중교통을 이용해 남편의 병원으로 향했다. 어제 멍해져서 브레이크와 엑셀을 헷갈리는 실수를 한 이후로 당분간 운전은 하지 않기로 했다. 하지만 지하철에 들어서자마자 차를 끌고 나오지 않은 것에 후회가 차올랐다. 수백 명의 사람들이 내뿜는 기운과 소음, 냄새에 정신이 산만해졌고, 갑갑함을 느껴 당장이라도 탈출하고 싶은 기분이 들었다. 얼굴에서 땀이 흘렀고 가쁘게 숨을 내쉬었다. 주변의 몇몇 사람들이 걱정스럽게 쳐다봤지만 나는 그들의 친절을 거부하듯 고개를 돌렸다. 2호선 환승역에서 사람들이 지하철 안으로 밀려들자 나는 참지 못하고 역을 뛰쳐나와 택시를 잡아탔다. 머리에서 미열이 났다.

남편의 병원 내부는 이 세상 밝고 명랑한 색은 다 끌어다 모은 알록달록한 장식들로 꾸며져 있었다. 노란색 빨간색 파란색 분홍색으로 디자인한 소파들과 아이들이 던지고 놀 수 있는 고무 블록과 장난감이 가득한 공간이다. 그 원색들이 아이들의 기분은 즐겁게 해줄지언정 나에겐 요란하고 산만하게만 느껴져 불쾌했다. 여기저기서 색깔들이 달려들며 아우성치는 기분이었다.

병원에 들어서자 간호사들이 호들갑스럽게 인사를 건넸다. 나는 병원 앞 베이커리에서 산 쿠키와 커피를 내밀었지만, 그녀들은 인사를 하자마자 잠깐의 쉴 틈도 없이 환자들을 맞이하고 호명하며 처방전을 내어 주었다.

요란한 색의 소파에는 아이와 함께 병원을 찾은 엄마들이 보였다. 아직 엄마를 전적으로 의지할 나이대의 어린아이가 대부분이다. 승재에게도 저런 시절이 있었다. 엄마가 이 세계의 전부이던 시절이. 한 아이가 울기 시작했고, 그 울음이 아이들에게 두려움을 전파했는지 다른 아이들도 연쇄적으로 따라 울기 시작했다. 울음은 전염병처럼 순식간에 퍼져, 대기실은 울음바다로 변했다. 엄마들과 간호사들은 그런 아이들을 달래려 손을 흔들고 사탕과 장난감을 내밀었다.

나는 이 혼란을 틈타 슬쩍 리셉션 데스크 쪽으로 들어갔다. 명지라는 이름의 간호사가 처방전을 뽑는 사이, 나는 쿠키를 간호사들이 먹기 좋게 접시에 담으려 했다. 냅킨을 찾는 척하면서 간호사실 문을 열고 들어섰다. 그 공간에는 옷을 보관하는 철제 캐비닛과 의류용 도구들이 있었다. 나는 메스 날이 스무 개가 든 박스 하나를 급히 가방에 넣었다. 그리고 기구 보관함에 있던 메스 핸들도 하나 집어 들었다. 간호사들이 옷을 갈아입는 이 공간엔 CCTV가 없다. 나는 구석에 쌓여 있는 냅킨 박스 중 하나를 들고 나와 쿠키들을 가지런히 놓았다.

"이거 사과 쿠키! 저희 너무 좋아해요."

"아, 그래요? 다행이다. 이게 제일 인기가 좋다길래……."

"감사합니다!"

간호사들은 간신히 아이들의 울음을 멈추게 한 뒤, 내가 내민 쿠키를 하나씩 집어먹기 시작했다.

"지금 원장님 이전 진료 끝내시고 좀 시간 있으세요. 들어가보세요."

맏언니 격인 간호사가 나를 안내했다.

"아, 그래요? 고마워요."

어쩌면 간호사들도 내 정신이 이상하다고 생각할 수 있었기에 일부러 더 환히 웃으며 응대했다. 남편은 주변의 모든 사람들에게 나를 정신이상자로 소개한 뒤, 자신은 불쌍하지만 책임감 강한 남편인 양 연기하길 즐겨왔으니까……. 이곳이라고 예외는 아니라는 생각이 들었다.

나는 남편의 진료실 문을 노크하고 문을 열었다. 남편은 의자에 편히 기대앉아 나를 살피듯 쳐다봤다.

"웬일이야? 여길 다 오고."

"아무래도 불안해서 당신이랑 상의도 더 할 겸……."

남편은 책상을 손끝으로 톡톡 치며 잠시 생각에 잠기는 듯했다.

"그럴 필요 없어. 이제부터 당신은 그냥 모른 척하면 돼. 내가 다 알아서 할 테니까."

남편은 변한 게 없었다. 여전히 자신에게만 선택권이 있는 사람처럼 굴었고 나에게 속내를 털어놓지도 않았다.

"승재는 어쩌지? 계속 강남 댁에 있을 수 없잖아."

"하……."

남편은 골치가 아픈 기색이었다.

"걔도 지금 제정신이 아니겠지. 일 마무리되면 상담 한번 받았으면 좋겠는데……. 이러다 이상한 소리라도 할까 봐."

"이상한 소리라니?"

남편은 언짢은 표정으로 나를 쳐다봤다. 내 질문에 대한 대답은 입에 담기도 싫다는 듯이. 남편은 승재 역시 제정신이 아니라고 말하고 있었다. 하지만 내가 이렇게 멀쩡하듯이 승재 역시 미치지 않았다. 나는 아이를 믿어줘야 한다. 아니, 믿고 있었다.

"그리고 그 옆집 여자 말이야……. 그 여자랑 가까이 지내지 말라고."

"옆집 여자?"

"그래……. 나 참……. 그 여자 다니는 로펌에 아는 사람이 있어서 물어봤는데, 레즈비언이라는 말이 있어."

"뭐?"

"나 참······. 어떻게 된 게 제대로 살고 싶어서 이사한 집이 옆집 여자는 레즈비언이고······. 그 젊은 여자는 도우미가 아니라 애인인 모양이야."

나는 남편의 얘기를 가만히 들었다. 그리고 발코니에 나와 매일 우리집 마당을 바라보던 미령을 떠올렸다. 미령이 바라보는 시선의 끝에 남편이 있을 거라 여겼다. 생각해보니 나만의 착각이었다. 미령이 훔쳐보고 유혹하고 싶을 만큼, 중년의 어리석은 내 남편은 매혹적인 상대가 아니었다.

"어쩐지 머리는 남자처럼 짧게 자르고 큰 소리로 웃는 모양새가 이상하다 싶더라니······. 아무튼 그 집이랑 가까이 지내지 말라고."

나는 무슨 말도 믿을 수 없었다. 그리고 옆집에 사는 구은하와 미령이 애인 사이라고 해도 나와는 상관없는 일이다. 남편은 상은이 김윤범을 죽인 살인자라고 했고, 이수민을 죽인 건 자신의 아들인 승재의 짓이라고 했다. 언니에게 죄책감을 가져야 하는 건 언니의 죽음에 빌미를 제공한 나라고 했다. 남편의 말 어디에도 자신의 잘못은 없었다. 나는 그런 남편의 말을 더이상 믿을 수 없었다.

나는 남편의 말을 수긍하는 척 고개를 끄덕이고 자리에서 일어났다. 그런 나에게 남편이 말을 건넸다.

"아무것도 걱정하지 마. 당신은 지켜만 보면 돼. 당신이 해야 할 일은 아무것도 없어."

"응……. 고마워."

나는 간신히 고맙다는 말을 내뱉고 병원을 나섰다. 병원 앞 사거리는 화장품 가게와 핸드폰 가게의 이벤트로 시끄러웠다. 거리를 메운 사람들이 무질서하게 교차하고 있었다. 나는 길가로 나가 손을 흔들어 택시를 잡았다. 간신히 잡은 택시에 타자마자 나는 가방 안으로 손을 넣어 메스 칼날이 든 상자를 만졌다. 남편이 쓰고 있는 물건은 아니었지만 이 정도라면 오늘 해야 할 일을 성공적으로 완수했다.

여전히 남편은 자신만이 진실을 알고 있고, 모든 문제를 해결할 수 있다고 생각하는 듯했다. 남편은 알지 못했다. 이번만큼은 문제를 해결할 수 있는 선택권을 가진 사람이 자신이 아니란 걸.

4월 27일 수요일

상은

주란의 제안은 솔깃했다. 오억이라는 액수는 인생을 새롭게 꿈꿀 수 있는 돈이었다. 누군가에게 우습게 보일지도 모르는 그 돈은 내가 평생 만져보지 못할 거라고 생각한 금액이다.

언제나 나의 시간은 고통스럽게 흘렀다. 의미 없는 뉴스와 소식이 연신 쏟아지고 사람들은 멍청한 선의를 내비치며 뒤로는 내 심장을 칼로 찔렀다. 나는 하고 싶은 일도 없고 만나고 싶은 사람도 없었다. 언제부터였을까. 나는 내가 겪고 있는 일들을 한 발짝 떨어져 관찰하기 시작했다. 이상은이라는 사람이 놓인 상황과 고통을 한 발짝 물러서서 바라봤다. 멀리서 객관적으로 관찰하다 보면, 이상은이라는 사람이 고통에서 벗어나기 위해 해야 할 일들이 명확히 보일 때가 있었다.

나는 이번에도 한 발짝 떨어져 이상은의 상황을 판단했다. 보험금도 받지 못한 채 남편이 남겨둔 대출 빚을 갚아야 하는데 뱃속에는 태아가 자라고 있다. 나를 속박하고 비판하는 남편도 사라진 상황에서 생존을 위해서 못 할 일은 없었다. 나는 오억에 모든 것을 걸 수 있었다.

주란이 제안한 내용은 모든 면에서 솔깃했다. 박재호에게 수면제를 먹이는 것까지는 자신이 직접 나서겠다고 했다. 하지만 그후의 일을 처리하기 위해 도움이 필요했고, 그 일을 내가 해주길 바랐다. 나는 남편을 죽이기 위해 세워뒀던 계획 중 하나를 주란에게 풀어놓았다.

"수면제를 먹이고 번개탄을 차 안에 피우는 거죠. 그럼 자살인 것처럼 보여요. 유서도 있으면 좋겠지만, 뭐, 없어도 돼요. 박재호는 자살할 만한 이유가 있으니까. 근데 중요한 게 박재호, 그러니까 주란 씨 남편이 CCTV가 있는 마트에서 직접 번개탄을 사야 돼요. 자연스럽게."

"자연스럽게……. 근데…… 남편이 죽으면 얼마나 슬픈가요?"

나는 남편을 죽이기 전에 '슬프다'란 감정을 고려한 적이 없었다. 나는 그 일을 너무 당연시 여겼고 남아 있는 에너지는 모두 나를 합리화하는 데 쓰기 바빴다. 남편이 죽고 난 뒤 내가 느낀 감정은 슬픔이 아니라 무기력함이었다. 나의 모든 고통과 괴로움을 남편 때문이라고 여겼고, 내 인생이 절망적으로 변하고 지옥같이 여겨지는 것도 모두 남편 때문이라 생각했는데, 남편이 사라졌음에도 여전히 고통의 시간을 마주해야 했다. 나는 해결할 수 없는 그 시간들에 어쩔 줄 몰라 하면서 더이상 원인을 어디에 돌려야 할지 몰라 무기력함에 허덕였다. 그 무기력함을 해결해줄 수 있는 건 오로지 돈뿐이라고 생각했다. 돈이 생기면 뭐든지 할 수 있다는 생각만이 나를 움직이게 만들었다.

"기분은 생각하지 말아요. 그러면 할 수 있는 일이 아무것도 없어요."

이렇게 주란에게 말해놓고 어제 오늘 정작 기분을 다스리기 위해 노력한 건 나였다. 불길한 예감에 밤잠을 설쳤다. 최대한 생각을 하지 않으려 했지만 계속해서 나쁜 상상이 이어졌다.

검은색 핸드백에 목장갑 두 켤레를 챙겼다. 머리를 단단한 고무줄로 묶은 뒤 모자를 썼다. 몸에 붙는 티셔츠와 바지를 입고 그 위에 환절기용 트렌치코트를 꺼내 입었다. 아무래도 코트에 모자를 쓰는 건 수상해 보일 듯싶어 다시 옷장에서 베이지색 원피스를 꺼냈다. 원피스를 입은 뒤 남색 트렌치코트를 걸치고 모자는 벗었다. 아무래도 사람들 눈에 덜 띄는 옷차림은 이쪽 같았다. 그리고 검은색 스니커즈를 꺼내 신었다. 할인 매장에서 산 저렴하고 흔한 스니커즈였다. 그리고 어떤 액세서리도 하지 않았다. 혹시라도 반지나 목걸이가 떨어지거나 끊어지면 골치 아플 테니까.

코트 주머니도 다시 확인을 하고, 하나로 묶은 머리에는 스프레이를 뿌렸다. 머리카락이 떨어지는 걸 방지하기 위해 강하게 스프레이를 뿌리고는 선글라스도 챙겨 가방에 넣었다. 살짝 나온 배를 코트와 가방으로 가리고 거울 앞에 서자 눈에 띄지 않는 차림의 평범한 삼십 대 여자처럼 보였다.

나는 엘리베이터를 타고 로비로 내려와 평상시 드나들던 후문이 아니라 정문으로 나와 버스를 타고 부평역으로 향했다. 퇴근길 인파 속에 자연스럽게 숨어들어 사람들 틈에서 핸드폰을 꺼내 실시간 방송들을 시청했다. 평상시 한 번도 본 적 없던 일일 드라마가 방영중이었다. 나는 홈쇼핑에서 어떤 물건을 팔고 있는지도 확인했다. 쇼호스트가 59,900원에 다섯 벌의 바지를 팔고 있었다.

한 시간 삼십 분 정도 걸려 판교역에 도착했다. 2번 출구로 나와 76번 마을버스를 기다렸다. 판교역은 퇴근하는 젊은 직장인들로 인산인해를 이루었다. 버스가 도착하자 자연스럽게 버스에 올라 차창 밖으로 보이는 풍경들을 감상했다. 지은 지 얼마 안 된 깨끗한 아파트 단지들이 늘어서 있었다.

4월 27일 수요일

마을버스가 이내 B중학교 앞에 멈춰 섰다. 버스에서 내려 가장 평범한 걸음걸이로 주란의 집을 향해 걸어갔다. 아무도 의식하지 않았고 주변을 두리번거리지도 않았다. 하지만 곳곳에 포진되어 있는 CCTV들이 이질적인 나를 쫓는 것처럼 느껴졌다.

해야 할 일들을 머릿속으로 정리했다. 박재호의 집으로 들어가 잠들어 있는 박재호를 김주란과 함께 박재호의 승용차 뒷좌석에 싣는다. 그러고는 CCTV에 찍히며 박재호의 집에서 나와 판교역으로 돌아가 들어가는 게이트에 카드를 찍지만 그곳을 통과하진 않는다. 밖으로 나와 김주란이 추천한 운중천으로 향한다. 선팅이 짙게 된 승용차를 김주란이 몰고 나오면, 박재호를 운전석으로 옮기고 번개탄을 피운다. 절대 차 내부나 외부에 내 지문이나 DNA를 남기면 안 된다. 김주란이 말한 육교 아래 천 주변은 CCTV의 사각지대인데다 사람들이 잘 다니지 않는 곳이라고 했다. 혹시 지나다니는 사람이 있더라도 절대 눈에 띄지 않고 기억에 남지 않게 행동하여 금세 잊혀져야 한다. 번개탄을 피운 뒤, 김주란은 자신의 승용차를 주차해놓은 현대백화점으로 향하고, 나는 육교 아래 버스 정류장에서 8601번 부천행 직통 광역 버스를 현금으로 지불하고 탄다. 부천에 도착한 뒤에는 부평역까지 택시를 타고 현금을 지불한다. 부평역 인파에 몸을 숨기고 게이트에 내 교통카드를 찍는다. 그리고 평상시와 똑같이 집으로 들어가면 내 일은 끝난다.

이 과정에서 제일 중요한 건 이 일을 김주란과 공모했음을 증명할 수 있는 사진을 찍어야 한다는 것이다. 나머지 사욕을 받기 위한 보험 같은 용도다.

박재호의 시체가 발견되면 내가 첫 번째로 참고인 조사를 받을지도 모른다. 경찰 조사에서 나는 박재호가 내 남편 김윤범과 이수민을 죽인 걸 추궁하기 위해 그 집에 갔다고 말할 예정이었다. 물론 경찰은 박재호가 김윤범을 죽이지 않았단 걸 알고 있다. 그 당시에 박재호는 강남의 아파트 CCTV에 찍힌 동영상을 알리바이로 제출했고, 그건 조작되지 않은 사실일 거다. 하지만 나는 경찰에게 여전히 내가 남편의 살인범으로 박재호를 의심하고 있다는 인상을 줄 필요가 있다. 어쨌든 이수민을 죽인 박재호는 죄책감에 이전부터 계획했던 자살을 결심했고, 마트에서 구매해둔 번개탄을 차에 싣고 운중천 근처 공터로 가 스스로 생을 마감한 것으로 경찰 조사가 마무리되어야 했다. 나는 경찰에게 남편과 박재호가 모의했던 모종의 거래에 대해서 말하고 증거를 내놓을 예정이었다.

이수민과 박재호의 죽음. 효율을 중요시하는 경찰은 이 두 사건을 한 번에 해결하기 위해서라도 박재호의 죽음을 자살로 결론 내리고 싶어 할 거다. 경찰은 사건의 명확한 해결을 원하지 복잡하게 흘러가는 걸 바라지 않는다. 그런 조직의 효율성과 논리가 나와 김주란을 도와주리라 믿었다. 경찰이 박재호의 부인 김주란을 의심하는 건 논리적으로 맞지 않았다. 물론 경찰의 논리 안에서 내가 박재호를 죽이는 것도 말이 안 됐다. 155센티미터에 42킬로그램의 임산부가 180센티미터가 넘는 거구의 남자를 어떻게 혼자 옮기고 죽일 수 있단 말인가.

김윤범의 죽음에서 나를 지워버리는 일보다 박재호의 죽음에서 나와 김주란을 지우는 일이 더 간단하게 여겨졌다.

김주란의 집 대문을 살짝 밀었다. 대문은 계획한 대로 열려 있었다. 차고에는 박재호의 하얀색 벤츠가 있었다. 확인하는 차원에서 벤츠의 짙은 선팅을 살폈다. 나는 현관문을 열기 전 다시 한번 숨을 크게 들이마시고 가방에 든 생수병을 꺼내 한 모금 마셨다. 그때, 나를 바라보는 낯선 시선을 느꼈다. 웬 여자가 옆집 2층 난간에 한쪽 팔을 기대고 담배를 피우면서 나른한 얼굴로 나를 쳐다보고 있었다. 그 여자와 눈이 마주치고 말았다. 나는 급히 고개를 돌려 열린 현관문을 벌컥 밀고 주란의 집으로 들어섰지만 왠지 모를 찜찜한 기분이 뒤따랐다.

현관에 들어선 나를 주란이 맞이했다. 내 앞의 주란은 나보다 더 긴장된 표정으로 바르르 떨고 있었다. 주란은 나에게 보여주기라도 하려는 듯 한쪽으로 비켜서서, 내 시야를 주방

쪽으로 이끌었다. 식탁 의자에 쓰러질 듯 앉아 있는 박재호의 뒷모습이 보였다. 살짝 건들기만 해도 금방 쓰러질 것처럼 깊게 잠든 것 같았다.

"옆집 여자가 나를 봤어요."

내 말을 듣곤 주란이 인상을 찌푸리며 책망했다.

"그러면 안 되잖아요!"

"괜찮아요. 일부러 나는 CCTV에 잘 찍히는 길로 왔어요. 내가 돌아가는 것도 CCTV가 찍어줄 테니까 상관없어요. 내가 걱정되는 건, 옆집 여자가 계속 저렇게 밖을 내다보며 담배를 피울까 봐…… 그게 신경쓰여요. 저 여자가 주란 씨가 지금 집에 있는걸 아는 건 아니죠?"

"CCTV…… 최대한 안 찍히도록 오는 거 아니었나요? 그래서 우리집 CCTV도 다 끄기로 한 거 아니에요? 얼굴을 보이고 오면 안 되잖아요!"

이 상황에서 주란은 이상할 정도로 발끈했다. 나는 박재호를 재워달라고 했을 뿐, 내가 여기까지 어떻게 올지 자세한 과정을 설명하진 않았다. 굳이 주란이 알 필요가 없었기에.

"아뇨. 난 CCTV를 이용할 생각이었어요."

"아……."

주란은 당황하며 축 늘어진 박재호를 쳐다봤다. 나는 박재호가 혹시라도 수면제에서 깨어날까 두려워 빨리 일을 처리하고 싶었기에 급히 신발을 벗고 주방으로 향했다. 덩치가 큰 박재호는 어깨를 웅크리고 고개를 푹 숙인 자세로 앉아 있었다. 나는 박재호의 어깨에 가만히 손을 얹고 좌우로 몸을 흔들었다. 박재호는 꿈쩍도 하지 않았다.

"몇 알을 먹은 거죠?"

나는 내 옆으로 다가온 주란에게 말을 걸었다.

"스무 알요."

"언제 먹었죠?"

주란은 벽에 걸린 시계를 쳐다봤다.

"얼마 안 됐어요. 이십 분?"

나는 고개를 끄덕이고 다시 박재호를 쳐다봤다. 주란과 내가 함께 들기에도 박재호의 덩치는 크고 무거워 보였다.

"주란 씨, 커다란 타월 하나만 가지고 나올래요? 아니면 이불이라도."

"네……. 잠깐만요……."

주란은 잔뜩 겁먹은 얼굴로 침실로 들어갔다. 나는 트렌치코트의 단추를 잠그려 했지만 나온 배 때문인지 잘 잠기지 않았다. 나는 번거로운 코트를 벗어 소파에 두고 가방에서 장갑을 꺼냈다. 장갑을 끼는 동안에도 김주란은 여전히 침실에 들어가 옷장을 뒤적이고 있는 듯했다. 간단한 일 하나에도 이렇게 시간을 끌고 어리숙하게 구는 주란이 답답하고 한심했다.

무거운 박재호를 집밖까지만 끌어낼 타월 한 장이면 될 텐데. 나 혼자 남편을 저수지에 밀어넣었을 때가 더 수월하게 느껴졌다. 그때는 혼자였기에 내가 계획한 대로 상황을 이끌고, 몇 가지 변수에도 쉽게 대처할 수 있었다. 공범을 두고 진행하자니 예상치 못한 변수가 계속 생겨났다.

이 상황에서 여유를 부리는 김주란의 행동은 살기 위해서, 살아남기 위해서 무엇을 해야 하는지 도무지 생각하지 않는 멍청함 때문일 거라 생각했다. 이불 하나 가져오는 데도 이렇게 오래 걸리다니……. 나는 김주란이 좋은 파트너 역할을 해주리라는 기대를 버렸다. 그리고 내가 김주란의 몫까지 해야겠다고 생각했다. 나는 몸을 침실 쪽으로 돌렸다. 박재호를 끌기 위해서 아무 이불이나 하나면 되는데…….

그때, 퍽! 하는 소리가 들렸다. 나는 순간 몸을 제대로 가누지 못하고 휘청거렸다. 그리고 그 소리가 나에게서 난 소리란 걸 깨달았다. 나는 바닥으로 쿵 쓰러졌다. 찰나의 순간에 내가 본 건 커다란 돌을 들고 노려보는 박재호의 두 눈이었다.

주란

나는 방문 앞에 가만히 서 있었다. 남편이 선택한 흉기는 장식장에 전시하듯 놓아둔 수석이었다. 지난겨울 폭포 무늬가 있는 수석을 아버님이 이사 선물이라며 정성껏 포장을 해서 주셨는데, 그런 돌의 가치를 모르는 나는 골칫덩어리라고 생각하고 있었다. 수석은 집의 인테리어와 어울리지 않았다. 남편은 그 골칫덩어리를 후에 어떻게 쓸지 알고 있었던 걸까.

"여기 폭포수 모양을 쳐다보면 이상하게 마음이 편안해져."

수석에 관심이 없던 남편은 종종 그 무늬를 유심히 쳐다보곤 했다. 마음을 편안하게 만들어준다던 그 수석을 든 남편은 사냥을 나선 짐승처럼 포악하게 변해 있었다. 남편은 내가 한 번도 본 적 없는 미소를 지으며, 가정을 지키기 위해 살인을 즐기는 상위 포식자의 모습을 하고 있었다. 둔중한 소리와 함께 상은이 그대로 쓰러져버렸다. 상은은 손으로 자신의 배를 감싸듯 몸을 뒤틀며 쓰러졌다. 쓰러지면서도 무의식중에 배를 보호하는 듯했다. 상은의 머리에서 피가 흘렀다. 남편은 쓰러진 상은을 향해 다시 한번 수석을 높이 들어올렸고, 무차별적으로 내리쳤다. 남편은 승재를 위해서라도 상은이 죽어야 한다고 했다.

하지만 상은은 모두에게 목격된 채로 이 집에 들어왔다. 모든 것은 끝났다. 내 행복도 사라졌다. 상은은 피를 흘리면서도 꿈틀대고 있었다. 저 여자는 죽지 않고 버텼다. 그 질긴 생명을 끊어내려는 듯 남편이 다시 수석을 들어올렸다. 나도 모르게 비명을 질렀다. 남편이 어이없다는 표정을 지으며 시선을 돌렸다. 그러고는 돌을 들고 내 쪽으로 다가오기 시작했다. 나는 남편을 피해 2층 계단으로 도망쳤다. 수백 번 오르내린 계단에서 미끄러지기를 반복하다 이내 엉금엉금 기어올랐다.

"당신, 왜 그래?"

남편이 쫓아왔다. 나는 비명을 지르며 2층으로 올라가 남편 서재로 들어가 문을 잠갔다. 남편이 계단을 오르는 소리가 들리더니 한동안 침묵이 감돌았다. 노크 소리가 들려왔다.

"당신 왜 그래? 정신 차리고 있는 거지?"

나는 손으로 입을 막고 방문 손잡이를 세게 잡은 채로 서 있었다.

"나는 당신이 원하는 대로 한 거야, 맞지? 승재를 위해서 어쩔 수 없었잖아, 그치?"

남편의 변명일 뿐이었다. 남편은 승재를 위해서가 아니라 오로지 자신을 위해서 상은을 죽이려 했을 뿐이다. 상은이 나를 협박하러 이곳에 올 거란 걸 남편도 알고 있었다. 나는 상은의 입에서 승재에 대한 이야기가 나오질 않길 바랐지만, 상은은 승재를 구실로 나를 협박하려 했다. 그런 상은을 가만둘 수 없다는 남편의 말에 나 역시 동의했다.

볼품없이 허름한 옷을 입은 상은은 돈에 굶주려 있으면서도 언제나 나를 무시하는 시선으로 바라봤다. 나는 그런 상은의 시선에 모멸감을 느꼈다. 나는 상은이 무시할 만큼 호락

호락하게 살아오지 않았다. 내 삶은 그녀가 비웃을 만한 것이
아니다.

남편을 죽여달라는 제안을 상은은 의심하지 않았다. 상은
은 오히려 내 제안을 듣더니 친밀한 눈빛을 보냈다. 그제야 나
를 이해한다는 표정이었다. 하지만 난 애초부터 상은과 같은
편이 될 생각이 없었다. 나는 상은과 나눈 대화를 녹음해 남
편에게 건넸고, 모든 걸 알고 있는 남편과 다시 범죄를 모의했
다. 나는 남편에게 수면제를 주지 않았다. 물론 번개탄을 사
놓지도 않았다.

남편은 상은이 오억을 받더라도 협박을 멈추지 않을 거라고
했다. 상은이 오억을 갖게 되는 순간 그게 적은 돈이란 걸 깨
달을 거라고 했다. 그 돈은 서울 시내 전셋값일 뿐이고, 안정
적인 생활의 기반이 갖춰지지 않은 상은이 더 많은 돈을 필요
로 할 건 너무도 당연했다. 상은은 못 할 짓이 없는 여자였다.

"자기 주제도 모르고 날뛴 대가야."

남편에겐 상은을 없애기 위한 구체적인 계획이 필요 없어
보였다. 계획도 필요 없는 손쉬운 일 중의 하나처럼 여기는 듯
했다.

상은이 도착할 시간이 되자 남편은 잠든 척 연기하며 앉아
있었다. 상은이 내게 남편을 옮길 타월이나 이불을 요구하자
나는 도망치듯 침실로 들어왔다. 남편이 어서 빨리 자신의 임

무를 완수하길 기다렸다. 나는 이불을 찾는 척하며 어제 병원에서 몰래 가져온 메스를 꺼냈다.

"혹시라도 경찰이 추궁하면 당신이 나서야 돼. 정신병을 앓고 있는데다 협박까지 받았으니까 형량은 별로 안 나올 거야. 게다가 내가 더 형량을 줄여줄 수도 있을 테니, 어쩌면 거의 형량을 안 받고 집행유예 처분을 받고 치료받는 쪽으로 결론이 날 수도 있어."

남편은 만약의 사태에 대비해 나에게 다 뒤집어씌우려는 계획을 세웠다.

"선배한테 진단서 끊어달라고 한 게 유용하게 쓰이겠어."

남편은 그 말을 하지 말았어야 했다. 남편은 여전히 알지 못했다. 이 일에 선택권을 가진 사람은 자신이 아니라 나라는 걸.

남편이 수석으로 상은의 머리를 내려치는 모습을 본 순간, 나는 깨달았다. 이제 과거로 회귀할 수 있는 방법이 사라졌다는 걸. 내가 행복했다고 착각했던 시간이 끝나버렸단 걸.

남편과 나는 상은을 화단에 묻기로 했었다. 그 화단은 우리의 범죄를 숨기기에 최적화된 공간이기도 했다. 우리 소유의 공간, 우리만 입을 다문다면 아무도 침범할 수 없는……. 하지만 미령에게 상은의 출입을 들켜버린 이상, 다음 제거 대상은 내가 될 게 뻔했다. 남편은 자신의 모든 범죄를 정신이상자 아내에게 뒤집어씌우고, 나와 상은이 대화한 녹음 파일을 증거로 제시할 게 뻔했다. 남편이 지키고자 하는 것은 가정이지 내가 아니었다.

나는 한 손에 메스를 들고 방문 손잡이를 잡고 서 있었다. 메스를 처음 들었을 때는 이 칼이 누구를 향할지 알 수 없었다. 그저 나에게 필요한, 나를 지키기 위한 최소한의 도구라고 생각했다.

"여보! 문 열어봐! 도대체 왜 그래?"

남편은 문이 잠긴 걸 확인하고 다시 문을 두들겼다.

"문 열어!"

상냥했던 남편의 어투가 순간 무섭게 돌변했다.

"문 열지 못해! 정신 차리고 문 열어!"

나는 오도 가도 못하고 방에 갇혀버렸다.

"무서워……."

나는 나도 모르게 남편을 향해 무섭다는 말을 내뱉었다.

"뭐가, 뭐가 무서운데? 당신이 이렇게 하자고 했잖아."

"나 당신이 무서워……."

문 너머로 남편의 웃음소리가 들렸다. 그리고 아무런 소리도 들리지 않았다. 남편은 겁에 질린 나를 두고 혼자 상은을 처리하기로 한 모양이다. 나는 방문 앞에서 떨어져 서재 바닥에 쓰러지듯 주저앉았다. 도망치고 싶었다. 서재에는 책 냄새와 함께 남편의 냄새가 났다. 그리고 승재가 얼마 전까지 보던 참고서가 보였다.

수민을 죽인 게 남편 말대로, 그리고 상은의 말대로 승재면 어쩌지? 아……. 감당할 수 없는 분노가 일기 시작했다. 왜 이런 일이 나에게, 승재에게 일어나야 하는가. 십육 년 전 언니를 잃었을 때와 비슷한 감정이었다. 왜 이런 일이 우리 언니에게, 우리 가족에게, 나에게 일어나야 하는가. 그럴 리는 없지만 만에 하나 승재가 수민을 죽였다고 한다면 누가 지금의 상황이 되도록 부추기고 방관했는가……. 모두가 공범이었다. 남편도, 어머니도, 아버지도, 그리고 나도.

남편 책상 위에 놓인 달력의 오늘 날짜에 굵게 동그라미가 쳐져 있었다. 그랬다……. 오늘은 언니의 기일이다. 나는 처음으로 언니의 기일을 잊고 있었다. 누군가를 죽이는 범죄에 몰두해서 말이다.

어디선가 담배 냄새가 났다. 익숙한 향이었다. 내가 끔찍하게도 싫어하던 그 냄새. 창문 틈으로 냄새가 흘러 들어오고 있었다. 나는 메스를 주머니에 넣고 창문을 열었다. 미령이 베란다에 몸을 기대고 담배를 피우고 있었다. 동시에 쿵 하는 소리가 울려 퍼졌다. 남편이 무거운 둔기로 서재의 방문을 부수려 하고 있었다.

"정신 차리고 문 열어! 이 미친! 정신 차리라고!"

방범창 너머로 미령과 눈이 마주쳤다. 십육 년 전 작은 원룸방에 갇혀 방범창을 붙들고 살려달라고 외쳤을 언니가 떠올랐다. 마치 그때의 언니가 된 기분이었다. 미령을 쳐다봤다. 저곳에 있는 미령이 부러웠다. 나는 미령에게 내 감정을 전하고 싶었다.

'도와줘! 살려줘!'

"내 말 듣고 문 열어! 당신 혼자 이러면 위험해! 내 말 들으라고!"

언니는 죽지 말았어야 했다. 자신을 위협하는 상대를 죽이더라도 살아남아야 했다. 미령이 담뱃불을 끄고 나를 유심히 쳐다봤다. '도와줘…….' 다시 방문이 쿵 하고 울리는 소리가 들렸다. 방문이 금방 부서질 것만 같았다. 이윽고 나는 미령을 향해 소리를 지르고 말았다.

"도와줘요! 살려줘요!"

내가 소리치자 남편이 행동을 멈췄다. 미령은 아무 말 없이 조용히 집안으로 들어갔다. 미령의 속내는 끝끝내 알 수가 없었다. 혼자 남은 나는 방문 쪽으로 다가가 조용히 귀를 기울였다. 문밖은 조용했다. 방문 손잡이를 아주 천천히 조심스럽게 그리고 조용히 잡아당겼다.

문 앞에 남편이 팔짱을 낀 채로 나를 쳐다보고 있었다. 그리고 성큼 다가와 나를 꼭 끌어안았다. 아니, 나를 끌어안은 줄 알았다. 하지만 남편은 두 팔로 내가 움직이지 못하도록 결박한 것이었다. 내가 낑낑대며 있는 힘껏 몸을 비틀어 저항하자 커다란 두 손이 내 목을 움켜잡았다. 목 가운데 숨통을 힘껏 누르며 나를 완전히 제압했다. 나는 숨이 끊기기 직전의 고통을 맛봐야만 했다.

"너, 내 인생을 망치려고 그래? 니가 부탁한 거야. 저 여자를 죽이라고. 그래놓고 엉망으로 만들어? 너는 아무런 죄도 없는 척 굴지 마. 저 여자를 죽이라고 한 건 너야. 이 사달을 만든 건 다 너라고!"

남편의 말에 아무 대꾸도 할 수 없었다. 오로지 숨을 쉬고 싶다는 생각뿐이었다. 주머니 안에 있는 메스에 손이 긁혀 통증이 느껴졌지만 오히려 숨통이 조이는 고통을 분산시켜주는 듯해 고마울 지경이었다. 나는 힘겹게 메스를 꺼내 남편의 팔을 죽 그었다. 남편은 단말마의 비명을 지르며 내 목을 놓고 뒤로 물러섰다.

"당신 진짜 미쳤어?"

나는 손에 메스를 든 채로 조심스럽게 뒷걸음질쳤다. 어떻게든 이곳에서 도망쳐야 했다. 남편의 말대로 나는 미쳤을지도 모르겠다. 남편의 말대로 이 사달을 만든 것이 나일지도 모르겠다. 아니, 어쩌면 모든 건 다 내 망상일 수도 있다. 이게 내 망상이라면 얼마나 좋을까. 망상의 세계로부터 탈출하기

4월 27일 수요일

위해 한 걸음씩 물러서는 나를 향해 남편이 돌진하듯 달려들었다. 남편은 내 팔목을 붙잡고 메스를 빼앗으려 했다. 소리를 지르며 반항했지만 남편은 너무도 쉽게 메스를 빼앗아 바닥으로 던져버렸다.

그 순간 일이 일어났다. 내가 남편에게 달려들었고, 남편이 나를 잡으며 끌어당기는 순간, 발목을 삐끗한 남편이 넘어졌다. 우리는 서로 부둥켜안은 채 계단을 굴렀다. 넘어지면서 계단 모서리에 머리를 찧은 건 남편이었다. 쿵 하는 커다란 소리가 집안 전체에 울렸다. 나는 남편의 몸에 밀착한 채로 계단 아래로 굴러떨어졌다.

1층에 다다라서야 남편으로부터 벗어날 수 있었다. 온몸에 통증이 밀려왔다. 너무나 극심한 통증이 다리에서 느껴졌다. 다리가 부러진 것 같았다. 나는 너무 아파서 아이처럼 흐느껴 울기 시작했다. 그런 나를 지켜보는 누군가의 기척이 느껴졌다. 예상하지 못한 기척이었다.

머리에 피를 흘리며 상은이 거실 바닥을 기고 있었다.

'저 여자 아직도 살아 있었구나······.'

오로지 살아남겠다는 독기가 서린 상은의 눈을 바라봤다. 내 눈을 바라보던 상은이 시선을 거두더니 내 옆의 남편을 보고 크게 놀랐다. 그제야 나도 남편 쪽으로 고개를 돌렸다. 남편은 목이 꺾인 채 두 눈을 부릅뜬 채로 누워 있었다. 눈꺼풀을 깜빡이지도 않고 그렇게 천장만을 바라보고 있었다.

상은

목구멍에서 피 냄새가 올라왔다. 순간 내가 일하던 중에 졸았다고 생각했다. 고객들에게 매트리스를 팔던 중에 깜빡 잠이 들어서 큰일났다고 생각하며 정신을 차리려고 노력했다.

눈을 떴을 때 보인 광경은 내가 일하던 숍의 인테리어와 매우 비슷했다. 그레이와 아이보리가 적절히 조화를 이루고 있는 가구들과 대리석 바닥 말이다. 뺨으로 따뜻한 러그의 감촉이 느껴졌지만 머리에는 굉장한 통증이 느껴졌다. 두개골이 반토막 난 것만 같았다. 사람의 뇌는 참수를 당해도 잠깐 동안 살아 있기 때문에 눈으로 잘린 몸통을 보고 충격으로 기절한다는 이야기를 들은 적이 있다. 내가 지금 그 상태일지도 모른다. 나는 잘린 몸통을 찾기 위해 고개를 움직였다. 하지만 고개는 돌아가지 않았고 그저 흐릿하게 가구들의 색감이 보일 뿐이었다.

'멍청한 건 나였구나.'

나는 주란이 나머지 돈을 제때 줄지만을 의심했다. 남편을 죽여달라는 주란의 말 자체를 의심하진 않았다. 목숨을 걸고 이곳에 온 내가 너무도 순진했다.

4월 27일 수요일

365

이곳에서 도망쳐야 했다. 아무렇게나 내팽개친 삶에 대한 애착이 죽음의 문턱 앞에서 강렬해졌다. 뱃속의 아이도 발악을 하는 것 같았다. 아이의 살고자 하는 의지가 나를 앞섰다. 아이가 나를 향해 이렇게 소리치며 꿈틀대고 있었다.

'이 멍청한 인간아. 어서 도망쳐서 살아남아!'

있는 힘을 다해 움직이려 애썼지만 몸은 마음처럼 움직이지 않았다. 머리가 어지러워 제대로 된 판단을 할 수 없었고, 어느 쪽으로 가야 하는지 방향감각마저 상실했다. 몸을 움직일 때마다 고통과 통증이 밀려왔다.

그때, 마치 폭탄이 터지기라도 한 듯이 육중한 소리가 들렸다. 그리고 이어서 무언가가 쿵쿵쿵 떨어지는 소리가 들려왔다. 무슨 일이 일어나고 있는 걸까? 저편에서 김주란과 박재호가 나뒹굴었다. 아니, 김주란은 뒹굴고 있었지만 박재호는 전혀 움직이지 않았다. 김주란은 박재호의 몸에서 몸을 빼낸 뒤 울기 시작했다. 마흔에 가까운 여자가 아이처럼 울었고 박재호는 목이 꺾인 채로 움직이지 않았다. 박재호가 죽었다! 정확한 상황을 알 수 없었지만 박재호가 죽었다는 사실만큼은 분명해 보였다. 나와 시선을 마주친 김주란이 뒤늦게 박재호의 상태를 확인했다. 그 순간 내가 본 건 무엇이었을까. 김주란은 박재호의 상태를 보고 안심했다. 김주란을 불안하게 만든 건 끙끙대며 거실을 기어가는 나의 존재인 듯했다.

김주란은 바닥에 떨어져 있는 반짝이는 쇳조각을 집어 들었다. 그러고는 내게로 다가왔다. 김주란은 쇳조각을 내 눈 가까이 들이밀며 그 물건의 정체를 알려줬다. 병원에서나 쓸 법한 의료용 칼이었다.

김주란의 계획은 남편을 죽이는 것도 아니고 나를 죽이는 것도 아니었다. 어쩌면 나와 남편 모두를 없애는 것이 김주란의 계획이었는지도 모른다.

김주란은 칼을 들어올렸다. 나는 낑낑댈 뿐 전혀 움직일 수 없었다. 살려줘! 살려줘! 이 간절한 외침은 입 밖으로 나오지 못하고 꿍꿍대는 소리를 낼 뿐이었다. 멍청한 내 자신에 대한 자책과 후회가 뒤엉켜, 제발 나를 순식간에 끝내주길 바라고 있을 때, 김주란은 칼로 자신의 얼굴과 팔을 그었다. 김주란의 붉은 피가 아이보리색 러그 위로 뚝뚝 떨어졌다.

김주란은 칼을 자신의 옷에 슥슥 닦더니 박재호 옆에 던졌다.

"있지…… 나는 당신이 아니라 당신 아이를 살린 거야."

주란이 내 귓가에 속삭였다.

"나는 망상증 환자고 남편은 변태성욕자에 살인자야. 당신은 그걸 알고 협박하려다 이 꼴이 난 거고. 알겠지? 미안하지만 나머지 사억은 못 줘. 이 꼴이 날 줄 몰랐으니까. 당신 목숨값이라고 생각해. 사억이라면 꽤 괜찮은 목숨값이잖아……"

그다음에 주란이 흐느껴 울었는지 아니면 흐느껴 웃었는

지 기억이 나지 않는다. 귓가로 어렴풋이 사이렌 소리가 들려
왔고, 사이렌 소리가 점점 커지는 걸 들으며 나는 다시 정신을
잃고 말았다.

2016년 6월 3일 금요일

상은

한 달여간의 입원 치료를 마치고 퇴원했다. 경찰에 의하면 박재호는 돌로 내 머리를 내리친 후에도 온몸을 구타했다고 한다. 주로 원한 관계의 사람한테 가해지는 폭력 패턴이라고 경찰은 덧붙였다.

나는 입원 치료와 동시에 그날 있었던 일에 대해 경찰 조사를 받았다. 남편을 죽인 범인으로 나는 박재호를 계속 의심했으며, 경찰이 남편 사건을 자살로 종결하고 난 뒤에도 혼자 박재호와 남편의 수상한 거래를 쫓아 수민이라는 아이의 죽음까지 도달했다고 말했다. 그리고 박재호가 수민과 남편을 죽였다고 생각해 분노하여 집으로 찾아갔다고 진술했다. 박재호를 범인으로 몰자 그가 흥분했고 그 이후로 정신을 잃었다가 병원에서 깨어났다고 했다.

수민의 사건으로 나를 의심하던 형사들도 그제야 내 행동을 이해한다는 표정을 지었다. 그들은 내가, 죽은 남편의 오명을 벗기기 위해 온몸을 바친 열녀라도 된다는 식으로 나를 대접했다. 무릇 아내라면 그래야지 하며 내 행동을 정의롭다고까지 평가했다. 내 병원비는 가해자의 아내인 김주란이 지불했다고 했다.

나는 경찰에게 정신을 잃고 난 뒤에 있었던 일에 대해서도 알고 싶다고 했다. 소란한 소리를 들은 옆집 조선족 도우미 윤미령이 경찰에 신고했다고 한다. 경찰이 도착했을 때 나는 피를 흘린 채로 쓰러져 있었고 김주란도 쇼크로 혼절한 상태였던 모양이다. 박재호는 계단에서 굴러떨어져 뇌출혈이 일어났지만 직접적 사인은 목이 꺾이면서 질식사한 것이라고 했다.

나를 폭행하던 박재호를 피해 김주란은 2층으로 도망갔지만, 박재호는 뒤를 쫓아가 의료용 칼인 메스로 부인을 공격하고 위협을 이어갔다고 했다. 남편으로부터 필사적으로 도망치려던 김주란을 잡으려다 박재호는 계단에서 굴러떨어져 사망한 걸로 수사가 마무리됐으며, 그후 김주란의 진술로 그 집 마당 화단에서 박재호가 미처 수습하지 못한 수민의 시신 일부를 추가로 발견했다고 한다. 하지만 이 일이 아니었더라도 경찰은 박재호를 이수민 살인범으로 체포했을 거라고 호언했다. 수원의 야산 근처 자동차 도로의 CCTV를 모두 살피고 주변 탐문을 한 결과 시체를 유기한 인물로 노부부와 박재호가 유력한 용의자로 떠올랐고, 주변 사람들에 대해 행적 조사를 하는 등 수사는 거의 범인에게 근접해 있었다고 변명처럼 덧붙였다. 시신 유기 건으로 노부부는 구속 수감된 상태였고, 그들도 진술을 통해 아들 박재호의 범죄를 시인한 상태라고 했다. 수사 결과 이수민은 박재호의 아들 박승재와 아는 사이였다고 한다. 경찰은 박승재를 만나러 온 이수민을 박재호가 성폭행한 뒤 살해했을 거라 추측했다.

평소 박재호가 아는 의사에게 부탁해 김주란을 임의로 정신병이라 위장하고 주변 사람들에게도 부인의 상태를 거짓으로 알림으로써 부인을 통제한 점 때문에, 김주란이 화단에서 시체를 발견하고도 경찰에 알리지 않고 함구한 점은 처벌받지 않았다고 했다.

병원에 입원해 있는 동안 의사와 간호사는 몇 번이고 나에게 운이 좋다고 말했다. 내가 살아 있는 것도, 그렇게 폭행을 당했는데두 뱃속의 태아가 건강한 것두. 별일이 생기지 않는 이상 예정대로 구월에 무사히 아기를 출산할 수 있을 거라고, 그렇게 되기를 바란다고 했다.

나는 한 달 만에 올케언니의 부축을 받으며 집으로 돌아왔다. 한 달 동안 사람이 살지 않았던 집은 냉기와 먼지가 가득했다. 마치 죽어 있는 집 같았다.

"아가씨, 제가 생각해봤는데…… 여기 전셋값 받고 어머니 집 팔아서 그 돈 합쳐서 좀 큰 집으로 이사하는 건 어때요? 수도권 아니래도 집값 좀 싼 데로. 아가씨 산달도 가까워지는데, 어머니가 아가씨 산바라지하긴 힘들고, 또 어떻게 아가씨 혼자 아기를 키우겠어요? 그래도 집에 여럿이 있으면 조금씩 나눠서라도 어떻게 되지 않겠어요?"

"오빠는 뭐래요?"

"오빠가 먼저 그러자고 그랬어요."

나는 올케언니를 쳐다봤다. 한 달 사이에 엄마의 상태가 눈에 띄게 나빠졌다고 했다. 올케언니는 극심한 스트레스로 원형 탈모까지 생겼다.

"답이 없네요."

"네?"

"언니도 나도 답이 없어요. 발버둥칠수록 상황은 더 안 좋아질 뿐이고 이렇게 살아 있는 게 다행이라고 생각하면서 그냥 살 수밖에 없네요."

내 말에 올케언니가 소리 내서 웃었다.

"아니, 그럼 아가씨는 뭐 다르게 살길 바라기라도 했어요?

에고……. 순진하기도 해라."

올케언니는 모든 걸 포기한 사람처럼 웃었다. 생각해보면 나는 내 인생을 스스로 던져버렸다고 생각하면서도 언제나 더 나은 삶을 바라며 인생에 지나친 애착을 갖고 살아왔는지도 모른다. 박재호를 죽이기 위해 김주란의 집을 향하면서도 일만 잘 풀리면 오억이 생긴다는 사실에 가슴이 뛰었다. 그 돈이라면 엄마를 요양 병원에 보낼 수도 있을 테고, 작은 가게 하나를 차릴 수도 있을 것 같았다. 커피숍이나 편의점을 하는 게 좋지 않을까 하는 생각도 잠깐 했던 것 같다. 지금 생각하면 올케언니의 말처럼 순진한 상상일 뿐이었다.

"벌써 시간이 이렇게 됐네……."

올케언니가 초조하게 시계를 보고 있었다.

"가게 나갈 시간 되지 않았어요? 전 괜찮아요. 가봐요, 언니."

"내일 오빠가 집에 오니까 들르라고 할게요. 그냥 우리집으로 같이 가면 얼마나 좋아요."

"아, 잠깐만요."

나는 거실에서 일어나 남편이 쓰던 작은 방으로 들어갔다. 주란이 나에게 건넸던 루이비통 가방이 방 한가운데 이질적인 모습으로 놓여 있었다. 지퍼를 열자 오만 원권 지폐가 보였다. 주란이 나에게 선금으로 건넨 일억 원의 돈이었다. 내가 입원해 있는 동안 올케언니가 내 속옷도 가져오고 청소도 해놓겠다면서 몇 번이나 아파트 비밀번호를 알려달라고 했지만 나는 알려줄 수 없었다. 이 가방도 돈도 너무 눈에 띄는 곳에 있었기 때문이다.

나는 지폐를 스무 장 챙겨 봉투에 넣었다. 그리고 거실에 있는 올케언니에게 봉투를 건넸다.

"나 때문에 병원에 오가느라 언니 일도 제대로 못 했을 텐데 고마워요."

올케언니는 당황하는 기색으로 봉투를 받더니 안을 살폈다.

"어머, 뭘 이렇게 많이……. 됐어요! 싫어요! 나 싫어! 내가 어떻게 아가씨 돈을……. 싫어! 안 받을래요."

"앞으로도 잘 부탁한다는 돈이니까 그냥 받아요."

"아휴, 나 이런 거 싫은데. 아가씨도 힘든데……. 아휴, 미안해라."

올케언니는 멋쩍게 봉투를 받아 가방에 넣었다. 그리고 집을 나서는 내내 미안하다는 말을 반복하고 반복했다.

올케언니가 돌아간 뒤 나는 침대에 쓰러지듯 누웠다. 냉기가 서린 방이었지만 한 달 만에 다시 찾은 고요와 정적이 나를 안심시켰다. 그런 나를 방해하기라도 하듯 핸드폰 알람이 울렸다. 김주란이 보낸 문자메시지가 도착해 있었다.

—오늘 퇴원했다고 들었어요. 축하해요. 저번에 집 정리를

하다 뭘 발견했는지 알아요? 상은 씨가 이혼에 도움이 될 거라고 나한테 준 소형 카메라요, 그 소형 카메라를 재생시켰더니 상은 씨가 미처 지우지 않은 파일이 있더라고요. 파란색 뚜껑의 통 안에 약을 타고 있는 상은 씨 모습이 보였어요. 상은 씨가 다시 제 앞에 나타나지 않는다면 저도 이 영상을 꺼내진 않을게요. 앞으로 우리는 정말 볼 일이 없겠죠? 어디선가 잘살고 있기를 바랄게요. 이 세상에 쉬운 삶은 없어요. 자신을 특별히 불행한 사람이라고 생각하지 말아요. 우린 모두 다 평범하게 불행한 거예요. 그럼, 이만.

나는 문자메시지를 다 읽고 나도 모르게 웃고 말았다. 내가 주란에게 건넨 카메라는 이혼소송을 위해 거실에 남편 몰래 설치한 카메라였다. 남편의 폭력을 찍기 위해 설치한 그 카메라가 나의 범죄를 담아냈으리라고는 생각하지 못했다. 그 카메라를 이혼에 도움이 될 거라며 주란에게 건넨 자신의 오지랖과 어리석음에 웃음이 났다. 어처구니없는 실수였다. 나는 김주란에게 내가 남편을 죽였다는 결정적 증거를 직접 건넨 것이다.

김주란은 내가 다시 자신을 협박할까 봐 두려운 걸까? 그래서 이렇게 먼저 나를 협박하고 있는 걸까? 어차피 김주란을 다시 찾아가 아들을 빌미로 협박할 생각은 없었다. 이 일은 종결됐다. 모두 박재호가 이수민을 죽였다고 믿고 싶어 했고, 그건 이제 되돌릴 수 없는 사실이 되어버렸다.

나는 피곤할 따름이었다. 잠이 자고 싶었다. 푹 자고 일어난다고 해서 세상이 달라지지 않을 테고, 내 삶도 그대로일 게 분명했다. 김주란의 말대로 모두가 불행할 테고, 나의 내일도 불행할 거다. 하지만 이상하게 김주란의 말이 위로가 되었다.

'이 세상에 쉬운 삶은 없어요. 자신을 특별히 불행한 사람이라고 생각하지 말아요. 우린 모두 다 평범하게 불행한 거예요.'

역시 불행한 하루를 보내고 있을 김주란을 떠올렸다. 나는 그 메시지를 계속 되뇌며 지금은 그저 푹 잠들기만을 바랐다. 일어나면 아르바이트 사이트와 구직 사이트를 오랫동안 뒤지며 어떻게 살지 생각해야 하는 피곤한 삶이 이어질 테니까 말이다.

주란

남편이 죽은 그날은 언니의 기일이기도 했다. 하지만 나는 성호를 긋고 수민을 위해 기도했다. 시부모가 구속 수감된 상태라 어쩔 수 없이 승재는 인천의 친정 엄마에게 맡기고 전학을 시켜야 했다. 승재에겐 그저 불미스러운 사고로 아빠가 돌아가셨다고 알렸지만 공중파 뉴스에까지 나온 이 일을 승재가 모를 리 없었다. 승재는 말수가 더 없어졌고 더 침울해졌으며 더 어두워졌다.

화단에 시체를 숨겼다는 사실이 엽기적으로 느껴졌는지 동
네를 비롯해 이 나라에 이 사건을 모르는 사람은 없었다. 이
웃 중의 누군가는 언니의 망령이 남편을 죽였다고 소문내기도
했다. 부동산에선 내가 내놓은 가격으로는 집이 팔리지 않을
거라며, 시세보다 훨씬 더 싸게 내놓기를 종용했다. 범죄가 일
어난 집은 그래야 한다고 했다.

나는 필요한 물건들을 챙기기 위해 몇 주 만에 집으로 향했
다. 동네는 여전히 조용했지만 최대한 사람들의 눈을 피해 집
안으로 들어갔다. 집안은 한밤중처럼 어두웠다. 모든 창에 암
막 커튼이 쳐져 있었다. 어느 누구도 이 집을 들여다볼 수 없
었고, 밖을 내다볼 수 없었다. 이 집을 설계할 때 가장 고심한
부분이 창문이었는데, 지금은 모든 창문을 가려야 하는 집이
되어버렸다.

나는 일부러 다른 곳에는 시선을 주지 않고, 2층 승재 방으
로 올라가 아이가 얘기한 물건들을 빠르게 챙기기 시작했다.
태블릿과 헤드폰, 그리고 아이의 여름옷을 챙기던 중 서랍 깊
숙이 있던 낯선 물건을 발견했다. 동그랗게 매듭지은 주황색
의 나일론 끈이었다. 승재의 서랍에서 발견된 끈의 용도가 궁
금했다. 수민이란 아이의 사인이 질식사로 추정된다고 했는데
이 끈일까. 아니면 혹시 승재가 자살이라도 하기 위해 마련해

둔 걸까. 나는 남편이 목을 조르던 감각이 떠올라 몸서리쳤다. 그럴 리 없다. 승재는 이 범죄와 아무 관련이 없다. 아니, 그래야만 했다. 나는 그렇게 다짐을 하고 스스로를 세뇌시키려 했지만 또다시 덜컹하면서 마음과 몸이 무너지는 기분이 들었다. 승재를 의심하면 안 된다. 믿어야만 한다. 그래야 내가 계속 살아갈 수 있다.

나는 나일론 끈을 가지고 거실로 내려왔다. 주방의 서랍에서 라이터를 꺼내 끈을 태웠다. 끈이 서서히 타들어가며 매캐한 냄새와 연기가 나기 시작했다. 환기시키기 위해 커튼을 열고 주방의 커다란 창 옆에 난 문을 열었다. 그리고 바람을 일으키자 연기가 창을 통해 빠져나가기 시작했다.

주방의 창 너머로 화단을 보았다. 화단은 경찰이 파헤친 그대로 흉물스러운 모습이었다. 만약 그날 내가 저 화단에서 시체를 보지 못했다면 지금 나는, 지금 이곳은 어떤 모습일까? 내가 화단의 시체도 보지 못하고 남편도 의심하지 않았다면, 화단에 수민을 묻은 채로 여전히 우리 가족은 행복했을까?

나는 앞으로 승재와 어떻게 살아가야 할까? 승재를 어떻게 키워야 할까? 저 작은 화단조차 아름답게 가꾸지 못하는 내가 한 사람의 미래를 가꿀 수 있을지…… 나는 여전히 책임감이라는 무거운 벌을 안은 채 살아야만 했다. 창을 닫고 커튼을 쳤다. 앞으로 이 창을 통해 이 화단을 보는 일은 없을 터였다.

현관문을 잠그면서 옆집의 베란다를 올려봤다. 턱을 괴고 담배를 피우던 미령의 모습은 보이지 않았다. 찾아가 인사를 할까도 생각했지만 그날의 후일담을 나누기에도 이상하고 또 모른 척하는 것도 이상했기에 인사 같은 건 관두기로 했다. 그날에 대한 미령의 진술이 사건을 해결하는 데 큰 도움을 줬다. 미령은 남편이 이상한 사람이라는 걸 진작 눈치챘다고 했다. 내가 망상증 환자라는 남편의 말도 믿지 않았다고 했다. 그래서 더 자주 우리집을 관찰했다고 경찰에 말했다. 내가 위험해 보였다고…….

내일은 이삿짐센터에 전화해 이 집의 짐들을 보관창고로 옮길 생각이다. 다시는 이곳을 찾지 말자고 다짐하며 현관문을 열쇠로 잠갔다. 그때 바람이 불었다. 바람에 섞여 풍기는 악취가 익숙했다. 시체 썩는 냄새였다. 나는 코를 킁킁대며 화단을 돌고 디딤돌이 깔린 잔디의 냄새를 맡기 시작했다. 누군가 이 집에 사람이 없는 틈을 타 시체를 묻은 걸까? 그런 의심이 고개를 들었지만 나는 머리를 도리도리 흔들며 정신을 차리려 했다. 벗어나야 한다. 이곳을 벗어나서 새로운 내 인생을 살아야 한다…….

대문을 닫고 몸을 돌리자 누가 내 뒷머리를 잡고 늘어지는 기분이 들었다. 고개를 돌리면 마당에 수민이…… 남편이…… 서서 나를 노려볼 것만 같았다.

2016년 6월 3일 금요일

379

망상이다. 그걸 알면서도 벗어날 수 없었다. 나는 미친 사람처럼, 남편과 수민의 망상으로부터 벗어나기 위해 비명을 지르며 집에서 도망쳤다.

2016년 정월이었다.

한 가지로 꼬집어 말할 수 없는 복잡하고 어지러운 문제들 때문에 답답하고 억울한 새해를 보내고 있었다. 끝나지 않고 계속 지속될 것 같은 불안감, 억울함, 초조함을 떨쳐내기 위해서는 정신 상태 개조 수준의 강력한 다짐이 필요하다는 결론을 내리고, 덜컥 10박 11일의 명상 코스를 신청해버렸다.

명상 센터는 코스 열흘간 금지하는 것이 꽤 많은 엄격한 곳이었다. 우선 휴대폰을 소지할 수 없었고, 함께 이 과정에 참여하는 사람은 물론 주변 동물에게까지 일절 말하는 것을 금지당했다. 음악을 듣는 것도 금지였고, 종이에 무언가를 쓰는 것도 읽는 것도 금지였다. 다른 것에는 별로 미련이 없었지만 여기서 느끼는 점들을 기록하지 못한다는 것에 조바심이 생겨, 옷 사이에 A4 용지 두 장과 볼펜 한 자루를 몰래 숨겨 센터로 들어갔다. 명상 센터에 다녀온 사람들의 후기를 읽었을 때, 열흘 동안 말을 한마디 못 하고 핸드폰까지 사용하지 못하는 것이 꽤나 고역인 듯싶었다. 하지만 내가 사용할 독방의 문을 열었을 때 나는 오히려 묘한 해방감을 느꼈다.

두 평이 될까 말까 한 작은 방에는 싱글 침대가 유일한 가구였다. 하지만 침대 옆으로 내가 어떤 가구보다 중요하게 생각하는 커다란 창문이 있었다. 창문을 열면 눈에 뒤덮인 겨울 마이산이 펼쳐졌다. 아름다운 설산을 보자니, 이곳에 적응하는 것을 넘어 꽤나 좋아하게 될 거라는 예감마저 들었다. 하루에 열 시간 이상 홀에서 단체 명상을 하는 일정이었지만 나는 틈틈이 방으로 들어와 식당에서 몰래 가져온 믹스커피를 마시며 창밖의 풍경을 즐기곤 했다. 일체의 소음도 없이 눈이 소복이 쌓인 나무를 보는 것만으로도 즐거워 이곳에 열흘이 아니라 한 달, 아니 일 년도 지낼 수 있을 것 같았다. 창 너머 마이산을 보며 그동안 나를 괴롭히던 감정들의 원인을 찾을 수 있었다. 불행의 원인은 전망 때문이었다. 창문을 열어도 풍경을 볼 수 없을 만큼 아파트 옆 동이 바짝 붙어 있는 곳에 살기 때문이라고 결론 내렸다. 멋진 전망을 가진 집에 산다면 어떤 암울한 감정도 금세 치유가 될 거라 믿었다.

하지만 멋진 전망을 가진 창이 주는 즐거움도 잠시, 명상 코스가 중반을 넘어서자 생각에 생각이 꼬리를 물면서, 바쁘게 살 때는 없었던 증상이 나타나기 시작했다. 그동안 잊고 지냈던 나쁜 기억들이 생생하게 머릿속에 떠올랐다. 다섯 살 때 겪은 억울한 일이 갑자기 떠오르질 않나, 나를 괴롭히던 중학교 동창의 얼굴과 이름이 선명하게 떠오르질 않나……. 다시금 모든 것이 답답하게 느껴지더니 가슴이 턱턱 막히며 울화가 쌓여 숨쉬기 힘들 정도로 가슴이 조여왔다. 이곳에 오기 전보다 감정적으로 더 나쁜 상태가 되어버렸다.

산이고 바다고 멋진 전망이고 다 필요 없다는 결론을 내렸다. 그러고는 숨겨가지고 들어온 종이와 펜을 꺼내 이야기를 구상하기 시작했다. 멋진 창을 가진 여자와 그렇지 못한 여자의 뒤틀린 연대를 그린 이야기를 쓰자고 결심했다. 그 이야기가 『마당이 있는 집』이다. 집중해서 할 일이 생기자 가슴을 막고 있던 울화가 조금씩 풀리는 기분이었다. 남은 기간 동안 명상은 제쳐두고 명상 센터를 이야기를 구상하는 작업실로 사용했다. 등장인물 이름도 식당에 붙어 있는 참가자 이름에서 힌트를 얻어 지었다.

처음에는 『마당이 있는 집』을 영화 시나리오로 쓰려고 했다. 하지만 그전에 썼던 공포물 시나리오가 이리 치이고 저리 치이며 구박만 받다 밖으로 나오지 못하고 폴더 안에 갇혀버린 탓에, 이 이야기도 폴더행이 되지 않을까 걱정을 했다. 운 좋게 한국콘텐츠진흥원의 지원 사업에 선정되어 마음을 다잡고 소설로 시작할 수 있었다.

이야기의 구성부터 마지막 퇴고까지 조언하며 이끌어주신 임지호 편집장님 덕분에 『마당이 있는 집』을 완성할 수 있었다. 항상 곁에서 지켜봐주는 가족과 친구들이 있어 지치지 않고 쓸 수 있었다. 그리고 전망 나쁜 집 덕분에 밖으로 도는 마음을 모니터에 붙잡아둘 수 있었다.

모두에게 감사를 전한다.

2018년 봄,
김진영

마당이 있는 집

1판 1쇄 2018년 4월 30일
1판 9쇄 2020년 4월 22일

지은이 김진영
펴낸이 염현숙

책임편집 임지호 | **편집** 지혜림 이송
표지디자인 이경란 | **본문디자인** 백주영 | **표지이미지** Getty Image
저작권 한문숙 김지영 이영은
마케팅 정민호 정진아 함유지 김혜연 김수현
홍보 김희숙 김상만 오혜림 지문희 우상희 김현지
제작 강신은 김동욱 임현식 | **제작처** 영신사

펴낸곳 (주)문학동네
출판등록 1993년 10월 22일 제406-2003-000045호
임프린트 엘릭시르

주소 10881 경기도 파주시 회동길 210
문의 031-955-8892(편집) 031-955-8896(마케팅) 031-955-8855(팩스)
전자우편 editor@elmys.co.kr | **홈페이지** www.elmys.co.kr

엘릭시르는 출판그룹 문학동네의 임프린트입니다. 이 책의 판권은 지은이와 엘릭시르에 있습니다.
이 책 내용의 전부 또는 일부를 재사용하시려면 반드시 양측의 서면 동의를 받아야 합니다.

이 도서의 국립중앙도서관 출판예정도서목록(CIP)은 서지정보유통지원시스템 홈페이지(http://seoji.
nl.go.kr)와 국가자료종합목록 구축시스템(http://kolis-net.nl.go.kr)에서 이용하실 수 있습니다.
(CIP제어번호: CIP2018011637)

이 책은 한국콘텐츠진흥원 이야기창작발전소 스토리창작과정의 지원을 받아 제작했습니다.

잘못된 책은 구입하신 서점에서 교환해드립니다.
기타 교환 문의: 031-955-2661, 3580